2,50

Knaur.

Knaur.

Über die Autorin – Helga Beyersdörfer im Gespräch:

Wann haben Sie gemerkt, dass Sie ein Talent für das Schreiben haben?
Schon in der Grundschule: als meine Freundinnen aus Angst unters Bett gekrochen sind, wenn ich ihnen abends selbst erfundene Gruselgeschichten erzählt habe. Mit zehn schrieb ich Drehbücher für meine Handpuppen. Die Aufführungen fanden am Küchenfenster statt, das Publikum stand auf der Straße. Bevor es losging, musste jeder Eintrittsgeld in meinen Cowboyhut werfen. Das wurde dann sehr schnell von den Erwachsenen verboten, worüber ich noch heute sauer bin.

Wie darf man sich Ihren Arbeitsplatz vorstellen?
Mein Arbeitsplatz: ein eigenes Zimmer, hell und funktional, vorherrschende Farben Weiß und Blau. Der Schreibtisch (aus Glas) steht vor dem Erkerfenster, der Bürostuhl ist neuerdings rückenfreundlich. Ja, ja. Um mich herum viel Platz für Ablagen. Ein Regal ist reserviert für laufende Recherchen und Texte in Arbeit. In Griffweite Lexika, Rechtschreibduden etc. und Bücher, zu denen ich eine persönliche Beziehung habe.

Beschreiben Sie sich mit drei Worten.
Freundlich und kooperativ mit Könnern, ungeduldig und aufbrausend mit Dilettanten.

Über die Autorin:
Helga Beyersdörfer, geboren in Erlensee, studierte in Frankfurt am Main, bevor sie eine Ausbildung zur Journalistin absolvierte. Sie arbeitete als Redakteurin unter anderem bei der *Frankfurter Rundschau*, beim *Zeit-Magazin*, beim *Stern* und bei Sat.1. Helga Beyersdörfer lebt in Hamburg und Berlin.

Helga Beyersdörfer

Die Sammlerin

Kriminalroman

Knaur Taschenbuch Verlag

Besuchen Sie uns im Internet:
www.knaur.de

Originalausgabe Dezember 2006

Ein Unternehmen der Droemerschen Verlagsanstalt
Th. Knaur Nachf. GmbH & Co. KG, München

Umschlaggestaltung: ZERO Werbeagentur, München
Umschlagabbildung: Bridgeman Art Library
Satz: Pinkuin Satz und Datentechnik, Berlin
Druck und Bindung: Clausen & Bosse, Leck
Printed in Germany
ISBN 978-3-426-63311-3

2 4 5 3 1

Prolog

Meldung aus der
FRANKFURTER RUNDSCHAU
vom 11. April 2000

Wie erst kurz vor Redaktionsschluss bekannt wurde, ist der Frankfurter Kulturdezernent Gerd Clement gestern Nachmittag überraschend verstorben.
Ein Rathaussprecher erklärte auf Anfrage, Clement sei während einer Sitzung mit Atemnot und Kreislaufbeschwerden zusammengebrochen, ein herbeigerufener Notarzt habe ihm nicht mehr helfen können.
Teilnehmer der Sitzung berichten übereinstimmend, dass Gerd Clement bereits mittags über Übelkeit und Schwindel geklagt habe, dies aber mit einer Magenverstimmung abtat. Zu einer persönlichen Stellungnahme war zur Stunde allerdings noch niemand bereit. Über eine Nachfolge, so heißt es intern, werde frühestens nächste Woche entschieden.
Clement, der am zweiten Oktober sechzig Jahre alt geworden wäre, war sechs Jahre lang Kulturdezernent von Frankfurt. Er hinterlässt seine Frau Annika.
Einen ausführlichen Nachruf lesen Sie in unserer morgigen Ausgabe.

1

März 2002

Der Sonntag zeigte sich von seiner besten Seite. Tagelang hatten sich die Menschen unter einem grauen, tiefen Himmel geduckt, waren mit hochgestellten Kragen unter Nieselregenschauern hindurchgehuscht und so schnell sie konnten in ihren Häusern verschwunden.

An diesem Märzsonntag aber schickte die Sonne weiße Strahlen von einem blassblauen Himmel. Jedes Geräusch klang nach Frühling. Durch das geöffnete Fenster hörte Annika die Rufe spielender Kinder am nahen Mainufer, eine Hummel torkelte durch das Zimmer, fand endlich den Weg zurück ins Freie und verschwand surrend. Ein Hubschrauber knatterte über die Dächer von Frankfurt und verschwand dann irgendwo in der Ferne.

Annika lauschte ihm nach, reckte sich in ihrem altmodischen, holzumrahmten Doppelbett und schlug die Decke zur Seite. Bedächtig richtete sie sich auf und ließ ihre kurzen, dicken Beine noch eine Weile aus dem Bett baumeln, ehe sie endlich mit dem üblichen leisen Stöhnen aufstand und ihre schmerzenden Knie durchdrückte, so gut ihr das eben möglich war.

Sie nickte hinüber zur anderen Seite des Bettes, wo auf

dem Nachtkasten das Foto von Gerd stand. Annika hatte es sich angewöhnt, ihm täglich einen guten Morgen und eine gute Nacht zu wünschen, gelegentlich erzählte sie ihm auch von den Tagesereignissen, so wie sie es getan hatte, als er noch lebte. Nein, das stimmte nicht so ganz. Viel ausführlicher erzählte sie ihm jetzt alles. Er konnte sie ja nicht mehr unterbrechen oder sie ansehen mit diesem angeödeten Blick, der sie aufforderte, augenblicklich den Mund zu halten. Natürlich wusste Annika, dass Gerd sie nicht hören konnte in seinem silbernen Rahmen, aber sie genoss das Ritual, das ihr die Leere erträglicher machte, die gegen ihren Willen und trotz allem über sie hereingebrochen war und sie noch immer fest im Griff hielt.

Dabei hatte sich alles ganz kurzweilig angelassen nach Gerds Tod. Gott und die Welt hatten ihr kondoliert, es gab Nachrufe und eine würdige Trauerfeier in der Paulskirche. Man begegnete ihr mit angemessener Anteilnahme. Dass sie allerdings auf einer Feuerbestattung im engsten Familienkreis bestand, stieß bei manchen Offiziellen auf Unverständnis. Sie hatte die Entscheidung wahrheitswidrig zu Gerds letztem Willen erklärt und drei Wochen später ganz alleine zugesehen, wie die Urne im Familiengrab der Clements auf dem Hauptfriedhof versenkt wurde. Danach war sie nach Hause gefahren in der Erwartung, ein neues, befreites Leben zu beginnen. Stattdessen aber hatte sich, nach dem zweiten Glas Champagner, das sie stilvoll im Wohnzimmer auf den Verblichenen getrunken hatte, zum ersten Mal dieses unerträgliche Gefühl der Leere gemeldet.

Annika stöhnte und warf Gerd einen verärgerten Blick zu. Zweiunddreißig Jahre Ehe ließen sich eben nicht abstreifen wie ein alter Schuh.
Sie rieb sich den Rücken, während sie ins Bad schlurfte. Halt dich gerade und heb die Beine hoch, flüsterte ihr Gewissen, du taperst durch die Wohnung wie eine senile Elefantenkuh. Sie presste die Lippen aufeinander und versuchte, ihre schmerzenden Gelenke zu ignorieren. Sie war jetzt 58 Jahre alt, seit zwei Jahren verwitwet und ebenso lange auf dem direkten Weg in die Fettleibigkeit. Seit sie die neunzig Kilo überschritten hatte und sich schnurstracks auf die einhundert zu bewegte, seit kaum noch Selbstachtung in ihr war und sie begann, den Blicken der anderen auszuweichen, seitdem war ihr mehr denn je bewusst, dass sich manches ändern musste in ihrem Leben nach Gerd.
Wie sehr es sich bald ändern würde, konnte sie an jenem schönen Märzmorgen allerdings nicht ahnen, und so kleidete sie sich an wie immer und bereitete sich ihr Frühstück wie immer. Das heißt, nicht ganz wie immer. Unlustig setzte sie sich in ihre Essecke in der Küche und nestelte das Paket Knäckebrot auf, das sie sich anstelle der gewohnten Buttercroissants verordnet hatte. Butter, Marmelade, Mettwurst und Eier hatte sie gar nicht erst aus dem Kühlschrank genommen, nur die angebrochene Margarine, die sie sonst allenfalls zum Kochen brauchte.
Sie beugte sich ächzend hinüber zu dem betagten Radio auf dem Fensterbrett und schaltete es ein.
»… zur Streichung der Subventionen entschlossen«,

hörte sie einen Sprecher sagen, der offensichtlich gerade die Nachrichten verlas. »Wie der Intendant des Frankfurter Burghoftheaters auf Anfrage erklärte, wäre damit das Schicksal des Hauses besiegelt. Ohne die staatlichen Zuschüsse müsste der Spielbetrieb Ende des Jahres eingestellt werden. Einen endgültigen Beschluss will der Kulturausschuss Ende Mai fassen.«

Annikas Finger umschlossen die frische Scheibe Knäckebrot, die sie gerade aus dem Paket gezogen hatte, so fest, dass diese in unzählige Stücke zerbrach, die sich über die Resopalplatte des Küchentisches, ja sogar über den Küchenboden zerstreuten. Annika achtete nicht darauf. Sie dachte an ihren Plan, den sie seit Monaten in ihrem Kopf und in ihrem Herzen bewegte, ein wasserdichter Plan, der nur einem einzigen Zweck diente – das Burghoftheater zu retten vor jenen, die es gefährdeten. Schwerfällig stand sie auf. Also doch, dachte sie, nun muss ich tun, was zu tun ist. Ein paar Wochen, acht höchstens, mehr Zeit habe ich nicht. Aber es muss sein, es muss.

Sie hatte vorgesorgt, o ja, das hatte sie, auch wenn sie bis zu dieser Minute gehofft hatte, ihren Plan nicht umsetzen zu müssen. Gerd wäre natürlich niemals einverstanden gewesen, aber das konnte sie nun nicht berücksichtigen. Gerd war ohnehin zeit seines Lebens ein wenig zu betulich gewesen, nicht direkt ein Schwächling, aber ein Zögerer. Sie würde es ihm erklären müssen, in einer stillen Stunde. Aber nicht jetzt, jetzt hatte sie keine Zeit. Sie musste nachdenken und gut abwägen, wie sie beginnen wollte.

Sie öffnete den Kühlschrank, und entgegen ihrer Gewohnheit stopfte sie sich weder eine Wurstscheibe noch eine Käseecke noch einen Rest Apfelkuchen in den Mund. Ihr Interesse galt allein einer sorgfältig verschlossenen Plastikdose, die sie herausnahm, von allen Seiten betrachtete und dann mit einem entschlossenen Nicken wieder zurück in den Kühlschrank stellte. Die Zutaten standen bereit, die Inszenierung aber würde eine logistische Herausforderung werden.

Annikas Körper straffte sich, soweit das einem Leib wie dem ihren möglich war. Aber auch daran würde sie arbeiten. Sie wollte stolz auf sich sein können am Ende dieses Jahres. Stolz und schlank würde sie in der Silvestervorstellung des Theaters sitzen, zweite Reihe, Platz 6, ihr Stammplatz, und kein Mensch würde mehr von einer Schließung reden. Dafür würde sie sorgen. Sie allein.

2

»Was soll ich damit? Nehmen Sie das sofort wieder mit. Eine Unverschämtheit so was!« Sabine Pocks Stimme überschlug sich vor Aufregung und Zorn. Angewidert wich sie vor einem stattlichen Trauerbouquet zurück, das aus weißen Lilien und Nelken gebunden war und von dem eine Schleife herabhing mit dem Aufdruck: *teuer, überflüssig, endlich tot. Ruhe sanft.*

Der Azubi der Gärtnerei Roth lehnte mit unbeteiligtem Gesicht an der Eingangstür zum Theaterbüro. Er trug einen grünen Arbeitskittel, darunter ein ausgewaschenes schwarzes T-Shirt und Jeans, deren Schritt ihm fast in den Kniekehlen hing. Seine Stirn verzierten drei kunstvoll gegelte Haarsträhnen. »Soll ich aber hier abgeben«, sagte er ungerührt, lehnte das Gebinde gegen die Wand, machte kehrt, stieg die drei Steinstufen zur Straße hinunter und verschwand kurz darauf mit einem alten ratternden VW-Bus, der die gleiche Farbe hatte wie sein Kittel.

Nervös lief Sabine Pock auf und ab in dem kleinen Vorraum, von dem drei Büros abgingen, zwei links vom Eingang, eines direkt gegenüber. Die türlose Wand rechts, geschmückt mit zahlreichen Premierenfotos, grenzte an den Theatersaal. Sie ging zu ihrem Schreibtisch, der in dem linken, kleinsten Zimmer stand und fast den ge-

samten Raum einnahm. Dort ließ sie sich auf ihren Stuhl fallen, mit dem Rücken zum Fenster und ohne Blick für die Kakteensammlung auf dem Fensterbrett, liebevoll zusammengetragen in den drei Jahren, die sie nun schon hier aushielt, in dieser ständigen fiebrigen Nervosität, mit diesem ständig jähzornbereiten Chef.
Der Chef, mein Gott! Sabine sprang auf, hastete wieder hinaus in die Diele zu dem Bouquet und betrachtete es prüfend. Wenn sie diesen Tag einigermaßen gut überstehen wollte, durfte der Chef dieses Ding nicht zu Gesicht bekommen. Sie musste es verschwinden lassen. Zum Glück war Montag, und montags ließ sich am Vormittag niemand blicken. Erst recht nicht nach einer Premiere, und sie hatten eine Premiere gehabt gestern Abend. Der Chef saß danach immer noch bei ein paar Flaschen Wein mit seinen Schauspielern zusammen und mit einigen handverlesenen Bewunderern. Schleimer, wie Sabine fand, aber der Chef brauchte das für sein Gemüt. Sie selbst war selten dabei. Denn sie musste ja auch morgens um neun wieder antanzen, um im Büro die Stellung zu halten. Als Mädchen für alles eigentlich, offiziell aber, und weil es besser klang, als Beauftragte für Öffentlichkeitsarbeit.
Pah! Sabine versetzte dem Gebinde einen Tritt und eilte zu ihrem Schreibtisch zurück, um aus der Schublade die größte Schere herauszukramen, die sie finden konnte. Zuerst zerschnitt sie die Schleife samt Inschrift, dann die Blumen und die Tannenzweige drumherum, soweit das möglich war. Sie stopfte die Überreste in drei Mülltüten, von denen sie immer einen Vorrat hatte, für all

das zerknüllte Papier, die Essensreste, leeren Flaschen und die Berge von Zigarettenkippen, die der Chef überall hinterließ.

Mit den Füßen schob sie die Blatt- und Tannennadelreste, die ihre Aktion hinterlassen hatte, zu einem Häufchen zusammen und dann auf ein Blatt Papier, um sie draußen neben den Steinstufen einfach abrieseln zu lassen. Die Mülltüten verstaute sie in dem Container im Vorgarten.

Zurück in ihrem Büro, klopfte sie erst einmal ihre Kleidung ab und band ihren Zopf neu, den sie im Nacken mit einem braunen Samtband zusammenhielt.

Sabine Pock legte Wert auf ein gepflegtes Äußeres. Sie war hoch gewachsen, schlank und blond, wobei sie dem Blond ein wenig nachhalf, seit sie die Vierzig überschritten hatte. Im Februar war sie fünfundvierzig geworden, eine immer noch attraktive Frau, die bevorzugt beige Hosenanzüge, Rollis und hochhackige Schuhe trug. Ihr einziges Kind, Sascha, hatte sie mit zwanzig geboren und alleine großgezogen. Sascha war das Produkt einer kurzen, heftigen Liebe zu einem ewigen Studenten, der noch vor der Geburt des Kindes nach Kuba gegangen war, um die Weltrevolution zu unterstützen. Noch Jahre danach hatte sie gehofft, er würde eines Tages einfach vor der Tür stehen. Aber sie hatte nie wieder etwas von ihm gehört, auch nicht, nachdem das Projekt Weltrevolution in die Hose gegangen war.

Sascha war nicht nach seinem Vater geraten, ihn interessierte weder die Welt noch die Politik. Als er erwachsen wurde, wollte er möglichst schnell möglichst viel Geld verdienen, und nach einem Abstecher in die Computerbranche arbeitete er jetzt als Immobilienmakler fünfhundert Kilometer von Sabine entfernt. Sie telefonierten hin und wieder.

Im Burghoftheater hatte Sabine angeheuert, nachdem die Reifenfirma, bei der sie jahrelang als Chefsekretärin gearbeitet hatte, Konkurs anmelden musste. Ein Theater, hatte sie gedacht, das ist doch was Sicheres. Und nun das: Gerede um Zuschüsse, die nicht mehr gezahlt werden sollen, ein vernichtendes Gutachten und die Zornesausbrüche ihres Chefs, die alles noch schlimmer machten. Wenn sie Pech hatte, stand sie am Ende des Jahres ohne Job da. Welchen Lebensinhalt hätte sie denn noch ohne ihre Arbeit, ohne das Theater? Nächtelang lag sie wach und grübelte, wie sie dieses bittere Ende verhindern konnte. Sie würde kämpfen, mit allen Mitteln.

Der Computer surrte leise, als sie ihn hochfuhr, um die Eintragungen im Forum der Theater-Homepage abzufragen. Der neueste Eintrag war noch keine Stunde alt. Sabine verdrehte die Augen, natürlich, mal wieder diese Annika Clement. Diese nervige, ständig fressende Spätklimakterische, die bei keiner Sitzung des Freundeskreises fehlte, keine öffentliche Probe ausließ, nach jeder Premiere vor Begeisterung zu Tränen gerührt war und die Nähe ihrer Lieblingsschauspieler suchte, sooft das nur möglich war. Sabine war jedes Mal wieder erstaunt, dass dieser Klops von einer Frau überhaupt einen Computer hatte und ihn noch dazu zu bedienen wusste. Und wie sie ihn bediente! Keine Woche verging ohne hymnische Beiträge von Annika Clement im Forum. Sabine schob ihre Lesebrille ein Stück nach oben und las:

Lieber Helmut Hessler,
mit Empörung habe ich zur Kenntnis genommen, dass der so genannte Kulturausschuss erneut damit droht, die Zuschüsse für unser schönes Theater zu streichen. Seien Sie versichert, dass wir vom Freundeskreis des Burghoftheaters dieses nicht hinnehmen werden. Dieses Theater wird nicht geschlossen. Niemals! Dafür verbürge ich mich persönlich.
Zur gelungenen Premiere gestern Abend meine allerherzlichsten Glückwünsche. Siegfried Nemec hat mich mit seiner Leistung wieder einmal zu Tränen gerührt.
In Verbundenheit und Treue zu unserem Theater grüßt Sie herzlich
Ihre Annika Clement

Na klar, sie war mal wieder zu Tränen gerührt, dachte Sabine, und weil sie doch so eine wichtige Stütze des Theaters ist, hat sie ihren Erguss wie immer an den Intendanten persönlich gerichtet, an den lieben Helmut Hessler, der sie meistens behandelt wie ein Stück Dreck, der ihr über den Mund fährt, sie zurechtweist, oder sie bestenfalls ignoriert.
Aber behandelte er nicht beinahe jeden so? Doch, das tat er, und so waren sie überhaupt erst in diese ganze Misere hineingeschlittert. Kein städtischer Politiker, mit dem er nicht irgendwann einmal aneinander geraten wäre, kein möglicher Sponsor, dem er nicht irgendwann

einmal gezeigt hätte, dass er ihn für einen Kleingeist hielt. Und dann erst die zwei Gutachterinnen, die dem Kulturausschuss die Munition geliefert hatten, beide dem lieben Helmut Hessler spinnefeind.

Der Hessler ist das Problem, dachte Sabine, auch wenn er der beste Schauspieler ist, den das Haus hat. Aber lieber weitermachen mit dem Zweitbesten und dem Rest, als wegen des Besten aufhören zu müssen, weil der ein wutschnaubender, beleidigender Egomane und daher ein saumäßiger Intendant ist. Man müsste ihn wegzaubern können, dachte sie und konnte nicht wissen, dass die ihr so unsympathische Annika Clement ganz ähnlich empfand.

3

Helmut Hessler war kein schöner Mann, er war nicht einmal ein leidlich gut aussehender Mann, er war einfach hässlich. Sein viel zu großer Kopf saß auf einem viel zu kurzen Hals, beides aufgesetzt auf einen leicht schwammigen Körper. Sein Gesicht wurde beherrscht von einem Paar riesiger Augen, die ständig in Bewegung waren.

Solchermaßen von der Natur benachteiligt, hatte sich in Helmut Hessler ein starker Wille zu Anerkennung und Macht ausgebildet, gepaart mit Talent, Ehrgeiz und einem unvorstellbaren Vorrat an Energie. Ausgestattet mit diesen Fähigkeiten, hatte er sich in Jahrzehnten durch alle deutschsprachigen Bühnen hindurchgespielt, bis er unbestritten zu den Ersten seines Fachs gehörte.

Als er fünfzig wurde, war er ganz oben, aber die Luft war dünn geworden für ihn. Zu viele hatte er an die Wand gespielt, niedergebrüllt, demontiert, einige sogar vernichtet. Manche waren wieder zu sich gekommen, hatten andernorts weitergemacht, sich etabliert, Positionen errungen. Plötzlich gab es da Regisseure, die sich weigerten, mit ihm zu arbeiten, und Intendanten, die zu ihren Herztropfen griffen, wenn sie seinen Namen hörten.

Selbsterhaltungstrieb und Machtinstinkt ließen ihn

daher sofort zugreifen, als Gerd Clement als Kulturdezernent der Stadt Frankfurt ihm die Intendanz des Burghoftheaters antrug.
Sechs Jahre später starb der Kulturdezernent Clement, im Kulturamt gab es Nachrücker mit Profilierungsbedarf, und Helmut Hessler war auch hier manch einem auf die Füße getreten. Zwei Jahre sondierten und intrigierten sie hinter den Kulissen, dann wagten sie den Vorstoß und dachten öffentlich über das Ende der Zuschüsse nach.
So war Hesslers Situation nicht rosig, als er an diesem Montagnachmittag die Steinstufen zum Büro hochlief, wie immer mit einem Packen Zeitungen unter dem Arm und einer Aktentasche in der Hand. Er trug den üblichen dunklen Anzug mit Weste und einem weißen Hemd, aber keine Krawatte. Sein Gang war federnd, wodurch er jünger wirkte als achtundfünfzig.
Sabine Pock hatte ihn schon vom Fenster aus gesehen und in vorauseilendem Gehorsam die Ausdrucke mit den Internetbeiträgen zu den beabsichtigten Sparmaßnahmen auf seinen Schreibtisch gelegt. Im Wesentlichen Proteste von treuen Zuschauern natürlich, das las der Chef am liebsten.
Eine Mail hatte sie lieber verschwinden lassen. Ein gewisser Gernot Metzger hatte darin den ungezügelten Selbstdarstellungsdrang des Intendanten angeprangert und erklärt, Hessler reagiere eitel, theatralisch und wie eine beleidigte Leberwurst auf die angedrohten Kürzungen. Hatte der Mann eine Ahnung, welche Stimmungsstürme er damit auslösen konnte?

Die Zeilen von Annika Clement hatte sie ganz nach unten geschoben, die Frau war für den Chef ein rotes Tuch, obwohl er doch mit ihrem Mann immer gekungelt hatte. Aber den gab es nun nicht mehr, und die hinterlassene Ehefrau nannte der Chef fortan nur noch »Kulissenmops«.

»Sabine!« Hesslers volltönende Stimme drang durch alle Räume. Er war in sein Büro gestürzt, hatte die Zeitungen auf den Schreibtisch geknallt, die Ausdrucke überflogen, eine Zigarette angezündet und stand nun mit grimmigem Gesicht am Fenster. In zwei Stunden würde er auf der Bühne stehen. Er gab den Zauberkönig in »Geschichten aus dem Wiener Wald«, und die gestrige Premiere vor ausverkauftem Haus ließ hoffen, dass dieses Stück über die nächsten Wochen eine Auslastung von mindestens achtzig Prozent bringen würde. Natürlich würden die Feuilletons die Premiere ignorieren oder bestenfalls milde belächeln. Ödön von Horváth! Na ja. Wiener Schmäh. Also bitte, wo blieb da die moderne Ästhetik, die Innovation, die Provokation?

Die können gut klugscheißen, dachte Helmut Hessler bitter, die müssen keine Gehälter zahlen, keinen Etat verwalten, keine vierhundert Karten verkaufen Abend für Abend. Nur die hoch subventionierten Staatstheater konnten es sich erlauben, ihre Schauspieler onanierend, pinkelnd, schreiend und mit entblößtem Gemächt künstlerisch sich verwirklichen zu lassen. Ein Privattheater konnte sich dergleichen allenfalls in Maßen erlauben, es war angewiesen auf ein Publikum, das wiederkam. In den Jahren am Burghoftheater hatte Hessler ein Gespür entwickelt für die Balance zwischen Werktreue und moderner Interpretation. Sein Publikum war ihm dabei gefolgt, auch durchaus neugierig. Aber für die allabendliche Besichtigung der genitalen Ausstattung von beispielsweise Siegfried Nemec war es nun mal nicht neugierig genug. Er hatte das zu respektieren, verdammt noch mal.

»Sabine!«, brüllte er wieder, aber sie stand bereits hinter ihm und reichte ihm die obligate Tasse Kaffee. Er nahm sie entgegen, setzte sich damit hinter seinen Schreibtisch und machte Sabine ein Zeichen, sich auf den Besucherstuhl davor zu setzen.

Helmut Hessler zog einige voll gekritzelte Papiere aus seiner Aktentasche und schwenkte sie in der Luft. »Wir müssen in die Offensive gehen. Die Beleidigungen dieser Würstchen vom Kulturausschuss lass ich mir nicht bieten und erst recht nicht dieses unverschämte so genannte Gutachten. Also, hier habe ich einen offenen Brief entworfen, den schreibst du heute noch ab und druckst davon so viele Exemplare aus, dass wir sie überall im Theater aufhängen und auslegen können. Außerdem verschickst du je ein Exemplar an die üblichen Redaktionen und an die Figuren vom Freundeskreis. Ach ja, und schreib denen gleich dazu, dass wir uns baldmöglichst zusammensetzen müssen.«

»Wo und wann?«, fragte Sabine Pock knapp, während sie gleichzeitig den Entwurf entgegennahm und durchblätterte. Alles handschriftlich, wie sie befürchtet hatte, tausendmal durchgestrichen, überschrieben, ergänzt.

Sie stöhnte auf und fing sich einen unwirschen Blick ein.

»Stöhnen kannst du noch, wenn du arbeitslos bist, weil ein paar Vollidioten unser Theater dichtmachen. Ich erwarte Einsatz, Einsatz, Einsatz!« Hesslers Stimme schwoll an, und Sabine hätte sich nicht gewundert, wenn er auf den Tisch gesprungen wäre und einen Degen gezogen hätte. Sie liebte seine theatralischen Auftritte nicht, aber sie hatte gelernt, sie als einen Teil seiner Persönlichkeit hinzunehmen. Allerdings war sie, sosehr sie das schauspielerische Können ihres Chefs bewunderte, von seinen privaten Auftritten längst nicht mehr zu beeindrucken.

»Und ich frage, wo, o wo, und wann, o wann?«, erwiderte sie deshalb und breitete die Arme aus.

»Was?« Ihr Chef sah sie verstört an. War sie verrückt geworden?

»Wo und wann wollen Sie den Förderverein treffen?«, fügte Sabine schnell hinzu.

»Ach so, ja. Sagen wir am kommenden Montag, da spiele ich nicht. Ja, Montag ist gut, um neunzehn Uhr im Schneckenhof, du weißt schon. Sorge dafür, dass der separate Raum freigehalten wird. Du machst das schon.«

Sabine war entlassen. Sie wusste, dass sie den Chef jetzt, eineinhalb Stunden vor der Vorstellung, nicht mehr stören durfte. Sie ging hinüber in ihr Büro, und erst jetzt fiel ihr auf, dass er heute noch kein Wort über Christiane Petersen verloren hatte. Seltsam, dachte sie, da er doch in den letzten Tagen seinem Zorn über diese

Frau nahezu beständig und unüberhörbar Ausdruck verliehen hatte. Denn Dr. Christiane Petersen war eine der beiden Gutachterinnen, die der Kulturausschuss gegen das Burghoftheater in Stellung brachte. Und heute kein Wort? Seltsam, dachte Sabine noch einmal, aber dann verlor sich der Gedanke mit den ersten Zeilen, die sie nach Hesslers Vorlage in den Computer eingab.

Liebe Freunde des Burghoftheaters, schrieb sie, *wie Sie wahrscheinlich schon gehört haben, hat ein Gutachten, das vom städtischen Kulturamt in Auftrag gegeben wurde, die Entziehung der Subventionen und damit die Schließung des Burghoftheaters zum Jahresende empfohlen.*
Die zwei Gutachterinnen kommen zu dem Schluss, dass in dem seit acht Jahren von Helmut Hessler geleiteten Haus »persönliche Eitelkeiten dominieren, die Darsteller durch heftiges Chargieren auffallen, was einhergeht mit einer biederen Regie und hoffnungslos altmodischen Bühnenbildern. Allen Aufführungen fehlt es an Inspiration.«
Diese unsachlichen Beleidigungen weise ich entschieden und mit Abscheu zurück.

Sabine Pock nahm die Hände von der Tastatur und überlas diese ersten Zeilen mit wachsender Wut. Dieses so genannte Gutachten machte nicht nur das Theater nieder, sondern alle, die hier arbeiteten. Nach allem, was sie wusste, hatte Sabine Pock nicht den geringsten

Zweifel, dass die Petersen die treibende Kraft in diesem infamen Spiel war. Die Petersen, ausgerechnet die! Der Teufel persönlich soll sie holen, dachte Sabine und hätte in diesem Moment nicht die geringsten Skrupel gehabt, dem Teufel assistierend zur Seite zu stehen. Später sollte sich Sabine Pock an diesen frommen Wunsch erinnern, vorläufig aber bezwang sie ihre Wut und schrieb weiter.

4

Annika Clement zitterte. Sie war sich nicht sicher, ob das vom Hunger kam, von der Erschöpfung oder der feuchten Kälte, die ihr an diesem Spätnachmittag allmählich in die Knochen kroch. Sie hätte sich gerne die Beine vertreten, aber dazu hätte sie ihren Posten verlassen müssen, und das ging nicht.

Ihr Posten, das war eine weiß lackierte, hölzerne Gartenlaube mit Lamellenwänden, durch die man wunderbar hindurchspähen konnte, ohne selbst gesehen zu werden. Die Laube war gerade so hoch, dass ein Mensch darin aufrecht stehen konnte, und kaum breiter als Annika selbst. Sie vermutete, dass das Häuschen ursprünglich als Unterstand für Gartengeräte gedacht war, bevor es irgendwie in Vergessenheit geriet oder überflüssig wurde. Im Inneren roch es nach Moos und fauligem Laub.

Annika rieb sich die schmerzenden Knie und spähte durch eine Lamellenritze nach draußen. Ähnlich wie auf einem Foto, das nur Teile eines Ganzen erfasst, sah sie von dem gelben Haus schräg vor ihr nur die weiße Eingangstür mit dem kupfernen Klopfer, links und rechts davon je ein Fenster mit weißen Chintzgardinen, die zugezogen waren, und eine vierstufige, halbrunde Steintreppe, die sich zum Eingang hin verjüngte.

Das Haus war von der Straße aus nicht zu sehen, denn

es wurde verdeckt von einem viel größeren, auf dessen rechter Seite ein Fußweg in einem Halbrund nach hinten und eben auf das gelbe Haus zuführte. Begrenzt wurde das Grundstück an seiner Hinterfront von einem wild bewachsenen Garten mitsamt der verwunschenen Laube, in der Annika Position bezogen hatte. Seit Punkt neun Uhr in der Früh, um genau zu sein. Annika konnte sich an keinen Montag in den vergangenen zwei Jahren seit Gerds Tod erinnern, an dem sie so früh auf den Beinen gewesen war. Wozu auch? Sie hatte keine Kinder, nicht einmal einen Hund oder eine Katze, ihren Beruf als Lehrerin hatte sie Gerd zuliebe aufgegeben. Er wollte nicht immer an die Schulferien gebunden sein, und ihr hatte es schließlich auch Spaß gemacht, ihn auf Dienstreisen und zu allen möglichen gesellschaftlichen Verpflichtungen begleiten zu können. Ja, viel gesehen und mitbekommen hatte sie da und eine Menge Leute getroffen!

Schon sechs Uhr. Sie stand auf und rieb sich das Hinterteil. Auch wenn sie gut gepolstert war, kam es einer Folter gleich, über Stunden auf diesem kleinen Klapphöckerchen zu sitzen, das sie in weiser Voraussicht mitgebracht hatte. Es war federleicht, und zusammengeklappt passte es bequem in eine Einkaufstasche, sogar zusammen mit der Thermoskanne Kaffee und den vier Käsebroten – Dreißig-Prozent-Käse, nicht etwa der fette, der natürlich viel besser schmeckte.

Sie sah wieder hinüber zu dem Haus. Über der Eingangstür spendete jetzt eine Kugellampe ein warmes, gelbes Licht. Schaltautomatik, vermutete Annika, denn die Gardinen hatten sich in den gesamten neun Stunden nicht ein einziges Mal bewegt. Wäre da nicht der unverhoffte Besucher am Mittag gewesen, Annika hätte vielleicht längst ihren Beobachterposten aufgegeben. Dieser Besucher aber hatte sie veranlasst, weiter auf etwas zu warten, von dem sie nicht einmal genau wusste, was es war.

Mittags jedenfalls, es war gegen zwei, hatte sie Schritte auf dem Weg gehört, und wenig später konnte sie beobachten, wie ein Mann den Klopfer gegen die Tür krachen ließ. Ein Mann, was heißt *ein* Mann. *Er* war es, der Hessler. Er stand vor der Tür, sah nach oben, klopfte, wartete, klopfte noch einmal, und dann – Annika konnte es noch immer nicht ganz fassen – zog er einen Schlüsselbund aus der Tasche und schloss auf. Schloss einfach die Tür zu einem Haus auf, in dem er nicht wohnte.

»Aha!«, hätte Annika beinahe gerufen, »aha, so ist das also«, aber sie beherrschte sich gerade noch rechtzeitig. Nachdem er aufgeschlossen hatte, wartete Helmut Hessler einen Moment, dann ging er hinein. Keine zehn Minuten später kam er wieder heraus. Hastig, atemlos, mit hochrotem Kopf stolperte er davon. Das war es, was Annika veranlasst hatte, dazubleiben und abzuwarten.

Und nun war es sechs, und sie stand in einer faulig riechenden Hütte und rieb sich den wund gesessenen Hintern. Wenn nicht gleich etwas passiert …, dachte sie gerade, als sich tatsächlich erneut Schritte näherten. Diesmal war es, wie Annika aus ihrem Guckloch heraus erkannte, eine kleine, gedrungene Frau mittleren

Alters. Türkin oder Jugoslawin, schätzte Annika. Die Frau machte gar nicht erst Anstalten, zu klopfen oder zu läuten, sie hatte den Schlüssel schon griffbereit in der Hand, schloss seelenruhig auf, streifte ihre Schuhe auf dem Vorleger ab und betrat ohne Eile das Haus.
Dann ging alles ganz schnell.
Die Untersetzte zog die Gardinen zur Seite und riss ein Fenster auf, Annika hörte das Martinshorn, zwei Sanitäter mit einer Trage und ein Notarzt mit einem großen Aluminiumkoffer rannten den Weg entlang und verschwanden im Haus. Annika versuchte angespannt, von dort irgendwelche Geräusche aufzuschnappen, aber sie hörte erst wieder etwas, als eine gute Viertelstunde später die Tür erneut aufging und die Sanitäter auf der Trage eine Frau heraustrugen, von der nur der Kopf zu sehen war, der Rest war verschnürt und verzurrt wie ein russischer Säugling. Der Arzt trabte neben dem Tross her, in der erhobenen Hand eine Infusionsflasche, deren Schlauch irgendwo in der Frau mündete. Das Ganze wurde akustisch untermalt von dem Schluchzen der Untersetzten, die in der Tür stehen geblieben war und erst wieder ins Haus ging, als draußen auf der Straße erneut die Sirene anhob.
Erst jetzt packte Annika ihre Tasche, vergewisserte sich, dass die Luft rein war, und verließ erleichtert, aber voller irrlichternder Gedanken ihr Versteck.
Als sie endlich zu Hause war, begann im Burghoftheater gerade die Vorstellung.

5

Im Wasserglas perlte ein Aspirin. Helmut Hessler wartete, bis es sich aufgelöst hatte, und schüttete das Gebräu in einem Zug in sich hinein.
Er saß auf dem Bett, noch im Morgenmantel und mit nackten Beinen. Es war früh, viel zu früh für einen wie ihn, der sonst nie vor zehn Uhr aufstand. Aber er hatte keinen Schlaf finden können, die ganze Nacht nicht. Immer wieder schob sich dieses Bild in sein Bewusstsein, ihr Schlafzimmer mit dem beschmutzten Bett, voll von Erbrochenem, und sie lag regungslos davor, das Haar verklebt, das Gesicht verschmiert. Aber sie lebte, da war er sich ganz sicher. Er hatte sich zwar nur kurz über sie gebeugt, aber das hatte ausgereicht, um festzustellen, dass sie atmete. Ihm war übel geworden. Dieser unbeschreiblich widerliche, säuerliche Gestank hatte ihn sofort aus dem Zimmer getrieben. Dann kam die Angst. Er befand sich mit einer Bewusstlosen alleine in einem Haus, zu dem er sich eigenmächtig Zutritt verschafft hatte. Mit einem Schlüssel, dessen Existenz er hätte erklären müssen. Er war ein Mann von öffentlichem Interesse, irgendjemand hätte bestimmt getratscht. Und das in der augenblicklichen Lage! Er musste so schnell wie möglich verschwinden, so ungesehen, wie er gekommen war, musste er verschwinden. Schließlich

atmete sie, sie lag warm und weich, sie hatte alles ausgespuckt, da kam nichts mehr, irgendwann würde sie zu sich kommen und selbst einen Arzt rufen können. So etwas passierte ständig irgendwo, es wäre nicht richtig gewesen, die Dinge zu überstürzen und sich damit hässlichem Gerede auszusetzen.

Hessler stand auf, ging über den langen Flur seiner weitläufigen Altbauwohnung ins Arbeitszimmer und blieb vor dem Regal mit der Stereoanlage stehen. Er musste endlich den Mut finden, die Regionalnachrichten einzuschalten. Wenn HR 3 nichts brachte, dann war auch nichts, dann war sie aufgewacht, wie er sowieso vermutete, hatte sich gefragt, wieso sie am Abend zuvor wieder zu viel gesoffen hatte, und sich hoffentlich geschämt.

HR 3 brachte Musik, zwischendurch gab ein unsäglich gut gelaunter Moderator irgendwelche Konzerttermine einer Band bekannt, die niemand über fünfzehn kennen musste. Dann die Nachrichten.

Es war die letzte Meldung vor der Verkehrsdurchsage. *Die bekannte Frankfurter Dramaturgin und Herausgeberin des Branchendienstes »Theater intern«, Christiane Petersen*, las der Sprecher, *befindet sich nicht länger in Lebensgefahr, ihr Zustand ist stabil. Dies bestätigte der Ärztliche Leiter des Nord-West-Krankenhauses auf Anfrage. Wie berichtet, war die Achtunddreißigjährige gestern Abend von ihrer Haushälterin bewusstlos in ihrem Haus aufgefunden worden. Dem Vernehmen nach hat sie einen schweren Herz-Kreislauf-Kollaps erlitten. In den vergangenen Tagen war ihr Name wegen ihres ver-*

nichtenden Gutachtens über das Frankfurter Burghoftheater und dessen Intendanten Helmut Hessler immer wieder in den Schlagzeilen.
Na klar, das musste dringend noch mal gesagt werden, damit es nur ja niemand vergaß. Hessler lief zurück in sein Schlafzimmer, warf Bademantel und alles Übrige von sich und stellte sich im angrenzenden Bad so lange unter die Dusche, bis seine Fingerkuppen runzlig wurden.
»Schon gehört?«, begrüßte ihn eine Stunde später Sabine Pock, sichtlich überrascht, dass er schon am Vormittag auftauchte.
»Das mit der Petersen?«
»Ja, das auch.«
»Wie, das auch. Was denn noch?«
»Der Verriss im HR. Gestern Abend im Literaturforum. Rokko Reiser, Sie wissen schon. Er behauptet, Sie hätten das Stück verfälscht.«
»Welches? Ich verfälsche doch andauernd Stücke, weil es mir sonst viel zu langweilig wäre.«
»Na, die ›Geschichten aus dem Wiener Wald‹. Was Ähnliches steht übrigens heute auch in der FAZ. Aber Ihre Fans haben schon reagiert. Hier, die neuesten Ausdrucke aus unserem Forum.« Sabine hielt ihm die Zettel hin in der Hoffnung, ihn damit gleich ein wenig besänftigen zu können.
»Zeig her den Scheiß.«
Er schob die FAZ und die übrigen Zeitungen verächtlich zur Seite, setzte sich an seinen Schreibtisch und fingerte sein Brillenetui aus der Jackentasche. Etwas Metallenes

fiel zu Boden. Sabine bückte sich danach. Ein Schlüssel, der an einer silbernen Kette mit einem dunkelroten Anhänger in Tropfenform befestigt war. Sein Hausschlüssel ist das nicht, schoss es Sabine durch den Kopf, den kannte sie. Dennoch hatte sie einen solchen Anhänger schon einmal gesehen, aber wo bloß? Woher kannte sie das verdammte Ding?

Noch ehe sie sich aus der Hocke aufgerichtet hatte, kam er um den Schreibtisch herum auf sie zugeschossen, riss ihr den Schlüssel aus der Hand, machte kehrt und setzte sich wieder. Sie sah ihn besorgt an. Er war blass, für einen Moment vibrierten seine Augenlider, dann fing er sich und nahm sich betont gelassen die Ausdrucke vor.

»Geschrieben von Martina Bunge«, sagte er »um neun Uhr dreißig. Mal sehen, was schreibt sie denn, unsere alte Freundin.« Er beugte sich tiefer über das Blatt und las vor: »*Herrn Frankes Behauptung in der FAZ, Helmut Hessler habe sich seinen Text als Zauberkönig so zurechtgebastelt, dass er auf sein Theater passe und ihm selbst eine große Rolle beschere, zeugt von einer Ahnungslosigkeit, die Herrn Franke peinlich sein sollte. Er hat offensichtlich nicht begriffen, welcher Text von Horváth aufgeführt wurde. Zu Ihrer nachträglichen Information, Herr Kritiker: Es wurden nicht ›Geschichten aus dem Wiener Wald, gekürzt auf sieben Bilder‹ aufgeführt, wie Sie behaupten, sondern ›Geschichten aus dem Wiener Wald, Volksstück in sieben Bildern‹. Es handelt sich dabei um eine von Ödön von Horváth selbst geschriebene zweite Fassung. Und die ist in jeder Buchhandlung erhältlich. Von einer solchen Fassung zu*

wissen, müsste man von dem Kritiker eines solchen Blattes erwarten können.«
Helmut Hessler nahm die Brille ab und zündete sich eine Zigarette an. »Das ist eine neue Variante, dass ein Kritiker das Stück nicht einmal kennt, das er verreißt«, sagte er mit einer Stimme, in der weniger Wut als Resignation lag. Erstmals, seit sie ihn kannte, hatte Sabine Pock das Gefühl, dass ihn der Kampfgeist verließ. Vielleicht hatte er aber heute auch nur einen schlechten Tag. Ganz bestimmt hatte er schlecht geschlafen, sonst wäre er nicht so früh im Büro aufgekreuzt.
»Wollen wir eine Entgegnung an die Redaktion aufsetzen?«, fragte sie.
»Ich denke nicht daran, mich einer solchen Kleingeisterei auszusetzen und Ignoranten Erklärungen zu geben«, entgegnete er und hob nun doch die Stimme zu gewohnter Lautstärke. »Ich biedere mich denen nicht an, das habe ich nicht nötig. Auf jeder Bühne kann ich jederzeit die besten Rollen spielen. Ich muss mir das hier nicht antun. Ich muss denen nicht erklären, wer ich bin und was ich mache. Die müssen zu mir kommen und mir auf Händen und Knien danken, dass ich unter den gegebenen Umständen überhaupt noch durchhalte, obwohl ich in diesem Gutachten geschmäht werde und diese Kulturwürstchen im Rathaus so ahnungslos wie willig dazu nicken!«
Er hatte sich in Rage geredet, wobei seine übergroßen Augen unstet in allen Ecken des Zimmers umherwanderten.
Kathrin Meise, die Buchhalterin, kam aus ihrem Büro in

den Flur und wartete in sicherer Entfernung das Gewitter ab. Helmut Hessler bemerkte sie. »Was ist?«, brüllte er.

»Der Kulturdezernent verlangt, dass wir eine Wirtschaftsprüfung machen lassen«, sagte sie und kam zögernd zwei Schritte näher, »wenn wir überhaupt noch eine Chance auf Zuschüsse haben wollen.«

»So, sollen wir. Und, machen wir das?«

»Die können prüfen, so viel sie wollen, die Bücher sind in Ordnung.«

»Na, dann lass die Arschlöcher doch prüfen.«

»Na ja, es ist nur nicht billig.«

Hessler fuhr hoch. »Wie viel?«

Kathrin Meise schluckte. Sie war eine stämmige Mittdreißigerin, sachlich, ohne Schnörkel, patent eben. »Vierzigtausend«, antwortete sie ohne Umschweife.

Hessler sank zurück auf seinen Stuhl und griff in die Jackentasche auf der Suche nach einer neuen Packung Zigaretten. Seine Finger stießen dabei gegen den Schlüssel. Abscheu und Wut gegen die Petersen nahmen ihm fast den Atem. »Lasst mich alleine«, sagte er gepresst.

Beide Frauen verließen auf der Stelle und ohne ein weiteres Wort den Raum. Sabine Pock schloss die Tür hinter sich, drehte sich um und, als ihr Blick auf die Eingangstür fiel, wusste sie wieder, wo sie den tropfenförmigen Schlüsselanhänger schon einmal gesehen hatte.

6

»Dong«, tönte es von der Domuhr, dann noch zweimal »Dong, dong«. Schon drei Viertel, dachte Annika, was bedeutete, dass noch ein Viertel bis zur nächsten vollen Stunde blieb. In diesem Fall bis elf Uhr. Himmel, sie musste sich beeilen, wenn sie rechtzeitig um halb zwölf bei Kurt Reisch sein wollte! Sie legte sich das beige Seidentuch um, das noch von Gerd stammte, und zwängte sich in die leichte Baumwolljacke, die sie sich im vergangenen Sommer erst gekauft hatte. »Auch schon wieder zu eng«, murrte sie und stopfte Portemonnaie und zuckerfreie Pfefferminzbonbons in ihre Handtasche.

Sie warf einen prüfenden Blick ins Schlafzimmer, ließ Gerd auf dem Nachtschrank ein kurzes »Mach's gut« zukommen, überzeugte sich, dass im Bad und in Gerds altem Arbeitszimmer die Fenster geschlossen waren, und lief routinemäßig weiter zur Küche. Herd aus, Lichter aus, Kaffeemaschine aus, Kühlschrank geschlossen.

»Tsss.« Sie entdeckte die Plastikdose auf dem Tisch und beförderte sie in den Kühlschrank zurück, wo sie hingehörte. Zum Glück war wenigstens der Deckel richtig zu.

Nun noch der übliche Blick aus dem Wohnzimmerfenster hinunter zum Taxistand. Ja, da standen Taxen, sie musste also nicht anrufen. Als müsse sie sich vergewissern, dass er noch steht, ruhte ihr Blick für Sekunden auf dem spitzen Glockenturm des Frankfurter Doms.

Seit dreißig Jahren ließ sie sich von dort die viertel, halben, dreiviertel und vollen Stunden vorgeben, hörte Hochzeitsglocken läuten und das drängende, vieltönige Glockenbrausen, das zur Messe rief.

Die Nachbarschaft zu diesem großen, altehrwürdigen Gemäuer wollte sie nicht missen, und noch heute war sie stolz auf sich, dass sie ihre Wohnung in der Fahrgasse mit Zähnen und Klauen gegen Gerd verteidigt hatte, der viel lieber irgendwo im Taunus gewohnt hätte. Sie aber war nicht gewichen, keinen Zentimeter. Wie hätte sie verzichten können auf ihren Domblick oder den sommerlichen Schoppen am Römerberg direkt dahinter, auf dem im Winter der Weihnachtsmarkt stattfand mit heißem Ebbelwei und Brezeln und Maronen. Oder ihre Spaziergänge am Mainkai, den sie in wenigen Schritten erreichen konnte und nach Lust und Laune verlängerte, indem sie über die Brücke nach Sachsenhausen zum Museumsufer lief. In jüngeren, besseren Tagen war sie sogar manchmal bis zum Burghoftheater am Großen Hasenpfad gelaufen, was allerdings schon tiefstes Sachsenhausen und ein Ende weit weg war.

Ach Gott, das Burghoftheater. Annika konnte nicht daran denken, ohne jedes Mal traurig und unruhig zugleich zu werden.

Die Petersen jedenfalls konnte weiter ihr Gift verspritzen. In den Nachrichten hatte es geheißen, ihr Zustand sei stabil, was wohl bedeutete, dass sie es schaffen würde. Annika seufzte. Man musste Geduld haben und einen klaren Kopf bewahren. Sie zog die Gardinen vor, schulterte ihre Tasche und verließ mit kleinen, x-beinigen Schritten ihre Wohnung.

Der Damaschkeanger, in dem sie das Taxi zwanzig Minuten später absetzte, war eine ruhige Wohnstraße im Stadtteil Praunheim. Keine noble Wohngegend, eher kleinbürgerlicher Kiez. Annika hatte die Adresse aus einer Anzeige in der Zeitung, in der ein Heilpraktiker das Abnehmen mit Hilfe von Akupunktur anbot. Sie hatte telefonisch einen Termin für Dienstag elf Uhr dreißig bekommen, und hier war sie also. Dass das Gässchen nahe beim Nord-West-Krankenhaus lag, in dem sich die Petersen gerade auskurierte, war Annika dabei wie ein Wink des Schicksals erschienen, ein Fingerzeig sozusagen, den sie nicht ignorieren konnte.

Erst einmal aber zu den Nadeln. Annika war schon zweimal an dem unscheinbaren Schild mit der Aufschrift »Praxis für Naturheilkunde« vorbeigelaufen, ehe sie es endlich doch entdeckte. Ein Pfeil wies auf den Nebeneingang eines viereckigen, schmucklosen Hauses, dessen Holztür nur angelehnt war.

Annika trat ein und landete ohne Vorwarnung in einem Raum, in dem mindestens dreißig Menschen auf schwarzen Plastikstühlen saßen, die an drei Wänden entlang aufgestellt waren. In der Mitte des Raumes führte eine Wendeltreppe in eine obere Etage. An der linken Wand war ein schmaler Durchlass zu einem Zimmerchen, in dem zwei Frauen hinter einem Tresen unermüdlich gelbe Karten ausfüllten. Davor stand eine Schlange unverkennbar fülliger, wenn nicht gar fetter Frauen. Annika sah sich beklommen um, tatsächlich gab es unter den Wartenden kaum Männer, auf Anhieb entdeckte sie nur drei. Sie widerstand dem Drang, sofort kehrtzumachen, und stellte sich am Tresen an.

»Sie sind Frau …?«, fragte die eine der provozierend dürren Kartenschreiberinnen, als Annika endlich an der Reihe war.

»Clement«, ergänzte sie.

»Ah ja, da haben wir es.« Die Dürre zog aus einem offenbar vorbereiteten Kartenstapel eine Karte heraus, ließ sich Anschrift und Telefonnummer bestätigen und stand auf. »Dann kommen Sie mal mit zum Wiegen.«

Annika trottete ihr hinterher, durch den überfüllten Vorraum, die Wendeltreppe hoch, wo in einem ähnlichen, aber kleineren Warteraum wie dem unten wieder fast alle Stühle besetzt waren. Anders als unten gingen von diesem Raum gegenüber der Treppe zwei Türen ab. Eine war offen und ließ den Blick frei auf eine Waage, die so groß war wie ein Kleiderständer. Rechts und links davon standen ein Stuhl und ein rechteckiger Tisch.

Meine Güte, dachte Annika, hoffentlich schließt sie wenigstens die Tür, wenn ich mich auf diesen Gabelstapler wuchte. Die Frau tat ihr den Gefallen. »Die Jacke ablegen, bitte«, sagte sie, »die Schuhe behalten Sie an.«

Annika kniff die Augen zusammen, als sie auf die Waage stieg, aber sie entging der Wahrheit nicht.

»Achtundneunzig Komma neun«, konstatierte die Sprechstundenhilfe und notierte das Gewicht auf der gelben Karte. »Achten Sie darauf, dass Sie beim nächsten Wiegen in einer Woche in etwa die gleiche Kleidung tragen. Jetzt warten Sie bitte draußen, Herr Reisch wird gleich für alle eine Einführung geben.«

Der obere Warteraum war bald überfüllt, sodass die Ersten schon an der Wand lehnten, weil sie keinen Sitzplatz mehr fanden. Mindestens sechzig Zentner Lebendgewicht sind hier beisammen, wenn nicht gar achtzig, dachte Annika. Knackt es eigentlich, bevor ein Fußboden einstürzt, oder tut er das ohne Vorwarnung? Sie hielt sich am Geländer der Wendeltreppe fest, was ja nie schaden konnte, wenn die Statik nicht standhielt, zumindest war sie nahe am Fluchtweg.

Es war schon fast zwölf, als endlich ein drahtiger Mann, behände zwei Stufen auf einmal nehmend, die Wendeltreppe hinaufeilte, auf der obersten Stufe stehen blieb und dynamisch in die Runde sah. Mund halten, zuhören!, forderte sein Blick. Tatsächlich wurde es sofort ruhig. Annika zog sich noch ein Stück weiter hinter das Geländer zurück, um nicht in sein Blickfeld zu geraten. Er wirkte auf sie wie ein Dompteur, der mit der Peitsche in der Mitte der Arena steht und seine Elefanten im Kreis laufen lässt. Diese hier liefen allerdings nicht, sondern saßen auf zu kleinen Stühlen und warteten schweigend.

»Sie sind hier«, begann Kurt Reisch, »weil sie ein Problem haben. Das Problem ist aber nicht das Übergewicht, das ist nur die Folge. Das Problem ist Ihre Fresssucht. Machen Sie sich klar, dass Sie zu dick sind, weil Sie nicht aufhören können zu essen. Das ist eine Sucht. Sie sind fresssüchtig. Und da setzt die Therapie an.« Er machte eine Pause und begann, die Anwesenden der Reihe nach zu fixieren. Eine Frau, die ihrer Nachbarin etwas zuflüstern wollte, hielt mitten in der Bewegung inne und klappte den Mund wieder zu. Sie zupfte verlegen an ihrer Hemdbluse, weiß grundiert mit blassrosa Blumenmuster, ein Hänger, wie ihn auch Annika notgedrungen trug.

»Bevor ich Ihnen die Wirkung der Akupunkturnadeln erkläre und den Sinn der von mir zusammengestellten Diät, die eine Pflicht ist«, hier hielt Kurt Reisch eine Broschüre in die Höhe, »weise ich Sie darauf hin, dass Sie nur Erfolg haben werden, wenn Sie aus freiem Entschluss hier sind. Der Erfolg beginnt hier.« Er tippte sich an die Stirn.

»Wenn Sie also vom Ehemann geschickt wurden beispielsweise, vergessen Sie es. Stehen Sie auf und gehen Sie nach Hause!« Er machte eine Kunstpause, in der natürlich niemand ging, und begann dann, ausführlich zu erklären, wie er mit drei Nadeln im Ohr die Hungergefühle abblocke, um eine Grundlage für die Suchtbekämpfung zu schaffen, die aber jeder selbst vollenden müsse, indem er, solchermaßen unterstützt, diszipliniert die Diät befolge.

Reisch sprach schnell, deutlich und laut. Wer schwätzte, wurde mit einem »Na aber, bitte« abgebügelt und verstummte umgehend.

Drei Wochen, erklärte Kurt Reisch, blieben die drei Na-

deln im Ohr, danach folge eine dreiwöchige Erhaltungsphase, für die es ebenfalls einen ausgeklügelten Diätplan gebe, anschließend wieder drei Wochen lang Nadeln. »Und so fort, bis Sie Ihr Zielgewicht erreicht haben. Und ich kann Ihnen sagen«, hierbei wanderten seine Augen erneut durch die Reihen, »ich habe schon manche attraktive Frau hier herausgehen sehen, nachdem sie sich endlich aus ihrem dicken Fell geschält hatte. Erstaunlich attraktive Frauen kommen da zum Vorschein.«
Jetzt hat er uns, dachte Annika, jetzt hat er uns alle. Sie versuchte, sich vorzustellen, wie die arme eingeschlossene Schöne dreißig Kilo tiefer in ihr drin sich von nun an Gramm für Gramm näher an die Oberwelt heranarbeitete. Sie sah sie förmlich mit den Armen rudern, um die Schichten beiseite zu schieben. Ja, das Bild gefiel ihr, das wollte sie sich merken.
Reisch appellierte noch einmal an alle, nur dann zum Nadeln zu bleiben, wenn sie auch wirklich aus eigener Überzeugung gekommen seien. »Angst müssen Sie nicht haben, unsere Sterberate ist sehr niedrig«, fügte er launig hinzu, dann sprang er auf und öffnete die der Treppe gegenüberliegende Tür, nickte einer Frau, die der Tür am nächsten stand, auffordernd zu und verschwand mit ihr in dem Zimmer.
Davor bildete sich nun eine lange Schlange. Es war mittlerweile fast zwei Uhr, und Annika zählte einundzwanzig Wartende vor sich. Egal, auch wenn es noch Stunden dauerte, sie wollte die attraktive Frau in sich nicht enttäuschen.
Das erste Opfer kam nach nicht einmal fünf Minuten mit

unsicherem Lächeln aus dem Zimmer und hielt sich das Ohrläppchen. »Zeigen Sie mal!«, rief jemand, und die Frau schob gehorsam das Haar beiseite. Zu besichtigen war ein leicht gerötetes Ohr mit einem Nadelpünktchen in der Mitte der Muschel, einem am äußeren Knorpel und einem im Ohrläppchen. Darüber klebte jeweils ein winziges Pflaster. »Es piekst nur ein bisschen«, sagte sie, aber da ging schon die Tür auf, und der Nächste wurde hineingebeten.

Gegen halb vier war endlich Annika an der Reihe. Reisch zeigte auf eine Liege und forderte sie auf, sich zu setzen. Hinter ihm standen auf einer Anrichte übereinander gestapelte Pakete. »Einmal-Nadeln«, erklärte er, die drei für sie hielt er schon in der Hand. »Wir nehmen die Seite, auf der Sie nicht einschlafen. Welche ist das?«

»Rechts.«

Er lächelte sie an und tätschelte ihren Arm. »Aha, der kreative Typ. Was machen Sie so?«

»Ich bin Witwe«, sagte Annika, wobei ihr gleichzeitig einfiel, dass das eigentlich nichts ist, was man macht.

»Interessant.« Reisch ließ ihren Arm los und fuhr wie nebenbei über ihr Ohr. »Sie werden innerhalb des ersten Monats zehn Prozent Ihres derzeitigen Gewichts verlieren.« Pieks, noch mal pieks.

»Wenn Sie alles richtig machen.«

Pieks, die letzte Nadel landete im Ohrläppchen, und Annika stellte anerkennend fest, dass er sie mit seinem Palaver gekonnt abgelenkt hatte.

»So, drei Wochen bleiben die jetzt, dann raus damit, und in noch einmal drei Wochen sehen wir uns zur nächsten

Runde. Und nicht vergessen«, ermahnte er sie, als sie sich schon zum Gehen wandte, »alle acht Tage zum Wiegen kommen!«

Annika schob sich an der Warteschlange vorbei, ging die Treppe hinunter und steuerte den Tresen an, hinter dem die zwei Mitarbeiterinnen wie schon zuvor mit den gelben Kärtchen hantierten. Sie gab ihre Karte ab, auf der bereits ihr Gewicht stand, nun wurde noch das Datum der Nadelung hinzugefügt. »Vierzig Euro«, sagte eine der beiden. Annika bezahlte, erhielt eine Quittung samt ihrem Diätplan und stand um kurz nach vier wieder auf der Straße.

Ihr war nach einem Kaffee und einem ordentlichen Stück Streuselkuchen, Gelüste aus einem früheren Leben, die sie fortan unterdrücken wollte. Deshalb schlug sie nicht den Weg zu dem kleinen Eckcafé ein, das sie beim Herkommen entdeckt hatte, sondern ging den Damaschkeanger entlang bis zur Heerstraße, wo es einen Supermarkt gab, in dem sie die Zutaten für ihren ersten Diättag einkaufen konnte: Magerquark, Honig, Knäckebrot, Brühwürfel, ein paar Möhren und eine Salatgurke.

Die Einkaufstüte in der Hand, schlenderte sie anschließend ohne Hast die Heerstraße wieder zurück, bis sie zur Steinbacher Hohl links einbiegen musste. Hier lag, etwas oberhalb an einem Hang, das Nord-West-Krankenhaus. Schwer atmend, weil die letzten Meter bis zum Eingang über einen leicht ansteigenden Weg geführt hatten, fragte Annika den Pförtner nach der Station, auf der Dr. Christiane Petersen lag. Internistische Abteilung, das hatte sie sich gleich gedacht. Sie hatte keine Mühe, das Zimmer zu finden, und als sie eintrat, stellte eine Schwester gerade das Tablett mit dem Abendessen neben dem Bett der Kranken ab.

Gut, dachte Annika, sehr gut.

7

Die Sache mit dem Schlüssel ließ Sabine Pock keine Ruhe.
Als dieser unlustige Junge von der Gärtnerei im Türrahmen herumlümmelte, da hatte sie genau gesehen, dass aus der Brusttasche seines Kittels ein Schlüsselanhänger hing. Typisch, hatte sie noch gedacht, weil sie diese Art Nachlässigkeit von ihrem Sohn kannte, der auch nie darauf achtete, die Dinge richtig zu verstauen. Rot und tropfenförmig war der Anhänger gewesen, haarscharf genauso wie der, den sie gerade eben bei ihrem Chef gesehen hatte. Möglich, dass es diese Dinger zu Hunderten gab und sie sich in eine fixe Idee verrannte. Möglich aber auch, dass beide Schlüssel ein und derselben Person gehörten. Und wieso hatte den einen dann der Chef und den anderen ein Junge in schlecht sitzenden Hosen, der für eine Gärtnerei Gebinde ausfuhr?
Roth, Gärtnerei Roth, genau, so hieß die, so hatte es auf dem Lieferwagen gestanden. Sabine blätterte im Branchenbuch, bis sie das Gewünschte gefunden hatte. Eine Friedhofsgärtnerei am Hauptfriedhof, na, das hätte sie sich denken können. Schön anonym, viel Laufkundschaft. Sie notierte Adresse und Telefonnummer und starrte dann den Zettel an. Was konnte sie damit jetzt anfangen?

Sie wollte wissen, wem der Schlüssel gehörte, und wenn sie nebenbei in Erfahrung brächte, wer ihnen dieses widerliche Gebinde ins Büro geschickt hatte, dann wäre das auch kein Nachteil. Aber wie sollte sie das anstellen?
Mal sehen, sagte sie zu sich selbst und vergewisserte sich mit einem schnellen Blick, dass ihre Bürotür geschlossen war. In jedem Fall fahre ich dorthin, überlegte sie, und wenn sich nichts ergibt, dann habe ich es wenigstens versucht.

Ein Vorteil ihrer Arbeit im Theaterbüro war, dass sie über ihre Zeit weitgehend selbst verfügen konnte. Da sie oft abends lange blieb, fand niemand etwas daran auszusetzen, wenn sie tagsüber für ein oder zwei Stunden das Haus verließ. Sie machte ihre Arbeit, und sie machte sie gut, das war die Hauptsache.
Sie führte noch einige Telefongespräche, legte die zu beantwortende Post für später zurecht und schulterte ihre Tasche. Der Chef hatte sich nicht mehr blicken lassen, seit er sie hinauskomplimentiert hatte, also hinterließ sie ihm eine Nachricht auf ihrem Schreibtisch, so wie sie es seit Jahr und Tag tat, wenn sie für eine Weile wegging. Sie sagte auch Kathrin Meise in der Buchhaltung Bescheid und überquerte noch vor drei Uhr den Main, fuhr, ohne dem Beachtung zu schenken, an der Wohnung von Annika Clement vorbei, die zu diesem Zeitpunkt bei ihrem Heilpraktiker saß, und parkte gegen halb vier auf dem Seitenstreifen vor dem Hauptportal des Friedhofs.

Die Gärtnerei Roth war in einem flachen, lang gestreckten Gebäude untergebracht, das aussah wie eine Kreuzung zwischen Treibhaus und Container. Vor dem Eingang standen Rollwagen, bestückt mit Blumentöpfen, Zweigen und Gestecken. Über Sabines Kopf bimmelte eine Glocke, als sie eintrat. Es roch nach Erde, Blumen und Feuchtigkeit. Links vom Eingang stand ein langer Tresen mit einer altmodischen Kasse, dahinter war, durch einen Vorhang abgetrennt, der für Gärtnereien übliche Arbeitsraum, aus dem jetzt eine junge Frau herauskam.

»Guten Tag, kann ich Ihnen helfen?«

»Tulpen hätte ich gerne. Zehn Stück, die gelben da.« Sabine fand es geschickter, erst einmal etwas zu kaufen, ehe sie Fragen stellte. Außerdem wollte sie Zeit gewinnen.

»Soll ich sie binden?«

»Ja bitte.« Das brachte ein paar Minuten. Die junge Frau, die den gleichen Kittel trug wie der Azubi neulich, verschwand hinter dem Vorhang. Sabine spähte nach draußen auf der Suche nach dem Lieferwagen, aber sie sah ihn nirgends.

Die Verkäuferin erschien wieder und hielt Sabine den Strauß hin. »Recht so?«

»Ja, sehr schön.« Während sie bezahlte, fragte Sabine ganz beiläufig nach dem Fahrer des Lieferwagens. »Wissen Sie, er hat uns am Montag ein Gebinde ins Theater gebracht, ohne uns den Absender zu nennen.«

»So? Normalerweise liegt ein Kärtchen bei. Haben Sie vielleicht übersehen.«

»Nein.« Sabine schüttelte bekümmert den Kopf. »Es lag nichts bei.«
Die Verkäuferin zögerte, dann holte sie unter dem Tresen eine Kladde hervor. »Ich kann ja mal nachsehen«, sagte sie. Sabine nannte Anschrift und Datum, und die junge Frau fuhr mit dem Finger eine Spalte ab. »Komisch.« Der Finger suchte weiter, aber offenbar ergebnislos. »Sind Sie sicher, dass das von unserem Geschäft kam? Normalerweise steht jede Lieferung in unserem Auftragsbuch. Hier steht aber nix.«
»Ist nicht weiter schlimm.« Sabine zückte noch einmal ihr Portemonnaie, weil ihr gerade eine Idee gekommen war. »Wissen Sie was? Hier ist meine Visitenkarte mit meiner Telefonnummer. Sagen Sie doch bitte dem jungen Mann, der den Wagen fährt, er soll mich mal anrufen. Es wird sein Schaden nicht sein, wenn Sie verstehen.« Sie lächelte dabei gewinnend und drückte der überrumpelten Verkäuferin die Karte samt einem 5-Euro-Schein in die Hand. »Sie sehen ihn doch bestimmt heute noch.«
»Ja, sicher«, entgegnete die junge Frau und ließ beides in ihrer Kitteltasche verschwinden.
»Na dann, danke. Ach, und richten Sie ihm aus, es ist wichtig.«
Fünf Euro Schmiergeld, dachte Sabine, als sie mit dem Tulpenstrauß voran den Laden verließ, ich muss nicht ganz dicht sein. Aber der Anflug von Selbstkritik wurde jäh unterdrückt, als sie, schon im Begriff loszufahren, im Rückspiegel den grünen VW-Bus entdeckte, der ratternd und haarscharf neben den Rollwagen zum Stehen kam. Sabine wartete, bis der Junge ausgestiegen war,

ehe sie auf die Hupe drückte und ebenfalls ausstieg. Erwartungsgemäß drehte er sich um, träge, wie es augenscheinlich seine Art war.

»Warte mal!«, rief sie und lief ihm entgegen. Er wechselte das Standbein, aber nicht den gelangweilten, abschätzigen Gesichtsausdruck. Pubertät, Endphase, dachte Sabine, die mit Sascha in dieser Hinsicht einiges erlitten hatte und seither diese Spezies Mensch mied, bis sie aus dem Gröbsten raus waren. Diesen hier aber konnte sie sich nicht ganz ersparen.

»Gut, dass ich dich treffe, ich habe schon drin nach dir gefragt.« Es erschien ihr völlig selbstverständlich, ihn zu duzen.

»Warum, was is'n?« Seiner Reaktion war nicht zu entnehmen, ob er sie wiedererkannte. Sabine überhörte den mürrischen Tonfall, entschied sich aber für einen kleinen verbalen Umweg. Sie zeigte hinüber zu dem Lieferwagen. »Du bist doch höchstens gerade achtzehn. Und kutschierst schon mit dem Ding da durch die Gegend. Eigentlich Klasse.«

»Standard«, sagte er, »noch was?«

Das bedeutete unmissverständlich: Komm zur Sache, laber mich nicht zu. Sabine zückte erneut ihr Portemonnaie und wiegte es viel sagend in der Hand. Sie war ein bisschen verärgert und reichlich genervt von diesem verdruckststen Jugendlichen, der sie zu plumpen Methoden nötigte.

»Ja, noch was«, entgegnete sie spitz. »Du erinnerst dich doch sicher an das Trauerbouquet, das du uns ins Theater gebracht hast?«

Der Junge vergrub die Hände in den Hosentaschen und wich ihrem Blick aus. Also erinnerte er sich.
Sabine fasste nach: »Wer hat uns das geschickt?«
Wieder keine Antwort, aber sie gab nicht auf. »Weil wir gerade so nett plaudern, hätte ich auch noch eine zweite Frage: Mir ist bei dir ein Schlüssel mit einem roten Anhänger aufgefallen. Ich kenne noch jemanden, der genau so einen Schlüssel hat. Komischer Zufall, nicht? Kannst du mir dazu was sagen?«
In den Jungen kam nun doch Bewegung. Er richtete sich gerade auf, und seine Augen blitzten empört. »Bin ich bescheuert oder was?«
»Pass mal auf, du …« Sabine stellte sich nun auch kerzengerade vor ihn hin, dank ihrer hochhackigen Schuhe reichte sie ihm immerhin bis zur Stirn. »In den Auftragsbüchern ist das Scheißbouquet nicht eingetragen. Ich sag dir mal, was ich vermute. Du hast den Auftrag schwarz ausgeführt und das Geld eingesteckt. Von mir aus, ist mir wurscht. Aber sag mir jetzt, verdammt noch mal, für wen du das gemacht hast!«
Der junge Mann blickte zu Boden, auf seinen Wangen bildeten sich rote Flecken. Plötzlich wirkte er hilflos, verstört, wie ein Kind in Not. Der coole Anstrich war verschwunden.
Sabine dachte an Sascha und die vielen Jahre, in denen sie ihn beschützt und verteidigt hatte. Dieser Bengel hier sah nicht so aus, als sei er mit allzu viel Trost und Zuspruch überschüttet worden. »Ich will nur eine Auskunft, das ist alles«, sagte sie, »keine Angst, ich sag es nicht weiter. Wie heißt du eigentlich?«

Ihr beruhigender Tonfall zeigte Wirkung. Der Junge entkrampfte sich und sah sie nun mit einem Blick an, in dem noch viel mehr Kind als schon Mann steckte.
»Olaf«, antwortete er, und dann erzählte er ihr alles, was sie von ihm hatte wissen wollen.
Als sie ihm am Ende zwanzig Euro in die Hand drückte, war sie schon beinahe so weit, Olaf zu mögen.

8

Christiane Petersen hatte es nicht geschafft. In der Nacht von Dienstag auf Mittwoch hatte sie eine unerklärliche Übelkeit befallen, verbunden mit Unruhe und Desorientierung, schließlich brach der Kreislauf zusammen, und sie fiel ins Koma. Drei Nächte und zwei Tage dauerte der Kampf um ihr Leben, dann war er entschieden. Am Freitag, dem zweiundzwanzigsten März, starb Christiane Petersen in den frühen Morgenstunden. Sie wurde nur achtunddreißig Jahre alt. An dem frischen Strauß gelber Tulpen, die in einer Vase neben ihr auf dem Nachttisch standen, hatte sie sich nicht mehr lange erfreuen können.

Das Krankenhaus gab ein Bulletin heraus, wonach bei der Patientin nach anfänglicher Erholung unerwartet Herzrhythmusstörungen aufgetreten waren, die ein Multiorganversagen zur Folge gehabt hatten. Journalisten formulierten Nachrufe, örtliche Politiker gaben ihrer tiefen Betroffenheit Ausdruck.

Schon einen Tag später erschien die Traueranzeige des Branchendienstes *»Theater intern«*, als dessen Herausgeberin sie gewirkt hatte, in allen wichtigen überregionalen Zeitungen, die Familie gab ihre Annonce in der »Süddeutschen« auf. Unterzeichner waren der Vater der Verstorbenen und ihr Bruder. Beide lebten in München,

und dort sollte auch am Freitag der folgenden Woche die Beerdigung stattfinden.
»München«, sagte Annika und schwenkte ihre Zeitung in Gerds Richtung. Er sah sie aus seinem Fotorahmen heraus streng an. »München«, wiederholte sie, »da war doch der Hessler, bevor er zu uns nach Frankfurt kam. Und sie ist erst vor zwei Jahren hierher gekommen. Die kannten sich am Ende besser als nur flüchtig. Immerhin hatte er ihren Hausschlüssel, das wollen wir doch mal nicht vergessen.«
Sie schwieg viel sagend.
»Natürlich habe ich sie nicht danach gefragt, als ich bei ihr im Krankenhaus war«, fuhr sie endlich fort, als hätte Gerd eine entsprechende Frage gestellt, »ich hätte ihr ja sonst beichten müssen, dass ich sie von der Laube aus beobachtet habe, weil ich dachte, sie bei irgendwas ertappen zu können, was ich gegen sie verwenden kann.« Annika grinste breit. »Habe ich ja auch, wenn man es genau nimmt. Aber reden konnte ich mit ihr nicht darüber, leider auch nicht über das Theater und die ganze Thematik. Die war ziemlich wortkarg, beinahe schon unhöflich. Hat ihre Suppe gelöffelt, mit meiner Hilfe übrigens, und einen roten Tee getrunken, Hagebutte oder irgend so was Gesundes. Na, viel genutzt hat ihr das nicht.«
Sie wusste, dass Gerd diese letzte Bemerkung als taktlos empfunden hätte, aber was sollte er schon machen? In seinem Zustand, eingepfercht in einem Bilderrahmen?
Alles in allem war es ja keine schlechte Ehe gewesen, aber Gerds ständige Maßregelungen hatten in all den

zweiunddreißig Jahren wie ein Stachel in ihrem Fleisch gesessen. Tu dies so, mach das anders, dies oder jenes solltest du unterlassen. Mit der Zeit hatte er sich nicht einmal mehr die Mühe gemacht, zu verbergen, dass er sie dumm, langweilig und lästig fand. Noch an seinem letzten Tag war es so gewesen.

Er war mittags nach Hause gekommen, um einige Unterlagen für die Sitzung zu holen, und da er in Eile war, hatte er sie aufgefordert, rasch eine Kleinigkeit zu kochen. »Du hättest mir Bescheid sagen können«, hatte sie erwidert, »dann hätte ich etwas vorbereitet.«

An seine gereizte Antwort erinnerte sie sich noch genau. »Mein Gott, muss ich jetzt schon in meinem eigenen Haus das Essen vorbestellen? Es muss doch sogar dir möglich sein, irgendwas Essbares auf den Tisch zu bringen. Oder schaffst du nicht mal mehr das ohne größere Debatten?«

Sie war in hilfloser Wut in die Küche gegangen. Das Omelett, das sie ihm schließlich servierte, hatte ihm natürlich nicht geschmeckt. »Komischer Beigeschmack«, hatte er geknurrt, »hast du wieder was von deinem ekligen Gewürzzeugs reingetan?« Er hatte das Essen demonstrativ mit einem Schluck Weißwein hinuntergespült. »Kann spät werden heute«, waren seine letzten Worte, bevor er ging, »warte nicht auf mich.« Das tat sie auch nicht.

Als er dann plötzlich tot war, hätte sie so lange telefonieren, so laut lachen, so spät aufstehen können, wie sie Lust hatte. Aber sie tat es nicht, zumindest nicht ohne schlechtes Gewissen. Tatsächlich wusste sie überhaupt

nicht, was sie mit sich anfangen sollte. So zog sie sich zurück, und niemanden schien das zu stören. Sehr schnell hörten die Anrufe auf, Einladungen kamen kaum noch. Sie wunderte sich nicht darüber. Ihr Bekanntenkreis hatte sich um Gerd geschart, nicht um sie. Als er nicht mehr da war, gab es auch keinen Kreis mehr. Freunde? Sie hatte sich nie eingebildet, dass diese Leute mehr als Bekannte waren, und sie hatte sich nicht geirrt. Natürlich traf sie gelegentlich die einen oder anderen, lud auch hin und wieder ein oder zwei Paare zum Essen ein, aber mehr als oberflächliche Begegnungen waren das nicht.
Ihre einzige wirkliche Freundin war zu Annikas großem Kummer vor mehreren Jahren mit ihrem Mann nach München gezogen, dort von einer Ehekrise in die andere geraten und seither mit einer hässlichen, zermürbenden Scheidung beschäftigt. Annika mochte sie nicht zusätzlich mit ihren eigenen Problemen behelligen. Also aß sie, fing morgens an und nahm den letzten Schokoriegel noch mit ins Bett. Sie aß und wartete, dass jemand ihr sagte, sie solle damit aufhören. Ihr einziger Lichtblick war jetzt das Theater und die ehrenamtliche Arbeit im Freundeskreis. Sie ließ kaum ein Stück aus. Wenn Siegfried Nemec spielte, besuchte sie manche sogar mehrmals. Er hatte eine so wundervolle Stimme. Wenn sie die Augen schloss und ihm zuhörte, dann fühlte sie sich leicht, so als schwebe sie auf dem Klang seiner Stimme davon. Manchmal schämte sie sich dieser Schwärmerei, die natürlich ihr Geheimnis bleiben musste. Besonders Nemec durfte, aus gutem Grund, niemals davon erfahren.
Würde er auch nicht, denn weder er noch irgendjemand

vom Freundeskreis des Theaters interessierte sich für sie. Obwohl sie immer die Erste war, wenn es darum ging, Spenden einzutreiben, Flugblätter zu verteilen oder neue Mitglieder zu werben. Ihre Hoffnung auf Anerkennung aber erfüllte sich nicht. Sehr oft wurde sie einfach übergangen, von manchen geradezu abgewimmelt, bestenfalls milde ignoriert. Helmut Hessler zeigte ihr sogar offen seine Abneigung, indem er ihr das Wort abschnitt, sie vor allen anderen zusammenstauchte und sie mied, so gut er konnte.

Die dachten wohl, dass sie das nicht berührte, aber das stimmte nicht. Es schmerzte, es schmerzte sehr.

Eine Zeit lang war sie nach solchen Erfahrungen nach Hause gekommen und hatte alles verputzt, was der Kühlschrank hergab. Bis sie fast einhundert Kilo wog und endlich aufhörte, darauf zu warten, dass jemand sie an die Hand nahm.

Ihre Finger suchten nach den Nadeln, die sie kaum tasten konnte, so winzig waren sie. Komisch, dachte Annika, seit sieben Tagen stecken die in meinem Ohr und stören mich kein bisschen. Ich hätte das viel früher machen sollen.

Sie stellte sich seitlich zum Schlafzimmerspiegel und zog den Bauch ein. Sah man schon einen Unterschied? Gut vier Kilo, immerhin, waren runter. Das hatte sie Gerd ja noch gar nicht erzählt. »Ich war heute beim Wiegen«, sagte sie und sah ihn triumphierend an, »Vierundneunzig Komma sechs Kilo, was sagst du dazu?«

Gerd sagte natürlich nichts, aber das konnte ihre gute Stimmung nicht trüben.

»Ich weiß, du traust es mir nicht zu, aber ich lege meine Hand dafür ins Feuer, dass ich eine herrliche Silvestervorstellung im Burghoftheater erleben werde, und zwar in Kleidergröße 38.«

Das glaubte er nicht, das spürte sie. Du solltest nicht immer so übertreiben, hätte er gesagt, wenn er noch etwas zu sagen hätte.

»Na gut«, fügte sie um des lieben Friedens willen hinzu, »in Größe 40 meinetwegen, allerhöchstens 42. Und jetzt muss ich los zu unserer Sitzung, Freundeskreis, du weißt schon. Ruh dich aus, mein Lieber, es kann später werden heute.«

9

Der Schneckenhof verdankte seinen Namen der gleichnamigen Straße und nicht, wie gelegentlich böswillig kolportiert wurde, dem Bewegungszustand seiner Belegschaft.

Er war keine der typischen Sachsenhäuser Ebbelweikneipen mit langen Holztischen, kippeligen Bänken und einem hohen Touristenanteil. Die Stammgäste, die dem Schneckenhof die Treue hielten, waren mit ihm und seinen halben Gardinen, die im einzigen großen Fenster zur Straße hin über verholzten Gummibäumen vergilbten, alt geworden.

Im Inneren wirkte seit bald dreißig Jahren schon der Wirt Heinz Ditzel, der neben seinem ehrlichen hessischen Namen über unumstößliche Grundsätze verfügte. »Gut Ding will Weile haben« war einer davon, was sich im Allgemeinen auf sein Lebenstempo, im Speziellen auf ein gut gezapftes Bier bezog. »Tu emal langsam« war seine Maxime, der sich die Gäste unterzuordnen hatten. Ditzels Platz war der Schanktisch mit den Hockern davor und der Sitzbank an der Seite. Zur Bedienung an den Tischen, viereckig mit karierten Tischdecken, standen ihm zwei Angestellte zur Seite, die nur dann gleichzeitig im Einsatz waren, wenn der Nebenraum gebucht war. So wie an diesem Montagabend.

Gegen sieben hatten die beiden Kellner alles fertig gerichtet, die Tische in Form eines Hufeisens aneinander geschoben, die Speisekarten ausgelegt, Aschenbecher verteilt und Gläser auf einem Servierwagen bereitgestellt.
Sabine Pock, Schriftführerin im Freundeskreis, kam als Erste, bepackt mit zwei Aktenordnern. Sie sah sich um in dem noch leeren Raum und entschied sich für einen Platz am Kopfende. Im Verlauf der nächsten viertel Stunde tröpfelten die anderen einzeln oder paarweise ein, auch Helmut Hessler erschien, lümmelte sich übellaunig neben Sabine und wartete ab, bis endlich alle ihren Platz gefunden und ihre Bestellungen aufgegeben hatten. Wie üblich waren von den neunzig Mitgliedern etwa dreißig erschienen, unter ihnen die unvermeidliche Annika Clement, die an diesem Abend nur Apfelschorle bestellte und auf das gewohnte Rippchen mit Kraut verzichtete. Sie saß am äußeren Ende des Hufeisens neben dem ersten Vorsitzenden, dem Steuerberater Wilfried Groß, der jovial jeden Eintretenden begrüßte und schon im Hereinkommen seine obligate Käseplatte samt einem Pils bestellt hatte. Auf der anderen Seite von Hessler hatte sich die redselige Martina Bunge niedergelassen, was der Intendant mit einer abrupten Körperdrehung quittierte. Selbst für Martina Bunge konnte somit kein Zweifel aufkommen, dass er weniger denn je angesprochen zu werden wünschte.
Als die Versammlung endlich komplett war, bot sie ein Bild von adrett gekleideten Menschen, die in der Mehrzahl die vierzig überschritten hatten, einige sogar erheb-

lich. Sie waren mittelständische Bildungsbürger mit gut gefülltem Bücherschrank und dem Bewusstsein, dass ein Monat ohne Theaterbesuch kein guter Monat war. In den Theaterferien fieberten sie der nächsten Saison entgegen. Dass ihr Theater schließen könnte, war deshalb auch jetzt noch für die meisten der Anwesenden undenkbar.

Der erste Vorsitzende Groß eröffnete die Sitzung mit der üblichen Begrüßung und einigen angemessenen Worten zum Tod von Christiane Petersen, der, wie er sagte, bei allen Differenzen, betroffen mache. Groß gab danach ab an Helmut Hessler, dem Sabine Pock bereits alle Unterlagen vorsortiert bereitgelegt hatte. Sie nahm ihren Stift zur Hand und hoffte insgeheim darauf, spätestens um zehn zu Hause zu sein, um dann sofort das Protokoll niederschreiben zu können.

Auch Annika war an einem schnellen Sitzungsende gelegen. Sie hatte noch einen Besuch abzustatten, dessen Dringlichkeit die späte Stunde rechtfertigte. Deshalb war sie froh, dass nach Hesslers Ansprache nur wenige der Anwesenden, geschockt von der drastischen Darstellung des Intendanten zur Lage des Theaters und eingeschüchtert von seinem Zorn, es wagten, den Mund aufzumachen. Die wenigen machten Vorschläge zu Rettungsaktionen, die der Intendant allesamt als sinnlos abtat, was wiederum die schweigende Mehrheit mit Verwunderung quittierte.

So löste sich die Versammlung in sehr gedrückter Stimmung schon gegen halb zehn wieder auf, und bereits kurz vor zehn drückte Annika in einem Mietshaus in

Rödelheim den Klingelknopf neben dem Namen Lucy Lammert.

Zur gleichen Zeit setzte sich Sabine Pock zu Hause an ihren Computer, und es war noch nicht Mitternacht, als sie zwei Seiten mit folgendem Inhalt ausdruckte:

Protokoll der Mitgliederversammlung des Freundeskreises Burghoftheater e.V. am 25. März d. J.

1. Begrüßung
Der erste Vorsitzende Wilfried Groß begrüßt die anwesenden Mitglieder und gedenkt der verstorbenen Dr. Christiane Petersen.
In seinem Geschäftsbericht gibt Herr Groß bekannt, dass der Verein durch einige Neuzugänge auf mittlerweile 92 Mitglieder angewachsen ist. Er fordert dazu auf, unermüdlich weitere Mitglieder zu werben, da die gegenwärtige Zahl nicht ausreiche, um, besonders in der augenblicklichen schwierigen Situation, effektiv tätig werden zu können.
Im vergangenen Jahr gingen Spenden in Höhe von 7200,– Euro ein, darunter eine sehr großzügige Spende unseres Mitglieds Annika Clement.
Der Verein unterstützte damit satzungsgemäß in erster Linie das Burghoftheater, ferner die Ausstellung »Theaterplakate« und zwei Lesereihen im Theater.

2. Ansprache des Intendanten

Der Intendant des Burghoftheaters, Helmut Hessler, führt aus, dass das Theater in den vergangenen acht Jahren seines Bestehens als Privattheater weit über die Grenzen Frankfurts hinaus Anklang gefunden hat. Die Auslastung und damit die Einnahmen sind von Jahr zu Jahr gewachsen, sie sind heute doppelt so hoch wie zu Beginn. Die Stadt entscheidet also mit ihrer Drohung, den Zuschuss einzustellen, gegen eine positive wirtschaftliche Entwicklung. Seit er, Helmut Hessler, das Haus leitet, gab es 48 Premieren. Dass die Auslastung nicht bei allen gleich hoch sein kann, begründet Hessler damit, dass auch ein klassisch bürgerliches Theater Risikostücke anbieten muss, wenn es nicht künstlerisch verarmen und zu einem reinen Bedientheater werden will.

Das Programm ist, wie es sich für ein Stadttheater gehört, gemischt und anspruchsvoll.

Im Anschluss geht der Intendant auf das Gutachten ein, von dem er sich diffamiert fühlt, da es ihm unter anderem eine eitle, phantasielose Handschrift unterstellt und seine Inszenierungen künstlerisch zweifelhaft nennt. Hessler kritisiert an dem Gutachten die persönlichen Beleidigungen, die fehlende Sachlichkeit und die einseitige Befürwortung des rein experimentellen Theaters. Er zitiert wörtlich eine Forderung aus dem Gutachten, wonach Theater auf der Suche nach einer neuen Ästhetik sein müsse, nach einer neuen Sprache, neuem Kör-

perausdruck und neuen Formen der künstlerischen Arbeit. Diese Einschätzung hält er für geschmacksbezogenes Geplapper, das in einem Gutachten nichts zu suchen hat, in dem darüber hinaus Erfolge und Auszeichnungen des kritisierten Theaters nicht einmal erwähnt werden. Er bedauert, dass er sich darüber mit der Verstorbenen nicht mehr persönlich auseinandersetzen kann.
Helmut Hessler macht deutlich, dass das Theater am Jahresende schließen muss, wenn der Kulturausschuss in seiner Sitzung im Mai beschließt, die Subventionen in Höhe von 1 Million Euro jährlich nicht mehr zu zahlen.

3. Entlastung des Vorstands
Der Vorstand wird einstimmig mit vier Enthaltungen entlastet.

Über einen Termin für die nächste Sitzung des Freundeskreises wird angesichts der unsicheren Situation kurzfristig entschieden werden.

Der Vorstand wünscht allen Freunden des Burghoftheaters ein schönes Osterfest.

Wilfried Groß — Sabine Pock
1. Vorsitzender — Schriftführerin

Das Protokoll wurde zwei Tage später allen Mitgliedern per Post zugestellt.

Seine Verfasserin hatte auch bis zu diesem Zeitpunkt noch keine Gelegenheit gefunden, mit Helmut Hessler das Vier-Augen-Gespräch zu führen, das ihr seit der Begegnung mit Olaf auf der Seele brannte. Zu sehr war ihr Chef davon beansprucht, zu Sitzungen zu eilen und immer wieder Interviews zu geben, in denen er die Tölpel im Rathaus wissen ließ, er sei woanders zu begehrt, um bei ihnen Kratzfüße zu machen. Die Hohe Schule der Diplomatie war das nicht, aber das sollte es auch nicht sein. Sabine hatte genug mitbekommen von seinen Telefonaten hinter geschlossenen Türen, um zu begreifen, dass er einen triumphalen Abgang vorbereitete. Er ließ sie im Stich, sie und alle anderen. Und deshalb musste sie ihn sprechen, alleine und bald. Denn auch sie musste sehen, wo sie blieb …

10

Das Osterfest stand bevor, und alle Beteiligten hatten unterschiedliche Pläne dafür.
Im Römer, dem Frankfurter Rathaus, sollte im Interesse eines langen Osterwochenendes eigentlich das Thema Burghoftheater erst nach den Feiertagen weiter erörtert werden. Dass zum Ärger der gewählten Volksvertreter das leidige Thema kurzfristig am Donnerstag, als die meisten schon auf ihren gepackten Koffern saßen, doch noch einmal auf den Tisch kam, hing mit der verstorbenen Christiane Petersen zusammen und mit der zweiten Gutachterin, der Dramaturgin und Theaterwissenschaftlerin Lucy Lammert, die unerwartet Schwierigkeiten machte.
Sie distanziere sich, hatte sie den Kulturdezernenten wissen lassen, von den im Gutachten formulierten Äußerungen, da sie unter dem Diktat der Christiane Petersen zu Stande gekommen seien und nicht ihrer eigenen Einschätzung entsprächen. Alleine wolle sie das nun nicht mehr verantworten.
Der Kulturdezernent hatte diese Wendung reichlich ungehalten aufgenommen und mit der Verpflichtung zu absolutem Stillschweigen »bis auf Weiteres« quittiert, wodurch weder im Burghoftheater noch in den Medien bislang irgendetwas davon bekannt geworden war.

Eile war geboten, um die neue Situation zu entschärfen, weshalb sich also am Donnerstag vor Ostern das Römerbündnis von CDU, SPD, Grünen und FDP beriet, wie weiter vorzugehen sei. Zuvor wurde Lucy Lammert angehört, die den wenigsten der Anwesenden persönlich bekannt war, was, so flüsterten sie sich später gegenseitig zu, auch getrost so hätte bleiben können. Sie hatte die Ausstrahlung einer Katechismuslehrerin, schüchtern und farblos. Ein Gutmensch, hätte man meinen können, wäre da nicht die Tatsache gewesen, dass sie jedem, der sie ansprach und dem sie Rede und Antwort stand, fest in die Augen sah.
Der Kulturdezernent, ohnehin nicht bester Laune, weil die Frankfurter Rundschau ihn in ihrer letzten Ausgabe des mutwilligen Theatermordes aus purer Dummheit geziehen hatte, ihn einen sparenden Zufallspolitiker schimpfte, der von Kultur und ihrer Tradition nichts kapierte und sie deshalb systematisch mürbe klopfte, der Kulturdezernent also versuchte es im Falle Lucy Lammert mit der Taktik des Einschüchterns. Sie behaupte also, blaffte er, den Ausschuss, die Stadt und somit die gesamte Frankfurter Bevölkerung belogen zu haben? Ja, das habe sie, antwortete Lucy Lammert. Sie habe das aus Opportunismus getan, und weil sie Geld brauchte. »Ich bin bereit, das auch laut zu sagen«, fügte sie wörtlich hinzu, wobei sie das Wörtchen »ich« eigens betonte.
Der Kulturdezernent lief rot an vor Überraschung. Kurz und bündig würde das hier nicht ablaufen. Wie er erwartet hatte, wollten die Grünen, die der Theater-

schließung ohnehin skeptisch gegenüberstanden, nun im Detail die Gründe für den Sinneswandel der Gutachterin Lammert hören, die bereitwillig erzählte, wie sie ins Spiel gekommen war, nämlich durch Christiane Petersen, eine entschiedene Gegnerin des Intendanten Hessler. Als solche hatte sie der Kulturdezernent ausgesucht und dem Ausschuss als Gutachterin vorgeschlagen, natürlich mit der Zusage, einen zweiten Gutachter zu verpflichten. Die Auswahl nahm Petersen selbst vor, indem sie Lucy Lammert verpflichtete.

»Ich habe nur abgenickt, was sie geschrieben hat. Das war meine Aufgabe, fertig. Ich habe ein Honorar bekommen, und, was mindestens so wichtig war, ich konnte weiter Beiträge in *Theater intern* unterbringen, eine Einnahme, auf die ich als Freiberuflerin nicht verzichten wollte. Hätte ich mich geweigert, wäre zudem meine gesamte dramaturgische Arbeit fortan von ihr in der Luft zerrissen worden. Das konnte ich mir nicht leisten. Ich habe es auch so schwer genug, über die Runden zu kommen.«

Nach dem Tod der Petersen sähe die Sache allerdings anders aus, setzte die Lammert ihre Ausführungen fort. Denn erstens könne diese sie nun nicht mehr bedrohen, zweitens könne niemand von ihr, Lucy Lammert, verlangen, dass sie alleine die Folgen eines Gutachtens verantworte, das sie nicht einmal geschrieben hätte. Man könnte ja ein neues Gutachten in Auftrag geben, beispielsweise.

Mit diesem Vorschlag endete ihr Bericht. Das Gremium bedankte sich, dass sie sich die Zeit genommen hatte, bat sie um Diskretion, versprach eine schnelle Entscheidung und entließ sie mit dem Versprechen, sie auf dem Laufenden zu halten.

»Huch, schon Mittag, jetzt aber schnell!«, entfuhr es einem Sitzungsteilnehmer, die anderen raschelten zustimmend mit ihren Papieren, keine Zeit mehr für lange Debatten. Der Kulturdezernent nutzte seine Chance, heil davonzukommen, indem er einen bündigen Vorschlag machte, mit dem alle leben konnten: »Angesichts der für mich wie für uns alle überraschenden Ausführungen von Frau Lammert schlage ich folgenden Sprachgebrauch für die Öffentlichkeit vor: Da Frau Petersen die Inhalte des Gutachtens wegen ihres tragischen, frühen Todes nicht mehr vertreten kann und Frau Lammert sich dazu aus gesundheitlichen Gründen nicht in der Lage sieht, hat sich der Kulturausschuss im Sinne eines demokratischen, fairen Verfahrens entschlossen, dieses Gutachten bei den Entscheidungen über die Zukunft des Theaters nicht mehr zu berücksichtigen. Wir warten jetzt den Wirtschaftsbericht ab, den uns der Intendant zugesagt hat.«

Es gab keine Gegenstimme zu diesem Entwurf einer öffentlichen Stellungnahme, auch keine Zweifel daran, dass es gelingen würde, Lucy Lammert die »gesundheitlichen Gründe« zu erklären, denn im Kern wurde ja ihrem Wunsch entsprochen, das Gutachten zurückzuziehen. Das Gremium löste sich mit dem guten Gefühl auf, wieder eine Krise gemanagt zu haben und sogar noch alle Züge und Flieger zu erreichen.

An eine Osterreise war für die Schauspieler des Burghoftheaters nicht zu denken. Sofern sie nicht ohnehin zu spielen hatten, waren sie damit beschäftigt, um ihre Existenz zu kämpfen. So saßen an diesem Mittag vier von ihnen im Schneckenhof an Heinz Ditzels Schanktisch beisammen, um den Text für eine Unterschriftenaktion zu besprechen. Das Ensemble hatte seine Kontakte zu Kollegen anderer Bühnen mobilisiert und ermutigend viele Zusagen für deren Unterstützung erhalten. Nun also brüteten sie über den Formulierungen.

»Kein weiteres Theater darf geschlossen, kein weiteres Ensemble zerstört werden«, las Jan-Peter Westermeier vor, der Jüngste im Quartett, der gerade erst mit Helmut Hessler einen Zweijahresvertrag geschlossen hatte und sich seine Karriere nicht zerstören lassen wollte, noch ehe sie begonnen hatte. »Kultur und Bildung sind integrierende Kräfte der Gesellschaft.«

»Mach en Punkt«, unterbrach Heinz Ditzel, während er mit unerschütterlicher Behäbigkeit Bier zapfte, den Schaum abstrich, weiter zapfte. »So was Geschraubtes, wen solln des vom Hocker reißen?« Er schob jedem sein Pils hin, markierte die Bierdeckel jeweils mit einem Strich und wischte sich die Hände an dem Küchentuch ab, das vor seinem Bauch baumelte. Es wäre ihm nie in den Sinn gekommen, mit seiner Meinung zurückzuhalten, das hier war schließlich seine Kneipe, und wenn da diskutiert wurde, hielt er mit, sofern er es für notwendig oder richtig erachtete.

Die vier sahen ihn an wie ertappte Schulbuben. »Wir

wollen damit sagen ...«, begann Jan-Peter Westermeier, aber der Wirt unterbrach ihn schon wieder: »Dann sag's gleich so, dass de des net erst erklären musst.« Er drehte sich um zu der Durchreiche, hinter der sich die Küche befand. »Wo bleibt dann des Schnitzel?«
»Was meint ihr?«, fragte Westermeier in die Runde, und die vier steckten erneut die Köpfe zusammen, entschlossen, erst zu weichen, wenn der Text fertig war. Denn gleich nach Ostern sollte er, versehen mit allen Unterschriften, als offener Brief an die Redaktionen gehen und natürlich an das Kulturdezernat.

Helmut Hessler wusste um die Aktion seiner Schauspieler, er hatte sie sogar ausdrücklich gebilligt. Schließlich lag auch ihm daran, dass das Theater nicht kampflos seine Pforten schloss, denn das würde auch bedeuten, dass um ihn, den Intendanten, nicht gekämpft würde. Zwar hatte er inzwischen insgeheim andere Pläne, mit denen er Frankfurt weit hinter sich ließe, aber es war ein substanzieller Unterschied, ob man ging, weil man wollte, oder ob man kaltgestellt und abgewiesen wurde. Nein, sie sollten schon kämpfen, der junge Westermeier und seine Gefolgschaft. Auch er selbst setzte Zeichen, indem er in Talkshows redete, sich in Sitzungen quälte und sogar die geforderte Wirtschaftsprüfung akzeptierte, eine Schikane, die ihm dieser Kulturdezernent eingebrockt hatte, sein Erzfeind vom ersten Tag an.
Helmut Hessler zündete sich eine Zigarette an und dachte an diesen ersten Tag zurück, an die erste Begegnung mit diesem ebenso aufgeblasenen wie ahnungs-

losen Wichtigtuer, damals noch Parteifunktionär, Abteilung Kultur, mit dem er, Hessler, beinahe sofort die Klingen gekreuzt hatte.

Es war aber auch unerträglich gewesen, was dieser Wicht von sich gab nach der Premiere von »Hitlers Dr. Faust«. Ein Theater, das solche Stücke anbiete, hatte er auf der Premierenfeier zwischen zwei Lachshäppchen verkündet, würde er von der Liste streichen, wenn er was zu sagen hätte. Wer alles heutzutage Geld bekäme, das sei überhaupt eine Schande.

Hessler blies Rauchkringel zur Decke. Natürlich hatte er seine Inszenierung und sein Theater in Schutz nehmen müssen. Es kam zu einem Disput, schließlich zu einem handfesten Streit, an dessen Ende der Rausschmiss des Pöblers stand. Der wurde einige Jahre später Kulturdezernent, hatte nun also was zu sagen und war im Begriff, das Theater von der Liste zu streichen.

Das Telefon läutete, aber Hessler ignorierte es. Er lag in seinem Arbeitszimmer auf der Couch und dachte nach. Dabei wollte er sich nicht stören lassen. Wahrscheinlich war das sowieso nur wieder Sabine Pock. Seit Tagen rannte sie ihm nach wegen eines Termins »unter vier Augen«, wozu er im Moment nicht die geringste Lust und auch keine Zeit hatte. Über die Feiertage hatte er spielfrei, konnte sich also ganz und gar mit seiner zukünftigen Karriereplanung beschäftigen, zu deren Nutzen er zunächst nach Zürich reisen und auf dem Rückweg in Meiningen Station machen wollte.

Helmut Hessler drehte sich auf die Seite und schob sich die Nackenrolle unter den Kopf. Für ein Nickerchen war allemal noch Zeit, der Flieger ging erst in drei Stunden, und sein Koffer war schon gepackt.

In der Fahrgasse 14 war Annika Clement ebenfalls mit Vorbereitungen zu einer Reise beschäftigt. »Ferien auf dem Bauernhof«, sagte sie zu Gerd, während sie die letzten Kleinigkeiten in ihrem Trolly verstaute, »das war ja nie so dein Ding. Dafür kriegen mich keine zehn Pferde mehr nach Ibiza, das sag ich dir. Ach, jetzt hätte ich beinahe meine Dosen vergessen.« Sie lief zur Küche und kam mit zwei leeren Plastikschalen samt Deckeln zurück, die sie in die Reisetasche zu den Schuhen packte. »Die kann ich vielleicht brauchen, für Kräuter, Beeren und so, mein komisches Gewürzzeugs, wie du es immer gern genannt hast«, erklärte sie Gerd, der gar nicht gefragt hatte. »Du ahnst ja nicht, was man da im Allgäu rund um den Bauernhof alles finden kann. Die tollsten Gewächse und erst Pilze, besonders Pilze. Letztens im November, als ich schon einmal da war … du erinnerst dich doch noch, oder?«, fragte sie und wartete ab. Natürlich erinnerte er sich nicht. Als sie das erste Mal dort gewesen war, kein halbes Jahr vor seinem Tod, hatte er vermutlich kaum wahrgenommen, dass sie überhaupt weg war. Und als sie ihm später davon vorschwärmte, waren seine Gedanken vermutlich ganz woanders. Wie immer, wenn sie ihm etwas erzählte, hatte er es im Handumdrehen wieder vergessen.
»Letzten November jedenfalls«, fuhr sie fort, »da habe ich auf einer Kuhweide ganz überraschende Exemplare

entdeckt. Na ja, war ja auch die ideale Jahreszeit dafür. Interessiert dich nicht, gell?«

Gerd sah sie streng an, als wollte er sagen, was er zu Lebzeiten garantiert gesagt hätte: Lass doch dieses »gell« weg, du solltest mehr auf eine gewählte Sprache achten. Annika konnte seine Missbilligung förmlich hören.

»Mir gefällt es aber«, sagte sie trotzig und zurrte das Gepäck fest. Zur Strafe würde sie ihn diesmal nicht mitnehmen, war ohnehin zu sperrig, so ein Fotorahmen. »Du bleibst daheim«, verkündete sie knapp, ehe sie Tasche und Koffer vor sich her aus dem Schlafzimmer schob. Die Domuhr schlug drei, als sie mit dem Taxi zum Bahnhof fuhr.

11

Der Frankfurter Hauptbahnhof verfügte als einer der wenigen in Deutschland über eine Lounge für Reisende der 1. Klasse. Das sei eine neue Dimension des Wartens, schwärmten die Broschüren der Bahn, sie warben mit Getränken und Snacks, funktionellen Laptop-Arbeitsplätzen für den nimmermüden Geschäftsreisenden und eleganten Sitzlandschaften.
Ebendort saß Lucy Lammert und wartete. Sie hatte einen Platz direkt an dem riesigen Fenster gewählt, das bis zum Boden reichte und von oben Aussicht auf die Halle bot und auf die, wie bei einem Kopfbahnhof üblich, vielen nebeneinander liegenden Gleise, auf denen die Züge ein- und abfuhren.
Die »elegante Sitzlandschaft«, bestückt mit niedrigen Glastischen, zierlichen halbrunden Ledersesseln, einer flauschigen Auslegware gehobener Qualität und einer chromglänzenden Bar, war gut besucht an diesem Donnerstag vor Ostern. Die Atmosphäre war dennoch geräuscharm und wohl temperiert.
Lucy nahm einen Schluck von ihrer Cola und vergewisserte sich, dass ihr First-Class-Ticket nach Paris wieder ordentlich in ihrer Tasche verstaut war. Sie hatte es vorzeigen müssen, um in die Lounge zu gelangen, was sie mit einem bisher nicht gekannten snobistischen

Genuss erfüllte. Ich reise nach Paris und selbstverständlich erster Klasse, sagte ihre Körperhaltung, was ihr gut stand, aber nur kurz anhielt, denn ihr Verstand hielt dagegen, dass dies hier die Ausnahme, nicht die Regel war. Dennoch, lange hatte sich Lucy Lammert nicht mehr so wohl gefühlt. Der Druck, der in den vergangenen Tagen und Wochen auf ihr gelastet hatte, wich allmählich der Vorfreude, der sie sich umso befreiter hingeben konnte, als sie auch ihren Auftritt vor dem Ausschuss hinter sich gebracht hatte. Gut, dass sie ihr Gepäck schon mitgenommen hatte, so konnte sie von dort direkt zum Bahnhof fahren und nun in aller Ruhe abwarten. Sie lehnte sich entspannt zurück und betrachtete die Menschen in der Halle, die ihren Zügen zustrebten oder, von einfahrenden Zügen ausgespuckt, in alle Himmelsrichtungen davoneilten.
Von den Männern, die in der Lounge meist einzeln an ihren Tischen saßen und Zeitung lasen, achtete keiner auf die blasse, unscheinbare Frau am Fenster in ihrem knöchellangen, lehmbraunen Sommerkleid. Darüber trug sie eine verwaschene Jeansjacke, immerhin in der Farbe passend zu den flachen Stoffschuhen, die erfolgreich verbargen, dass sie über ein Paar zierliche, wohl geformte Füße verfügte.
Lucy Lammert hatte sich daran gewöhnt, übersehen zu werden, sie rechnete geradezu damit. Seit ihrem zwölften Jahr maß sie unverändert einen Meter sechsundfünfzig bei einem Gewicht von maximal zweiundfünfzig Kilogramm. Alles an ihr war klein und dünn geblieben, die Hände, die Füße, sogar die Stimme und

die Haare, die sich in sandfarbenen Löckchen in ihre Stirn kringelten und nur durch zwei Spangen an den Schläfen davon abgehalten werden konnten, wie ein Dreispitz von ihrem Kopf abzustehen. Wie hatte sie Christiane immer beneidet um ihre rotbraunen Haare, die ihr in weichen Wellen auf die Schultern fielen wie in einer Shampoowerbung. Überhaupt hatte Christiane alles abbekommen, wovon sie nur träumen konnte. Kein Wunder, dass die Freundin den Ton angegeben hatte, die gesamte Schulzeit über und später auch noch. Schöne, erfolgreiche, arme Christiane, dachte Lucy, nie habe ich gewagt, aus deinem Schatten zu treten, jetzt aber muss es sein!

»Offensichtlich hat alles geklappt mit dem Ticket«, sagte eine Stimme über ihr. »Hat man Ihnen einen ordentlichen Fensterplatz reserviert?« Annika setzte sich vorsichtig in den zierlichen Schalensessel neben Lucy und rieb ihr Knie. »Ist doch ein Segen, dass man diese Dinge heute über Internet regeln kann, das erspart viel Aufwand.«

Lucy sah sich nervös um.

»Macht doch nichts, wenn uns jemand sehen sollte«, beruhigte Annika sie. »Schließlich können sich ja zwei Leute zufällig am Bahnhof treffen. Ist so ungewöhnlich nicht. Also, die Anzahlung haben Sie ja nun. Der Rest hängt davon ab, wie es heute im Ausschuss gelaufen ist.«

Lucy Lammert rückte ihren Sessel ein wenig näher an Annika heran und berichtete leise, aber konzentriert von ihrem Auftritt. »Wie die weiter vorgehen werden,

weiß ich natürlich nicht«, schloss sie, »aber ich habe alles so gemacht, wie wir es Montagnacht besprochen haben.«
Annika nickte zufrieden. »Gut, das Weitere wird sich zeigen. Hoffentlich läuft alles so, wie wir es uns erhoffen. Aber wir dürfen nicht nachlassen. Am Freitag nach Ostern, also morgen in einer Woche, sind Sie Gast bei ›Römer um zehn‹, ich habe bereits in Ihrem Namen zugesagt.«
»Aber ich weiß doch gar nichts davon?«
Annika wischte diesen kläglichen Einwand mit einer Handbewegung weg. »Jetzt schon, gell?! Keine Angst, da wird man nicht gefressen. Sie sagen einfach das Gleiche wie vor dem Ausschuss, vor allem nehmen Sie alles Negative zurück, was das Burghoftheater betrifft. Und damit Sie eine gute Figur machen, tun Sie mal was für Ihr Aussehen. Gehen Sie in Paris zum Friseur, lassen Sie sich kosmetisch beraten und kaufen Sie sich was Gescheites zum Anziehen, einen Hosenanzug, ein Kostüm, was weiß ich.« Sie zerrte ein Buch aus ihrer Tasche. »Da, Lesestoff für unterwegs und zwischen den Zeilen noch ein paar Euros für Extraausgaben.«
»Danke«, stotterte Lucy Lammert, »aber das mit der Talkshow … ich weiß nicht, ob ich das kann.«
Annikas Miene verdüsterte sich. »Jeder Trottel kann reden, wenn er gefragt wird. Also, warum nicht auch Sie. Das muss im Preis drin sein, darauf bestehe ich.«
Die Kellnerin kam an den Tisch, aber Annika schüttelte den Kopf, ihr Zug ging in wenigen Minuten. Sie ver-

lagerte ihr Gewicht zur Seite und stand vorsichtig auf, ständig befürchtend, in diesem neumodischen Gestühl hängen zu bleiben. Auch ihre Gesprächspartnerin war aufgestanden und verstaute Buch samt Inhalt in ihrem Gepäck.

»Rufen Sie mich an, wenn Sie zurück sind. Und entspannen Sie sich, Kind,« sagte Annika, jetzt wieder freundlicher. »Glauben Sie mir, es ist notwendig und richtig, was wir tun. Setzen Sie sich ruhig noch ein Weilchen, Sie haben ja noch Zeit.«

Wenig später sah Lucy Lammert von ihrem Fensterplatz aus zu, wie Annika Trolly und Reisetasche auf einen Gepäckwagen lud und mit ihrem x-beinigen Gang quer durch die Halle auf den ICE nach München zulief, der schon zum Einsteigen bereitstand.

»Dann schon lieber dürr«, sagte sich Lucy und musste sogar lächeln.

Sie konnte nicht wissen, dass Annika sich ihrer plumpen Erscheinung durchaus bewusst war, sich sogar mit einem gehörigen Schuss Selbstironie als einzige schnaufende Lok zwischen all diesen stromlinienförmigen Zugmaschinen empfand. Dennoch war Annika nicht grimmig, schon gar nicht verbittert, sondern guter Dinge. Warum auch nicht? Sie hatte sich Ziele gesetzt und näherte sich ihnen Schritt für Schritt. Mochte ihre Umgebung sie nach wie vor als uninteressante und unwichtige Matrone wahrnehmen, sie wusste es besser, weil ihre Gedanken schon um Monate vorauseilten und sich an der Wirklichkeit orientierten, wie sie dann sein würde. Und sie hatte wahrhaft Grund, zuversichtlich

zu sein, die Dinge entwickelten sich in die gewünschte Richtung.
Annika war am richtigen Bahnsteig angekommen und lief den Zug entlang, bis sie Wagen 12 fand, Großraum 1. Klasse, in dem sie einen Fensterplatz mit Tisch reserviert hatte. Wie erwartet, machte niemand Anstalten, ihr mit dem Gepäck zu helfen. So wuchtete sie die beiden Teile mühsam die Eisenstufen hoch durch die Tür, schob sie in dem engen Durchgang zur Seite, so gut es ging, und ließ die Traube von fünf ungeduldigen Mitreisenden, die sich hinter ihr gebildet hatte, erst einmal passieren. Als sich die automatischen Türen schlossen und sie ein wenig verschnauft hatte, schleppte sie ihr Gepäck, die Reisetasche voran und den Trolly hinter sich her ziehend, den engen Gang entlang zu ihrem reservierten Sitz, hinter dem zum Glück gerade genug Platz war, um alles zu verstauen. Die Ablagen waren voll gestopft mit Taschen, Koffern, Tüten und Mänteln, nirgends war mehr eine Lücke, angesichts der bevorstehenden Feiertage herrschte drangvolle Enge.
Annika klemmte sich hinter den Tisch und nickte dem Mann zu, der den Gangplatz neben ihr hatte und aufgestanden war, um sie durchzulassen. Sie hatte sich gerade Stift und Papier zurechtgelegt für einen Brief, den zu schreiben zu ihrem Plan gehörte, weshalb sie ihn mit größter Sorgfalt entwerfen musste, als sie die empörte Stimme eines Mannes hörte.
»Das geht nicht, gute Frau, diesen Platz habe ich reserviert. Wenn ich also bitten darf?«
Annika brauchte ein paar Sekunden, ehe sie begriff,

dass er sie meinte. Sie spürte, wie ihr augenblicklich der Schweiß auf die Stirn trat. Hatte sie sich in der Nummer geirrt? Sie warf einen vergewissernden Blick auf das Schild über dem Fenster. Die Nummer stimmte.
Der Mann beugte sich ungeduldig über den Tisch und machte Anstalten, ihre Utensilien zusammenzuräumen.
»Was fällt Ihnen ein!« Annika legte die flache Hand auf ihren Schreibblock und sah wütend zu ihm hoch. »Ich habe diesen Platz reserviert, fertig!«
»So? Dann zeigen Sie doch mal.« Er wedelte triumphierend mit seinem Ticket. Die Reisenden auf den umliegenden Plätzen waren inzwischen aufmerksam geworden und reckten die Hälse. Annika, die sich ihrer Sache sehr sicher war, denn sie hatte sich diesbezüglich noch nie geirrt, entschloss sich zu einem Gegenangriff.
»Zeigen Sie doch mal«, konterte sie kühl. Der Mann rückte seine randlose Brille zurecht und warf den Umsitzenden einen Blick zu, in den er seine ganze Verachtung für diese dumme, dicke, penetrante Person hineinlegte.
»Gute Frau, Sie machen sich doch lächerlich. Aber bitte, wenn Sie unbedingt wollen.« Er hielt ihr gönnerhaft den Fahrschein mit der Reservierung hin, was wohl mehr der Einschüchterung dienen sollte. Annika aber griff sofort danach, warf einen Blick darauf und gab ihm den Schein mit einem breiten, schadenfrohen Grinsen zurück.
»Stimmt, Sie haben diesen Platz reserviert«, sagte sie, um die Sache spannender zu machen und um ihn umso

gründlicher zu beschämen, denn erwartungsgemäß stellte er sich nun in Siegerpositur. »Allerdings für den kommenden Dienstag, die Rückfahrt, wie ich annehme. Sie haben einfach das Datum nicht beachtet, guter Mann.«

In der Reihe hinter Annika kicherte eine Frau, alle Übrigen grinsten oder verschanzten sich hinter ihrer Zeitung. Der Mann starrte fassungslos auf seinen Reservierungsbeleg, entdeckte endlich selbst seinen Irrtum, drehte sich auf dem Absatz um und stolperte ohne ein Wort der Entschuldigung den engen Gang entlang in dem erkennbaren Bestreben, so schnell wie möglich zu entkommen.

»Das mit dem Bahnfahren, das üben wir aber noch«, rief Annika ihm hinterher.

»Aber erst mal eine große Klappe riskieren«, sekundierte ihr die Frau, die zuvor gekichert hatte. Annika drehte sich dankbar zu ihr um. »Kannten Sie den zufällig?«, fragte sie.

»Nein, aber die Sorte kenne ich, gelackt, arrogant, zum Kotzen.«

Annika nickte ihr zustimmend zu und rückte sich wieder in ihrem Sitz zurecht. »Sie wissen auch nicht, wer das war?«, fragte sie ihren Nachbarn, der nur kurz von seinem Buch aufsah und stumm den Kopf schüttelte. Schade, dachte Annika, schade. Ich könnte schwören, dass ich diesen Typen schon mal gesehen habe. Aber wo?

Sie beschloss, diese Frage zu vertagen und sich nun ernsthaft dem Brief zuzuwenden, dessen Empfänger, wie sie annahm, nicht unbedingt seine helle Freude daran haben würde.

Der Zug hatte Frankfurt hinter sich gelassen und glitt leise surrend Richtung Süden.

12

Sabine Pock wischte das Spülbecken aus, bis es blinkte, legte das Geschirrtuch wie üblich zum Trocknen über die Heizung und band sich die Schürze ab. Fertig für heute. Sie ging hinüber in ihr Wohnzimmer und schaltete Klassikradio ein. Was nun?

Seit Saschas Auszug hatte sie sich angewöhnt, Arbeiten im Haushalt auf die Wochenenden zu verlegen, um die Leere zu füllen, die an solchen Familientagen gelegentlich auf ihrem Gemüt lastete.

Über Weihnachten und Ostern floh sie seither in den Skiurlaub. Dieses Jahr aber hatte sie wegen ihrer ungeklärten beruflichen Situation beschlossen, Ostern zu Hause zu bleiben. Eine Ausnahme, die zur Folge hatte, dass in ihrer Wohnung kein Teller mehr zu spülen, keine Bluse mehr zu bügeln und kein Staubkorn mehr zu entfernen war. Selbst Gummibaum und Palme im Wohnzimmer waren Blatt für Blatt abgewischt worden und glänzten in der Feiertagssonne, die durch das Fenster fiel. Im Radio wurde die Kleine Nachtmusik gespielt. Sabine trat auf ihren überdachten Balkon, mit zwei Korbsesseln und einem runden Korbtisch gemütlich ausstaffiert. Im Sommer hingen üppige Geranien über das Geländer. Jetzt standen da nur ein paar Töpfe mit leuchtend roten Alpenveilchen.

Der Balkon ging nach hinten auf einen Innenhof hinaus, in dessen Mitte auf einer Rasenfläche zwei Teppichstangen verankert waren und eine überdimensional große Wäschespinne. Am äußersten Rand des Rasens, gleich neben dem gepflasterten Gehweg, befand sich ein Sandkasten, im dem Kinder Siebe, Eimer und Schaufeln achtlos liegen gelassen hatten.
Als Sascha noch klein war, hatte Sabine ihn von hier oben beim Spielen beobachten können, auch später noch, als er die ersten Runden mit seinem Kinderfahrrad drehte. Das war vorbei, Sascha war erwachsen, und seine Spielkameraden von damals waren auch längst weggezogen. Die Kinder, die heutzutage im Hof spielten, kannte Sabine allenfalls vom Sehen, heute, am Ostersonntag, war keines von ihnen da.
Es herrschte Feiertagsstille.
Sabine horchte in die Wohnung hinein. Hatte das Telefon geläutet? Sie lief mit wenigen schnellen Schritten über den weißen Langhaarteppich, den sie passend zu der weißen Sitzgarnitur angeschafft hatte, in den schmalen Flur und von dort in Saschas ehemaliges Kinderzimmer, das neben dem Wohnzimmer lag. Seine Regale standen noch immer dort, alles Übrige hatte er mitgenommen. Sabine hatte ein hübsches Schlafsofa hineingestellt und den Fernseher in die gegenüberliegende Ecke gerückt. Vor dem Fenster stand ein schmaler Arbeitstisch mit kunstvoll gedrechselten Beinen, den sie einmal auf einem Flohmarkt erworben hatte und an dem sie ihre Post und dergleichen erledigte. Dort hatte sie am Abend zuvor das Telefon liegen lassen. Es läutete wieder.

»Sabine Pock.«
»Ja, also ich …«, hörte sie jemanden, erkennbar verlegen, stammeln, »ich bin's, Olaf.«
»Olaf? Woher hast du denn meine Nummer?«
»Na, steht doch auf der Karte.«
Welche Karte?, dachte Sabine, aber dann fiel ihr ein, dass sie dem Mädchen in der Gärtnerei ihre Visitenkarte in die Hand gedrückt hatte.
»Stimmt, ist schon o.k., Olaf. Was gibt's?«
»Es ist wegen dem Schlüssel. Ich habe gedacht, ich kann Sie mal fragen deswegen, weil wir sowieso drüber gesprochen haben. Ich wollt nämlich wissen, was ich damit machen soll, wo jetzt die Frau Petersen doch tot ist.«
»Ach so, ja, das finde ich aber richtig gut von dir, dass du dir darüber Gedanken machst.« Könntest das Ding ja auch einfach in die nächste Tonne schmeißen, dachte Sabine bei sich. Als sie weitersprach, hatte ihre Stimme einen weicheren Klang als zuvor.
»Lass mal überlegen. Die Angehörigen leben in München, aber eine Adresse habe ich nicht, stand auch nicht in der Traueranzeige. Vielleicht sind die aber sowieso hier und räumen die Wohnung aus oder so etwas. Dann könntest du den Schlüssel einfach zurückgeben.«
»Ich kenn die aber nicht«, warf Olaf ein.
Sabine überlegte kurz. »Ich mache dir einen Vorschlag. Wir treffen uns in der Myliusstraße in, sagen wir mal, einer Stunde, gehen gemeinsam zu dem Haus und sehen nach, ob jemand dort ist. Wäre dir das angenehmer so?«

»Ja, auf jeden Fall. Ich bin dann in einer Stunde da.«
»Und vergiss nicht, den Schlüssel mitzubringen.«
»Nö, klaro«, erwiderte Olaf, nun schon beinahe fröhlich.
Auch Sabine fühlte sich nach dem Gespräch leichter. Dieser coole, verschlossene Junge hatte sie um Hilfe gebeten, und sie hatte sie ihm nicht verwehrt. Das war ein gutes, beinahe verloren geglaubtes Gefühl. Dass er ausgerechnet am Ostersonntag anrief, ließ den Schluss zu, dass es auch bei ihm mit dem Familienanschluss haperte.

Sie sah ihn sofort, als sie in die Myliusstraße einbog. Er stand in seinen viel zu weiten Hosen, Schritt in den Kniekehlen, am Rand des Bürgersteigs und wippte in leicht gebeugter Haltung vor und zurück, offenbar im Takt zu den Rhythmen, die aus Kopfhörern in sein Ohr hämmerten.
Sabine parkte, schloss ihr Auto ab und ging quer über die Straße auf ihn zu. Als er sie bemerkte, beeilte er sich immerhin, seinen Walkman zu verstauen und ihr die Hand zu geben.
Gemeinsam gingen sie den halbrunden Weg vom Vorderhaus zu dem gelben Bungalow, der einmal Christiane Petersens Heim gewesen war, wobei Olaf die Führung übernahm, denn Sabine hatte dieses Grundstück nie zuvor betreten. »Hübsch, dieser verwunschene Garten mit der weißen Laube dazwischen«, sagte sie, als sie die Stufen zum Eingang hinaufgingen. »Hast du den gepflegt?«

»Gepflegt ist gut.« Olaf drehte sich zu ihr um. »Eher abgeholzt und ausgedünnt. Die wollte das so wild. Aber hier die Rabatten ums Haus rum, die sind alle von mir. Sollten Sie mal im Sommer sehen.«

»Bestimmt schön.« So ist das, dachte Sabine, alles wird wieder blühen, als wäre nichts geschehen.

Sie betrachtete die Fassade des Hauses, die sauber geputzten Fenster, die elegante Haustür mit dem kupfernen Klopfer, die Steinstufen, zwischen denen kein Hälmchen Unkraut wuchs.

»Sieht alles sehr versorgt aus«, sagte sie zu Olaf, »aber die Gardinen sind vorgezogen, und drin scheint alles still zu sein.«

Wie erwartet, reagierte niemand auf ihr Klopfen, nichts rührte sich. Sabine folgte Olaf um das Haus herum zur Kellertreppe und hinunter zu einer massiven Tür, zu deren Sicherheitsschloss Olafs Schlüssel gehörte.

»Soll ich?«, fragte er.

Sabine zögerte. Durften sie das, durften sie da einfach hineingehen? Ja, dachte sie, schließlich brechen wir nicht ein, wir sehen uns nur um.

Sie nickte, und Olaf schloss auf.

Der Raum roch wie alle Kellerräume nach Staub und abgestandener Luft. Er war voll gestellt mit allerlei Gartengerät, Schläuchen und undefinierbarem Gerümpel.

»Hier hast du also dein Arbeitsgerät verstaut«, sagte Sabine, »und wo hast du es gereinigt?«

»Nebenan.« Olaf deutete auf eine weitere Tür. »Die ist immer offen«, erklärte er und ging voran in einen gefliesten Raum mit zwei breiten Waschbecken, einer Waschmaschine und einem Gefrierschrank. Unter der Decke waren drei Reihen Wäscheleine gespannt. Alles war sauber und ordentlich.

»Und wo geht es da hin?«, fragte Sabine und deutete auf eine weitere Tür, die fast vollständig verglast war.

»Na, nach oben halt.« Olaf machte keinen Hehl daraus, dass er diese Frage für reichlich beschränkt hielt. Wohin denn sonst, sagten Blick und Körperhaltung, und zur Bekräftigung machte er ihr ein Zeichen, ihm zu folgen, öffnete die besagte Tür, betrat das dahinter liegende Treppenhaus, lief mit ein paar Sätzen eine geschwungene Treppe hoch und stand mitten in der Diele der verstorbenen Christiane Petersen.

»Olaf, Mensch!«, rief Sabine aus, die ihm gefolgt war, machte aber wider besseres Wissen keine Anstalten, sofort umzukehren, zumal Olaf sie offenkundig völlig arglos hier heraufgeführt hatte. Und wenn sie schon einmal da waren, konnten sie auch nachsehen, ob sie irgendwo eine Adresse fanden, damit Olaf den Schlüssel loswurde.

»Ich war schon oft hier oben«, sagte Olaf, als wolle er sie beruhigen, »manchmal hat mir die Putzfrau Tee gemacht und Brote, manchmal habe ich für die Frau Petersen auch Post weggebracht und so.«

»Manchmal sogar ohne Absender, wie zum Beispiel ein gewisses widerliches Gebinde mit Schleife. Was hat sie dir eigentlich dafür bezahlt?«

»O Mann«, maulte Olaf, »nicht schon wieder das Thema.« Sabine hoffte zu seinen Gunsten, dass ihm das

Ganze inzwischen peinlich war, deshalb beharrte sie nicht auf einer Antwort.
»Na gut, sehen wir mal nach, ob wir den Namen und die Adresse von irgendjemandem ausfindig machen können, dem du den Schlüssel schicken kannst«, schlug sie vor und versuchte, dabei so locker wie möglich zu klingen. Da alle Türen offen standen, hatte sie sich von der Diele aus schon einen ersten Überblick verschafft und in dem größten und hellsten der Räume üppig bestückte Bücherwände entdeckt. Sie lief hin, ohne lange zu überlegen. Olaf schlurfte hinterher und setzte sich gelangweilt in einen von zwei kirschroten englischen Ledersesseln, die vor dem Terrassenfenster standen, zwischen ihnen ein kostbar gearbeiteter Holztisch mit Intarsien, auf dem ein schwerer, in Leder eingefasster Aschenbecher stand.
Teure Maßarbeit, dachte Sabine und fuhr mit der Hand über ein weiß lackiertes, an seiner Außenkante sorgfältig abgerundetes Regalbrett. Es mussten viele hundert Bücher sein, die Christiane Petersen vom Boden bis unter die Decke auf mehreren Metern angesammelt hatte. Nur die jeweils untersten Fächer enthielten neben ein paar Schubladen Dutzende von Aktenordnern und, was Sabines Aufmerksamkeit besonders auf sich zog, eine Reihe von Fotoalben, alle mit Jahreszahlen markiert. Sie war in Versuchung, danach zu greifen, beherrschte sich aber und machte sich stattdessen an die Durchsuchung der Schubladen. Sie enthielten das übliche Sammelsurium von Dingen, die eigentlich nicht mehr gebraucht werden: Stadtpläne, Kontoauszüge, Brillenetuis, alte Kalender.

Sie drehte sich zu Olaf um. »Wo ist eigentlich das Arbeitszimmer?«
Olaf deutete nach oben.
Sabine zögerte kurz. »Vielleicht hat sie da ein Adressbuch liegen. Willst du mal nachsehen?«
Das rote Leder quietschte, als Olaf sich aus dem Sessel hochwuchtete. Keine Lust, signalisierte seine Körperhaltung, während er Richtung Treppe schlurfte.
Sabine stand noch immer vor der Bücherwand, die Fotoalben in greifbarer Nähe. Die Versuchung war zu groß. Sie zog die Alben aus den vergangenen zwei Jahren heraus, legte sie auf den Boden, setzte sich im Schneidersitz davor und begann, darin zu blättern.
»Abgeschlossen.« Das war Olaf. Sie hatte ihn tatsächlich für einige Sekunden vergessen. »Ich hab's mir schon so gedacht. Die hat ihr Arbeitszimmer immer abgeschlossen, wenn sie nicht drin war. War 'ne Macke von der.«
»Lass nur, dann haben wir eben keine Adresse. Wenigstens haben wir es versucht. Wirf halt den Schlüssel nachher beim Rausgehen in den Briefkasten am Haus. Was hältst du davon?«
»Von mir aus.« Olaf deutete auf die Alben. »Suchen Sie was Bestimmtes?«
»Ich weiß nicht«, antwortete Sabine wahrheitsgemäß, »aber irgendwie ist das wie ein Gedenken, wenn man Fotos eines Verstorbenen betrachtet. Du siehst ihn lachen und leben, und doch ist er tot.«
»Sie«, korrigierte Olaf nüchtern, »sie ist tot, nicht er.«
»Ja, natürlich, sie. Komm, setz dich zu mir, vielleicht kennst du ja einige der Leute auf den Fotos. So oft, wie

du hier im Garten und überhaupt gewerkelt hast, hast du bestimmt einige kommen und gehen sehen.«

»Wofür soll'n das gut sein?«

Sabine hatte den Eindruck, dass Olaf kurz davor war, sich an die Stirn zu tippen. Verübeln konnte sie ihm das nicht. Hätte sie ihm ehrlich geantwortet, so hätte sie zugeben müssen, dass die Neugier sie trieb, gepaart mit der Hoffnung, vielleicht doch noch etwas in den privaten Unterlagen der toten Frau zu entdecken, das mit Hessler zu tun hatte. Noch immer wusste sie nicht, wieso er einen Schlüssel zu diesem Haus hatte, und einem Gespräch mit ihr hatte er sich bislang konsequent entzogen. Das alles aber konnte sie Olaf nicht erklären, der langsam ungeduldig wurde. »Komm, setz dich zu mir, bitte«, wiederholte sie und klopfte mit der Handfläche auf den Boden neben sich.

Die Aussicht, einmal der Kundigere von beiden zu sein, überzeugte Olaf ausreichend, um der Aufforderung, wenn auch schleppend, zu folgen. Sabine klappte das Album vom vergangenen Jahr auf und blätterte darin, bis sie auf ein Foto stieß, das Olaf immerhin ein »Die da kenn ich« entlockte. Es handelte sich um eine Momentaufnahme von irgendeinem Empfang mit den Kulturschaffenden der Stadt. Um einen runden, festlich gedeckten Tisch saß eine Gruppe gut gelaunter Menschen. Einige kannte Sabine nur flüchtig. Zwei Schauspieler waren dabei, ein Journalist, ein Stadtrat. Aber da war auch Christiane Petersen. Strahlend prostete sie dem Kulturdezernenten zu und einer auffallend modisch zurechtgemachten Blondine.

»Die ist eingebildet«, befand Olaf knapp.
»Frauenkenner, was?«
»Und geizig«, ergänzte er. »Gibt's hier was zu rauchen?«
»Untersteh dich.« Sabine knuffte ihn freundschaftlich in die Seite. »Am Ende lässt du noch 'ne Pizza kommen und trinkst die Weinbestände leer, die es bestimmt hier irgendwo gibt. Ich lade dich nachher zu meinem Stammitaliener ein, wenn du magst. Wir sollten ohnehin bald gehen, ehe uns noch jemand erwischt und uns für Einbrecher hält. Wieso glaubst du, dass die Frau auf dem Bild geizig ist?«
»Weil die mich immer rumgeschickt hat, besorg dies, besorg das, und dann gab's gerade mal fünf Euro für die ganze Rennerei.«
»Wie rumgeschickt?«, rief Sabine. »Kannst du dich mal ein bisschen genauer ausdrücken?«
»Na, die war doch dauernd hier. Sogar wenn die Frau Petersen gar nicht zu Hause war. Und dann hat sie mich halt rumgeschickt, Reinigung, Post, was weiß ich. Sie wollte mich los sein. Wegen dem Mann. Mit dem hat die sich hier getroffen. Ist aber schon 'ne Weile her.«
»Alle Wetter«, zischte Sabine und sah sich das Foto noch einmal genauer an. Die blonde Schönheit blickte über die Köpfe ihrer Tischnachbarn hinweg in den Raum, wo sie irgendetwas zu interessieren schien. Sabine folgte ihrer Blickrichtung und entdeckte, halb verdeckt im Hintergrund, sodass er kaum zu erkennen war, den vertrauten Charakterkopf ihres Chefs.
»Kennst du den auch?«, fragte sie Olaf.

Er beugte sich vor, kniff die Augen zusammen und zuckte mit den Schultern.
»Warte mal, vielleicht haben wir den irgendwo deutlicher.« Sabine blätterte das Album noch einmal durch und griff schließlich zu dem aus dem Jahr davor. »Hier!« Triumphierend hielt sie Olaf die Seite unter die Nase. Helmut Hessler in seiner gesamten raumfüllenden Hässlichkeit, auf ein unsichtbares Gegenüber einredend, in der Hand die unvermeidliche Zigarette.
»Ach der«, sagte Olaf. »Ja, das ist der Typ. Können wir jetzt gehen?«
Sabine klappte das Album zu, sprang auf und stellte es an seinen Platz zurück. Eine Adresse hatte sie zwar immer noch nicht ausfindig gemacht, dafür aber weit interessantere Details erfahren, auch wenn sie deren Sinn noch nicht verstand. Wieso trafen sich zwei erwachsene Menschen heimlich in einem fremden Haus? Hessler lebte alleine und hatte eine eigene Wohnung, wozu brauchte er da Christiane Petersens Domizil? Der Grund dafür musste bei der Frau zu finden sein. Wer war die überhaupt?
»Weißt du, wie sie heißt?«, fragte sie Olaf, der schon in die Diele geschlurft war.
»Wer?«
»Die geizige Blonde natürlich.«
»Nö.« Olaf stieg die Treppe hinunter zum Keller. Er hatte Hunger, er wollte weg, und er hatte keine Lust auf weitere Fragen.
Sie verließen das Haus auf dem gleichen Weg, auf dem sie es betreten hatten. Als sie an dem Briefkasten vor-

beikamen, warf Olaf den Schlüssel kurzerhand hinein. Irgendjemand würde ihn dort finden und wissen, was damit zu tun war. Eine halbe Stunde später bestellte er bei Sabine Pocks Lieblingsitaliener eine große Pizza mit allem Drum und Dran.

13

Im Laufe des Dienstag kehrten alle wieder zurück aus ihrem Kurzurlaub, spätestens am Mittwoch hatte der Alltag sie eingeholt.

Lucy Lammert holte er in Form eines Fax und eines Telefonanrufes ein.

Das Fax kam von der Redaktion der wöchentlichen Talkshow »Römer um zehn«. Ein Franko Schneider bedankte sich im Namen des Moderators Hans-Heinz Heckel für ihre Zusage, an der Gesprächsrunde zum Thema »Kultur – zum Abschuss freigegeben?« teilzunehmen. Ferner teilte er ihr mit, dass die Sendung live am Freitag um zweiundzwanzig Uhr beginnen werde, und forderte sie auf, sich wegen Maske und Vorbesprechung bereits gegen einundzwanzig Uhr beim Pförtner am Seiteneingang des Römers einzufinden, wo sie dann abgeholt würde.

Während sie in Paris war, hatte Lucy den Gedanken an diese Sendung fast vollständig verdrängen können, nun aber wurde ihr fast schlecht vor Angst bei der Vorstellung, vor laufenden Kameras eingestehen zu müssen, dass sie nach Christianes Pfeife getanzt und nach deren Diktat das vernichtende Urteil über das Burghoftheater verfasst hatte.

Lucy wusste, ihr blieb keine Wahl, denn sie hatte be-

reits dafür kassiert, dass sie sich outete. Das allerdings würden weder die Zuschauer noch der Moderator je erfahren, das war eine Sache, die nur sie und Annika Clement etwas anging. Überhaupt, diese Clement, die war mit allen Wassern gewaschen. Kam daher als trutschiges Trampel, aber in Wahrheit wusste die genau, was sie wollte, die hatte ihre Augen und Ohren überall.
Ein bisschen was davon könnte ich auch brauchen, dachte Lucy, aber immerhin begann sie ja schon, ihre Interessen wahrzunehmen. Das hatte ihr eine fabelhafte Parisreise eingebracht und ein endlich mal ausgeglichenes Konto. Ein paar Spargroschen mehr wären aber auch nicht schlecht. Ob die Clement wohl noch was drauflegen würde, wo ihr das Theater doch so am Herzen lag? So ein-, zwei-, drei-, viertausend dazu, das würde der Clement nicht wehtun, die hatte doch genug. Lucy beschloss, darüber in aller Ruhe nachzudenken. Ein schlechtes Gewissen konnte sie sich nicht leisten, bei Licht besehen, bestand dafür auch gar kein Anlass, denn sie stellte eigentlich die Gerechtigkeit wieder her. Intendant Hessler und sein Burghoftheater hätten allen Grund, ihr auf Knien zu danken. Genau. Sie konnte Dankbarkeit erwarten. Es war unsinnig, Angst zu haben.
Lucy verstaute ihren leer geräumten Koffer im Schrank und stopfte die schmutzige Wäsche in die Waschmaschine im Bad.
In diesem Moment kam der Anruf. Der persönliche Referent des Kulturdezernenten las ihr im Ton eines Vorgesetzten, der keine weiteren Diskussionen zulässt,

die mehrheitlich beschlossene offizielle Sprachregelung vor: »Da Frau Petersen die Inhalte des Gutachtens wegen ihres tragischen, frühen Todes nicht mehr vertreten kann und Frau Lammert sich dazu aus gesundheitlichen Gründen derzeit nicht in der Lage sieht, hat sich der Kulturausschuss im Sinne eines demokratischen, fairen Verfahrens entschlossen, dieses Gutachten bei den Entscheidungen über die Zukunft des Theaters nicht mehr zu berücksichtigen.«

»Faires, demokratisches Verfahren?«, wiederholte Lucy. »Dass ich nicht lache. Übrigens bin ich kerngesund.«

»Destruktives Verhalten in dieser Sache werden wir nicht hinnehmen«, tönte es vom anderen Ende der Leitung, »wir gehen davon aus, dass Sie sich loyal verhalten. Das Beste wird sein, Sie äußern sich in der leidigen Gutachtergeschichte überhaupt nicht öffentlich.«

Lucys anfängliches Erstaunen schlug um in Trotz. Der Kerl behandelte sie wie ein zurückgebliebenes Kind, er unterhielt sich nicht mit ihr, er ordnete an. Es war an der Zeit, ihm und anderen zu demonstrieren, dass sie sich nicht mehr herumschubsen ließ. Sollte er nur kommen, der Freitagabend, je schneller desto besser. Das würde eine feine Überraschung werden, auch für den persönlichen Referenten, dieses blasierte Bürschchen.

»Ich habe verstanden«, antwortete sie, weil es das war, was er hören wollte. »Jetzt brauche ich nur noch einmal Ihren Namen, damit ich auch weiß, mit wem ich gesprochen habe.«

»Simon, Sven Simon.«

»Verzeihen Sie die Nachfrage«, entgegnete Lucy mit

ihrer dünnen Stimme, die nichts als Schüchternheit verriet, »Sie müssen neu im Amt sein, sonst hätte ich zumindest schon von Ihnen gehört.«

»Ich bekleide diese Position seit einem Monat, das tut aber hier nichts zur Sache.« Die Antwort kam kalt und unwillig. »Die Hauptsache ist, dass wir uns einig sind, was unser kleines Problem betrifft.«

»Das ist die Hauptsache, ja«, sagte Lucy listig. Dass sie sich einig seien, hatte sie damit keineswegs bestätigt, aber diese Feinheit entging ihrem Gesprächspartner, der das Telefongespräch in der Gewissheit beendete, die verhuschte Schnepfe dank seiner Dynamik und Autorität in die richtige Ecke manövriert zu haben.

Lucy ihrerseits schöpfte aus der gespürten Missachtung einen ungeahnten Antrieb, der sie sogar dazu verleitete, ihre äußere Erscheinung zu überprüfen. Entgegen Annikas Rat hatte sie in Paris weder einen Friseur besucht noch Garderobe gekauft. Das Geld war ihr einfach zu schade gewesen. Sie hatte es vorgezogen, sich dafür königlich mit dem Taxi kreuz und quer durch die Stadt chauffieren zu lassen, anstatt die stinkende U-Bahn zu benutzen. Das restliche Geld war in diversen Antiquariaten versickert. Nun aber musste Lucy zugeben, dass sie leider tatsächlich aussah wie ein Frettchen mit ihrem störrischen Haar und dem fahlen Teint. Die Clement würde meckern. O Gott, der Anruf stand ja auch noch an! Vorher aber musste sie schnell noch ein paar Lebensmittel besorgen, sie konnte schließlich nicht den ganzen Tag auf ein paar trockenen Zwiebäcken herumkauen.

Annika tat zur gleichen Zeit genau das. Sie saß an ihrem Küchentisch, vor sich einen Becher mit heißem Kaffee und zwei Scheiben Zwieback, bestrichen mit einem Hauch Margarine. Sie dippte das Gebäck in den Kaffee und ließ es auf der Zunge zergehen. Seit beinahe drei Wochen hielt sie sich penibel an ihren Diätplan, und das Ergebnis feuerte sie an, weiter durchzuhalten. Nach ihrer Rückkehr aus dem Allgäu am Abend zuvor war sie als Erstes auf die Waage gestiegen: neunzig Kilo, fast neun weniger als vor ihrer Diät. Bis Freitag, wenn Reisch ihr die Nadeln entfernte, mussten es unbedingt neunundachtzig sein, höchstens. Dann hätte sie die erste Etappe planmäßig geschafft. Zu blöd, dass sie dann drei Wochen Pause machen musste bis zur nächsten Nadelung. Aber sie würde schon darauf achten, nicht zuzunehmen in dieser Zeit. Danach aber, wieder mit den drei Nadeln im Ohr, würde ihr Gewicht runterrauschen, auf die achtzig Kilo zu, ein wunderbares Gefühl. Bis Ende Mai konnte sie dieses Ziel erreichen. Ende Mai. Annika seufzte, weil sie daran denken musste, dass zu diesem Zeitpunkt die endgültige Entscheidung über das Schicksal des Burghoftheaters fallen würde. Schon nächsten Monat.

Sie seufzte erneut, stand schwerfällig auf, räumte die Reste der kargen Mahlzeit ab und stellte die Margarine zurück in den Kühlschrank, in dem sich außer einem Liter Milch, einem Paket Magerquark und einigen Joghurts nur noch jene sorgfältig verschlossene Plastikdose befand, die sie nun herausnahm. Die konnte entsorgt werde, war sowieso fast leer.

Sie nahm eine zweite Dose, die sie am Abend zuvor gefüllt hatte, vom Küchentisch und schob sie hinter die Joghurtbecher. Endlich, das war geschafft! Stundenlang hatte sie gestern in der Küche gestanden, um zu verarbeiten, was sie als Ergebnis ihrer Sammelleidenschaft von Weiden und aus Wäldern mit zurückgebracht hatte.

Sie seufzte ein drittes Mal. Sosehr sie ihre Eigenständigkeit mittlerweile zu schätzen gelernt hatte, Gerd fehlte ihr dennoch manchmal. Es war so schwer, alle Entscheidungen alleine zu treffen, nachdem sie zweiunddreißig Jahre lang Gerds Entscheidungen gefolgt war.

Bis jetzt konnte sie allerdings recht zufrieden sein mit sich. Sie hatte den Kampf gegen ihr Übergewicht und gegen die Widersacher des Theaters aufgenommen, und in beiden Fällen hatte es Schwund gegeben. Ein ermutigender Anfang. Oder nicht?

Eines gab es da allerdings, einen Zweifel, der an ihr nagte, seit sie sich am Bahnhof von Lucy Lammert verabschiedet hatte. Erst da nämlich war ihr der Gedanke gekommen, dass sie diese Person zwar einerseits für ihren Gesinnungswandel bezahlt, sich ihr andererseits aber auch ausgeliefert hatte. Was, wenn sie plauderte? Ach was, beruhigte sich Annika, dieses fade kleine Ding ist mir doch dankbar, dass sie aus dem Schatten der allgegenwärtigen Petersen heraustreten konnte und dazu noch ein paar Euro mehr auf dem Konto hat.

Der Telefonanruf, der sie in der Minute darauf ereilte, belehrte sie eines Besseren.

»Es ist so«, hörte sie Lucy Lammert sagen, »dass ich in

der Talkshow in zwei Tagen schwer gegen die Interessen der Stadt verstoße, wenn ich das Gutachten widerrufe. Also, ich setze mich da ganz schön in die Nesseln.«

»Was wollen Sie damit sagen?« Annika versuchte, möglichst unaufgeregt zu klingen, obwohl eine Ahnung ihren Puls beschleunigte.

»Na ja, ich dachte mir, dass Sie mich noch ein wenig motivieren.« Die Stimme der Lammert klang dünn und harmlos wie die eines Schulmädchens.

Annika umklammerte den Hörer. Beherrsche dich, ermahnte sie sich, denk nach, verschaffe dir Zeit. »Motivieren, aha«, antwortete sie kühl. »Mit ein paar zusätzlichen Scheinen, nehme ich an?« Während sie sprach, nahm bereits ein Plan in ihrem Kopf konkrete Formen an. Sollte die dumme Pute ruhig annehmen, sie könne die plumpe alte Clement ausnehmen wie eine Weihnachtsgans, sie würde beizeiten merken, dass sie da falsch lag. »Gut«, fuhr sie gelassen fort, »meine Mittel sind zwar nicht unbegrenzt, aber die Sache ist es mir wert. Zweitausend kann ich noch drauflegen, mehr geht nicht.«

Lucy Lammert stimmte eilig zu, offenbar überrascht, wie einfach sich alles anließ. Sie verabredeten ein Treffen für Freitagnacht nach der Talkshow.

Annika schleuderte das Telefon aufs Bett und starrte Gerd wütend an. »So kommt die mir nicht davon, so nicht! Wo ist der Brief?« Sie griff einen Stapel Prospekte und Karten, die sie am Abend zuvor beim Kofferausräumen auf Gerds Betthälfte gelegt hatte, und zog dazwischen einen weißen Umschlag hervor. Er enthielt den Brief, den sie im Zug entworfen, aber noch nicht abgeschickt hatte. »Zum Glück«, belehrte sie den unbewegt dreinschauenden Gerd, »jetzt habe ich eine viel bessere Verwendung dafür, ich muss ihn nur ein wenig umschreiben.«

Von der Ablage im Flur griff sie sich die weichen schweinsledernen Handschuhe, die sie eigentlich nur im Winter trug, streifte sie über und ging in Gerds Arbeitszimmer, das sie nur betrat, wenn sie den Computer nutzen wollte. So wie jetzt.

Jedes Mal überraschte sie die Kälte, die dieses Zimmer ausstrahlte. Vielleicht lag das daran, dass es immer sein Reich war, in dem sie nichts zu melden hatte. Gerd hatte auch die Möbel ausgesucht: zwei edle, sündhaft teure Ledersessel, ein verchromter Beistelltisch, auf dem ein zweiarmiger Leuchter stand, an zwei Wänden eigens angefertigte Bücherregale aus dunkler Kirsche, vor dem Fenster ein englischer Schreibtisch mit einem wuchtigen Stuhl, der mit dem Rücken zum Fenster stand.

Als Annika die bodenlangen, rostfarbenen Chintzvorhänge zur Seite schob, löste sich ein zarter Staubschleier, der langsam zu Boden sank. Sie klappte den Deckel des iBooks hoch, das sie erst nach Gerds Tod angeschafft hatte, und ließ sich auf den Stuhl fallen. Da die Handschuhe nicht gefüttert waren, schmiegten sie sich um ihre Hände wie eine zweite Haut und behinderten sie so gut wie gar nicht, als sie ein noch nicht geöffnetes Paket mit Umschlägen aus der Schublade zog. Einen davon würde sie später zusammen mit dem dazugehörigen Text in ihrer Tasche verstauen. Keinesfalls durften sich

ihre Fingerabdrücke darauf befinden. Nun musste sie noch ein unberührtes Blatt Papier aus der Mitte des Stapels ziehen, es in den Drucker legen, und dann konnte es losgehen.
Sie legte den Briefentwurf neben sich und begann sorgfältig und unter gelegentlichen Korrekturen, ihn in den Computer einzugeben.

14

Im Burghoftheater standen Schauspieler, Dramaturg, Techniker auf der Bühne und starrten betreten hinunter in den Zuschauerraum auf ihren in Rage geratenen Intendanten.

»Alle wissen seit Ewigkeiten, dass wir am Mittwoch nach Ostern die ›Liebelei‹ proben«, brüllte er, »aber dieser Herr zieht es vor, die Treppe runterzufallen.«

»Er hat sich bestimmt nicht absichtlich das Schlüsselbein gebrochen«, wagte Sabine Pock einzuwenden, die neben Helmut Hessler stand und ihm soeben die Nachricht überbracht hatte, dass einer seiner Schauspieler für unbestimmte Zeit ausfallen würde. »Weiß man das heutzutage?«, blaffte Hessler zurück. »Das sind doch Memmen, allesamt.« Seine Augen flackerten hinauf zur Bühne, nach links, nach rechts, dann wieder zu Sabine. Mit dem ihm eigenen Sinn für Theatralik sank er auf einen der rot gepolsterten Stühle in der ersten Reihe, legte den Kopf in den Nacken und verharrte so einige Sekunden, um dann überraschend hochzuschnellen und mit donnernder Stimme seine Entscheidung zu verkünden. »Der Westermeier soll die Rolle übernehmen, der ist im richtigen Alter, und den Rest biegen wir ihm schon bei. Kümmert euch drum, und ruft mich, wenn er da ist! Komm mit!«

Die letzte Aufforderung galt Sabine, die mit ihm den Zuschauerraum verließ, ihm die Gänge entlang bis zum Foyer folgte und schließlich erstaunt stehen blieb, als er dem Ausgang zustrebte.

»Gehen Sie weg?«

Sie standen in der Mitte des lang gestreckten Foyers vor den Garderoben.

»Ich bin zum Mittagessen verabredet«, antwortete Hessler, »bin in einer Stunde zurück. Auf meinem Schreibtisch liegt die Post, die du beantworten musst. Erledige das bitte inzwischen.« Er machte Anstalten zu gehen, aber Sabine stellte sich ihm in den Weg. Wie üblich trug sie hochhackige Schuhe zu ihrem beigen Hosenanzug, wodurch sie auf Augenhöhe mit ihrem Chef war.

»Moment«, sagte sie und war selbst überrascht, wie entschlossen sie klang. »Zuerst will ich mit Ihnen über die Petersen und den Schlüssel reden, den Sie von ihrem Haus haben. Uns allen kracht hier die Existenz weg, und ich will wissen, warum.« Ohne sich umzudrehen, lief sie über den blaugrauen Marmorfußboden auf die andere Seite des Foyers, wo sich die Theke befand, an der in den Pausen Getränke und Gebäck verkauft wurden. Sie bückte sich hinunter zu einem der Kühlschränke und entnahm ihm zwei Flaschen Cola, öffnete sie und stellte zwei Gläser daneben. Mit aufgestützten Armen wartete sie ab, bis ihr Chef der unausgesprochenen Aufforderung nachkam und sich ihr gegenüber auf einen der Bistrohocker setzte. Er hatte noch kein Wort gesagt, aber sein Gesicht war rot angelaufen, seine Augen mieden ihren direkten Blick. »Also?«, hakte sie nach.

Hessler nippte an seinem Glas, stellte es wie in Zeitlupe wieder ab.
Er ist unsicher, dachte Sabine und wartete.
»Ich weiß nicht, worauf Sie anspielen«, sagte er endlich, »und ich habe auch nicht viel Zeit.«
Sabine registrierte, dass er sie erstmals siezte. »Ich auch nicht«, entgegnete sie sachlich, »ich warte auf Ihre Antwort, und es liegt an Ihnen, wie lange Sie dafür brauchen. Ich will wissen, warum die Petersen Sie und damit das Theater vernichten wollte. Ich weiß, dass Sie einen Hausschlüssel besitzen und dass Sie sich dort heimlich mit einer blonden Frau getroffen haben.«
»Wer behauptet das?«, schnauzte er, während seine Hände die Jackentaschen nach einer Packung Zigaretten absuchten.
»Entscheidend ist, dass es stimmt. Erklären Sie mir das alles!«
»Sonst?« Helmut Hessler sah sie jetzt feindselig an, seine Gesichtsfarbe war von Rot zu Blass gewechselt. Es gelang ihm nur mühsam, seine Wut zu unterdrücken.
»Ich will die Wahrheit wissen«, fuhr sie fort, ohne auf seinen Zwischenruf einzugehen, »ich will kapieren, was da läuft. Ich hänge mitten drin, und es ist nicht so, dass es mich nichts anginge.«
Hessler unternahm einen letzten Fluchtversuch. »Das sind rein private Dinge, die gehen niemanden was an.«
»Nicht, wenn sie ohne Folgen bleiben. Die Petersen hat aber mit ihrem Gutachten das Theater in Gefahr gebracht und damit auch meinen Job. Warum? Sie kommen mir nicht davon ohne eine Antwort.«

»Mit wem haben Sie noch darüber gesprochen?«, fragte Hessler. Er hatte endlich seine Zigaretten gefunden.

»Mit niemandem. Ich wollte das mit Ihnen klären.«

»Woher soll ich wissen, dass Sie damit nicht hausieren gehen?«

»Sie sollten es wissen, weil Sie mich seit drei Jahren kennen.«

Hessler sah auf seine Uhr, und einen Augenblick lang dachte Sabine, er würde jetzt einfach aufstehen und gehen. Was konnte sie dann tun? Zu ihrer Erleichterung aber stierte er nur weiter in sein halb leeres Glas. Er überlegt, wie er mich ruhig stellt, schoss es ihr durch den Kopf, er wünscht mich zum Teufel, aber er muss sich mit mir arrangieren. Tatsächlich sah er ihr jetzt das erste Mal in die Augen und nickte mehrmals. Er war erkennbar zu einer Entscheidung gekommen.

»Es stimmt«, begann er, »ich kenne Sie als loyale, verschwiegene Mitarbeiterin und gehe davon aus, dass das noch lange so bleibt.« Er hielt inne, um sicherzugehen, dass sie seine Worte als Angebot verstand, Job gegen Schweigen. Sie lehnte mit verschränkten Armen an der Wand, während er sie über die Theke hinweg musterte. Gut, er würde ihr also etwas erzählen müssen, aber natürlich nicht alles. Zumindest den Schlüssel musste er erklären und die blonde Frau. Blonde Frau! Beinahe hätte er bei allem Ärger angefangen zu grinsen. Wer das war, davon hatte die Pock offenbar keine Ahnung, nicht einmal einen Namen kannte sie. Dabei wollte er es, wenn möglich, auch belassen. Er musste geschickt vorgehen, die Pock war geladen und misstrauisch. Was war nur in die gefahren? Darüber nachzudenken war jetzt keine Zeit, zu seiner Verabredung würde er ohnehin schon reichlich zu spät kommen. Er räusperte sich, zündete eine Zigarette an und sprach endlich weiter.

»Christiane Petersen und ich, wir kannten uns schon aus München, allerdings nur oberflächlich. Mir war sie immer zu aufdringlich, hyperaktiv geradezu. Sie war extrem ehrgeizig, besessen davon, Erfolg zu haben, Einfluss, Macht. Anfangs, aber nur kurz, arbeitete sie als Kulturredakteurin bei der Süddeutschen. Bis sie fand, dass sie ihre Kreise erweitern sollte. Sie kündigte, arbeitete als Kritikerin für verschiedene überregionale Blätter, verschaffte sich eine Kolumne beim Stern und schaffte es als Expertin für Kultur in diverse Talkshows im Fernsehen. Sie tauchte zur richtigen Zeit bei den richtigen Leuten auf. Besonders das Theater hatte es ihr angetan. Sie wollte unbedingt Regie führen, das wurde zur fixen Idee. Schließlich wollte sie sogar eine eigene Bühne. Sie war eine, die sich alles zutraute und dabei jedes Maß verlor. Natürlich hat sie es mit ihrer Beharrlichkeit geschafft, eine Bühne zu finden, die ihr eine Regie anvertraute. Das Ganze endete allerdings vorzeitig in Streit und gegenseitigen Beschimpfungen. Ganz München hat daraufhin über sie gelacht, sie war unten durch, sie hatte sich unmöglich gemacht. So unmöglich, dass sogar sie es nicht ignorieren konnte. Sie beschloss, München zu verlassen. Das war vor zwei Jahren, als sie dann urplötzlich hier in Frankfurt auftauchte und Herausgeberin dieser Kulturpostille wurde.«

»Wo bleibt Ihre Rolle in dem Trauerspiel?«, insistierte Sabine.
»Ich wurde da unfreiwillig zum bösen Buben. Nachdem Christiane in ihrem Karriererausch sämtliche Etats überzogen und die meisten Schauspieler vergrault hatte, fand ihr Debüt erst gar nicht statt. Unter dem Johlen der Presse zog das Theater die Notbremse und tauschte sie aus.«
»Gegen Nemec«, ergänzte Sabine ahnungsvoll. Hessler hielt seinen zugkräftigsten Schauspieler bei Laune, indem er ihm gelegentlich eine Regie zuschanzte. Sie erinnerte sich jetzt, dass Hessler vor einiger Zeit Nemec großmütig für eine Münchner Inszenierung freigestellt hatte, aber sie hatte sich nie für die Einzelheiten interessiert.
»Genau. Die waren in Verlegenheit, und ich habe ihnen helfen können. Sie hat es eben nicht gebracht. Was kann ich dafür?« Dafür konnte er eher nichts, befand Sabine großmütig, aber die Petersen musste ihn gehasst haben für diese Aktion. Wie passte das zusammen mit dem Schlüssel?
Hessler las die Frage von ihrem Gesicht ab. »Seltsamerweise ließ sie sich gleich darauf in Frankfurt nieder, mietete dieses schicke Haus in der Myliusstraße und bombardierte mich mit Einladungen. Sie hat wirklich tolle Feste gegeben, und das zeigte ja auch Wirkung. Sie kannte bald Gott und die Welt und konnte beruflich wieder Fuß fassen. So war das.« Hessler sah erneut auf die Uhr. »Wirklich, ich muss jetzt los.«
Sabine Pocks Lippen wurden schmal. Ihre eigentliche

Frage hatte er noch immer nicht beantwortet. »Der Schlüssel«, sagte sie.

»Der Schlüssel, der Schlüssel«, schnaubte Hessler, »den hat sie mir fast aufgedrängt. Bei einer ihrer Partys bin ich dieser besagten blonden Frau begegnet, eine der neuen ›besten Freundinnen‹ der Petersen. Sie dachte wohl, es kann nichts schaden, uns ihr Haus als Treffpunkt anzubieten. Wir wollten nicht zusammen gesehen werden, deshalb habe ich Idiot mich darauf eingelassen.«

»Nicht gesehen werden?«, fragte Sabine erstaunt. »Seit wann stört Sie ein bisschen Klatsch?«

»Mich nicht. Aber die Frau schon. Sie hatte einen dicken Fisch an der Angel, das sollte nicht schief gehen. Er hat es dann doch irgendwie mitbekommen, und aus der geplanten Traumehe wurde nichts. Ich habe sie dann auch nicht mehr getroffen, mir wurde das alles zu stressig. Die Petersen schäumte. Sie hatte sich wohl eine Gegenleistung von mir erhofft. Nachträglich glaube ich, sie erwartete von mir, dass ich ihr helfe, die Schande von München auszubügeln. Das muss wie ein Stachel in ihrem Fleisch gesessen haben. Die Frau war manisch.« Er tippte sich verächtlich an den Kopf, drückte seine Zigarette im Aschenbecher aus und machte unmissverständlich klar, dass er nun gehen werde.

Sabine hielt es für klüger, nicht weiter zu insistieren, auch wenn sich aus dem, was sie jetzt erfahren hatte, weitere Fragen ergaben. Wer war die blonde Frau und vor allem, wer war der Mann, der sie offenbar hatte heiraten wollen und es dann doch nicht getan hatte? War er einflussreich genug, Hessler zu schaden, nachdem er von der Affäre der beiden erfahren hatte? Wenn ja, dann musste er Einfluss im Magistrat haben. Wieso war gerade Christiane Petersen mit dem Gutachten über das Theater betraut worden? Vorgeschlagen hatte sie der Dezernent. Der Dezernent?

Hessler unterbrach ihre Gedanken mit einem hastigen »So, nun lassen Sie mich aber in Frieden«, und sein mürrischer Gesichtsausdruck ließ Sabine Pock nichts Gutes für die zukünftige Zusammenarbeit ahnen. Vielleicht hatte sie einen Fehler gemacht mit ihrer Fragerei, aber da sie nun einmal begonnen hatte, wollte sie nicht auf halber Strecke aufgeben. Sie schlitterte auf den glatten Sohlen ihrer Pumps über den Marmor, hatte aber keine Chance, Hessler noch einzuholen. »Ist der Kulturdezernent eigentlich verheiratet?«, rief sie ihm deshalb hinterher, bevor er durch die Glastür verschwand. Er antwortete nicht, aber auf seinen Lippen formte sich, für Sabine unsichtbar und nur für ihn hörbar ein deutliches Wort: »Scheiße.«

15

Schweißtropfen perlten auf der Halbglatze des Moderators Hans-Heinz Heckel, als er seine Absage machte. »Was wir heute Abend hier gehört haben, wird die Gemüter noch eine Weile beschäftigen. Ich danke meinen Gesprächspartnern«, hier machte er eine Wendung in die Runde, um sich anschließend wieder zur Kamera zu drehen, die ihn nun in Nahaufnahme zeigte. »Wir sehen uns am nächsten Freitag zur gewohnten Zeit bei ›Römer um zehn‹, dann mit dem Thema …«

Aber das wollte Annika schon nicht mehr wissen, und sie drückte den Ausschaltknopf der Fernbedienung. Das Bild schnurrte zu einem Strich zusammen und verschwand.

Annika legte die Fernbedienung neben die Programmzeitschrift, stand auf und strich zufrieden ihre neue weiße Bluse glatt. Eine Nummer kleiner immerhin und sogar antailliert. Bald würde Schluss sein mit diesen ewigen Hängern. Nur noch neunundachtzig Kilo wog sie jetzt, sogar Kurt Reisch und seine dürre Assistentin hatten heute gestaunt über diesen Erfolg. Drei Wochen würde sie jetzt ohne Nadeln aushalten müssen. Nur nicht zunehmen, Gewicht halten, hatte ihr Reisch eingehämmert und ihr eine Liste gegeben mit Gerichten, die sie essen durfte. Aber die brauchte sie nicht, sie wusste mittlerweile genau, was gut und richtig für sie war. In jeder Beziehung. Endlich wusste sie es, hatte ja lange genug gedauert, bis sie so weit war. Dafür ließ sie sich jetzt nichts mehr in den Weg legen, von niemandem. Was ihre Gedanken geradewegs wieder zu Lucy Lammert lenkte.

Wenigstens hatte diese geldgierige graue Maus gespurt und in der Sendung genau das gesagt, was sie sagen sollte. Sie hatte beteuert, das Burghoftheater wider besseres Wissen und unter Druck schlechtgeschrieben zu haben, und hatte ihr Urteil in aller Form zurückgenommen. Gut so. Wenn das keinen Aufstand in der Stadt auslöste … Natürlich würden alle Beteiligten Stein und Bein schwören, dass sie die Gutachterinnen für objektiv und neutral gehalten und von Machenschaften hinter den Kulissen nichts gewusst hätten. Sollten sie ruhig, entscheidend war, was nun weiter passierte.

Annika ging in die Küche und strich mit dem Finger leicht über die Tortilla, die sie vor der Sendung zubereitet hatte. Abgekühlt, sehr gut. Sie riss einen Streifen Alufolie von der Rolle und hüllte die goldbraun gebackene Tortilla samt dem Plastikteller, auf dem sie lag, darin ein. Gut gelungen, stellte Annika fest, aber essen durfte sie davon nichts, obwohl Tortilla zu ihren Lieblingsspeisen gehörte. War ja auch schnell zuzubereiten, nur ein wenig Öl in die Pfanne, Zwiebelscheiben andünsten, mit dünn geschnittenen rohen Kartoffelscheiben bedecken, falls vorhanden Tomatenwürfel dazu oder auch ein paar Pilze, ein paar verquirlte Eier darübergießen, alles gut würzen, fest andrücken und während des Garens mehrmals wenden.

Ein nettes Mitbringsel, fand Annika, das hoffentlich entsprechend gewürdigt werden würde. Sie stellte das Päckchen in die Diele neben ihre Handtasche, zog wieder die Handschuhe an, vergewisserte sich, dass der Brief samt Briefbogen in ihrer Handtasche steckte, schlüpfte in Schuhe und Mantel und verließ ihre Wohnung, als die Domuhr Mitternacht verkündete.

Als sie eine halbe Stunde später vor Lucy Lammerts Haus stand, stellte sie zufrieden fest, dass außer in deren Wohnung in der ersten Etage nirgendwo mehr Licht brannte. Niemand würde sie um diese späte Stunde bemerken. Den Taxifahrer hatte sie vorsichtshalber vor einem Hochhaus am anderen Ende der Straße halten lassen und demonstrativ mit ihrem Schlüssel geklimpert. Aber er hatte sich sowieso nicht für sie interessiert und war davongebraust, sobald sie bezahlt hatte. Keine Menschenseele war ihr danach begegnet, Frankfurt war wie ausgestorben in der Nacht und Rödelheim erst recht.

Lucy Lammert öffnete sofort nach dem ersten Läuten. Sie trug noch dieselbe Kleidung wie in der Sendung, auch das Make-up hatte sie nicht entfernt.

»Steht Ihnen gut, so ein bisschen Farbe im Gesicht«, sagte Annika, während sie das Treppengeländer umklammerte, um die letzte Stufe zu erklimmen, »sollten Sie öfter machen.«

»Vielleicht. Wollen Sie ablegen?« Lucy Lammert machte Anstalten, Annika aus dem Mantel zu helfen, die aber schüttelte den Kopf. Sie zog es vor, im Flur stehen zu bleiben.

»Machen wir es kurz, es ist mitten in der Nacht, und wir sind beide müde. Hier, das habe ich Ihnen mitgebracht, weil Sie sich heute so gut geschlagen haben.« Ohne Mantel und Handschuhe auszuziehen, wickelte sie ihr Mitbringsel aus der Folie, knüllte diese kurz entschlossen zusammen und stopfte sie in ihre Manteltasche. »Eine Tortilla, selbst gemacht. Hält sich im Kühlschrank auch noch bis morgen«, erklärte sie.
Lucy Lammert strich sich so irritiert wie vergeblich eine Locke aus der Stirn, murmelte ein Dankeschön und verschwand folgsam mit dem Geschenk in der Küche. »Kann ich Ihnen etwas anbieten?«, rief sie von dort, kehrte aber sofort in die Diele zurück und sah Annika fragend an. Annika schüttelte wieder den Kopf.
»Kommen wir zum Geschäftlichen«, sagte sie nüchtern. »Sie haben weitere zweitausend verlangt, und ich muss sagen, die haben Sie sich heute Abend auch verdient. Allerdings habe ich heute nur fünfhundert dabei, den Rest gebe ich Ihnen Anfang nächster Woche. Geht das in Ordnung?«
Die junge Frau nickte, mied aber ihren direkten Blick. Annika fragte sich, ob das ein Zeichen für Verlegenheit war oder nur die übliche schüchterne Pose. Egal, dachte sie, ich muss mich jetzt auf das Wesentliche konzentrieren. Sie öffnete umständlich ihre Handtasche, kramte darin herum und zog schließlich erst einen Umschlag und dann einen Briefbogen hervor.
»Da, halten Sie das mal bitte, das ist wieder ein Chaos hier drin.« Sie stöberte noch eine Weile weiter und hielt endlich ein Bündel Geldscheine in der Hand, die von

einer Klammer zusammengehalten wurden. »Na also, da haben wir sie ja.«
Sie entfernte die Klammer, schob sie in die Manteltasche zu der verknüllten Alufolie, gab Lucy Lammert die Scheine und nahm im Gegenzug ihre Papiere wieder an sich. »Rufen Sie mich Montag an, dann klären wir, wie Sie an die restlichen eineinhalb Tausend kommen«, sagte sie schon im Hinausgehen, »und lassen Sie sich die Tortilla schmecken.«
Lucy Lammert folgte ihr bis ins Treppenhaus. »Sie sind mir nicht böse?«, fragte sie mit ihrer dünnen Kleinmädchenstimme.
Annika lächelte. »Jeder sieht, wo er bleibt«, antwortete sie flüsternd angesichts der nächtlichen Stunde, »ich doch auch.«
Und ob, ergänzte sie in Gedanken, als sie sich die Stufen hinunterschob. Draußen atmete sie tief durch, öffnete den obersten Knopf ihres Mantels, streifte die Handschuhe ab und beschloss, noch eine Weile durch die milde Nachtluft zu laufen. Sie überlegte, welche Richtung sie einschlagen sollte. In dieser Gegend kannte sie sich nicht aus. Vor ihrem ersten Besuch bei Lucy Lammert hatte sie nicht einmal gewusst, dass es eine Niddagaustraße gab. Rödelheim, das war aus ihrer Sicht ein Stadtteil irgendwo jenseits der Nidda, fast schon außerhalb, jedenfalls zu weit entfernt von Dom und Römer, um von ihr noch wahrgenommen zu werden.
Die schmale Straße lag im Dunkeln, nur einige Meter weiter gab eine altersschwache Laterne ein fahles Licht ab, und als einziges Geräusch nahm Annika das Schlur-

fen ihrer Schritte wahr. Neun Kilo weniger, dachte sie verärgert, und ich schlurfe immer noch. Die Schuhe, es sind die Schuhe. Sie sah hinunter auf ihre Füße und betrachtete die zweckmäßigen, bequemen Treter aus dunkelbraunem Wildleder. Sollte, wie Reisch es beschworen hat, die attraktive Frau in ihr sich Schicht für Schicht wieder hervorarbeiten, dann käme sie zum Schluss sicher nicht in solchen ausgetretenen Dingern daher. Also, weg damit, gleich morgen. Sie lief weiter geradeaus, ohne auf die Umgebung zu achten, spürte nur die Nachtluft und genoss deren Frische.

Morgen war Samstag. Wegen des Wochenendes würden sich die Reaktionen auf Lucy Lammerts Enthüllungen im Fernsehen noch in Grenzen halten. Die Zeitungen würden noch nichts darüber bringen, weil sie bereits Redaktionsschluss gehabt hatten, als die Sendung begann. So richtig losgehen würde es also erst am Montag. Jeder würde jeden der Kungelei beschuldigen, und die Anhänger des Burghoftheaters würden empört und, wie sie annahm, erfolgreich fordern, dass das gesamte Verfahren um die Subventionen neu aufgerollt werden müsse. Annika hoffte insbesondere, dass es dem Kulturdezernenten an den Kragen ginge. Wenn nicht, dachte sie, helfe ich nach.

Sie öffnete ihre Tasche und holte den Briefbogen hervor, der nunmehr die Fingerabdrücke der Lammert trug, faltete ihn und steckte ihn in das Kuvert, das sie bereits an sich selbst adressiert und sogar schon frankiert hatte. Vielleicht würde sie das hier nie benutzen müssen, sie hoffte es beinahe. Aber es war gut, es in der Rückhand zu haben, als Absicherung sozusagen. Sie sah sich nach einem Briefkasten um, entdeckte aber nur einen Betrunkenen, der um die Ecke torkelte. Zu ihrer Erleichterung nahm er keine Notiz von ihr. Seine ganze Konzentration galt den am Straßenrand geparkten Autos. Schwankend steuerte er zunächst einen Audi an, dann einen dahinter stehenden Opel. Beide bedachte er mit einer verächtlich wegwerfenden Handbewegung, ehe er endlich beim dritten Auto, einem MX5 mit Hamburger Kennzeichen, stehen blieb, seinen Hosenlatz öffnete und mit gewaltigem Strahl das linke Vorderrad unter Wasser setzte.

Annika zog es vor, zu verschwinden, bevor die Prozedur beendet war. Sie beschleunigte ihre Schritte, kreuzte nach ein paar Metern die Schmittener und dann die Hattsteiner Straße, hörte danach auf, die Namen der Seitengässchen zu entziffern, und fragte sich allmählich, ob sie vielleicht schon auf dem direkten Weg in den Vordertaunus war. Als sie nach weiteren ungewissen zehn Minuten dann doch an einer hell erleuchteten Straße ankam, auf der auch zu dieser Stunde noch Autos fuhren, und als es ihr endlich gelungen war, sowohl einen Briefkasten zu finden als auch ein Taxi herbeizuwinken, da verfluchte sie ihr bequemes Schuhwerk nicht mehr gar so sehr und beschloss, die Sache mit den Pumps noch einmal zu vertagen.

16

Der Montag brachte weit mehr Aufregung, als selbst Annika erwartet hatte.

Nicht Lucy Lammerts Enthüllungen waren das Hauptthema der Tageszeitungen und sämtlicher regionaler Sender, sondern die junge Frau selbst. Innerhalb weniger Stunden war sie auf dem Weg, eine Berühmtheit zu werden. Ein kometenhafter Aufstieg, der sie in atemloses Erstaunen versetzt hätte, wenn sie noch in der Lage gewesen wäre zu staunen. Das aber war sie gerade nicht, denn Tote staunen nicht, und Lucy Lammert war tot.

Annika hatte die ersten Meldungen morgens um neun gehört, als sie bei Knäckebrot und Quark in ihrer Küche saß und wie immer ihr betagtes Radio auf der Fensterbank einschaltete. Bis zum Mittag ergab sich aus den stündlich aktualisierten Nachrichten folgendes Bild: Die Polizei hatte, alarmiert von verstörten Anwohnern, Lucy Lammert am späten Sonntagnachmittag unweit ihrer Wohnung auf der Straße aufgegriffen. Sie war völlig nackt, redete wirr von Feen und Adlern, wobei sie die Arme ausbreitete wie im Flug. Dabei hinterließ sie eine Spur spritzenden Blutes, denn ihre beiden Handgelenke wiesen tiefe Schnittwunden auf. Der Blutverlust war beträchtlich, die Frau in einem Schockzustand, der noch im Krankenwagen zu einem ersten Herzstillstand führte. Ein zweiter unmittelbar nach Ankunft im Krankenhaus führte zum Tod.

Die Polizei bemühte sich nun, die Vorgänge zu rekonstruieren. In Lucy Lammerts Wohnung wurde ein blutbeschmiertes Küchenmesser gefunden, es lag in einer Blutlache auf dem Boden im Flur, zwischen verschiedenen Kleidungsstücken, die sie offenbar ausgezogen und einfach liegen gelassen hatte. Nichts deutete darauf hin, dass sich eine weitere Person in der Wohnung befunden hatte, allerdings waren die Ermittlungen dazu noch nicht abgeschlossen.

Entsprechende Spuren in der Wohnung ließen indessen den Schluss zu, dass sich Lucy übergeben hatte, was den Anfangsverdacht auf Drogenmissbrauch erhärtete. In diesem Zusammenhang stellte die Polizei, so wurde vermeldet, die Reste eines Kartoffelomelettes sicher, das sich in einer Pfanne auf dem Küchenherd befand. Zu den Ergebnissen der Untersuchung könne aber frühestens am Dienstag Genaueres gesagt werden.

Den Meldungen folgte stets der Hinweis auf Lucy Lammerts Auftritt in der Talkshow, auf das umstrittene Gutachten und den erst zwei Wochen zurückliegenden plötzlichen Tod der Christiane Petersen.

»Kartoffelomelett«, schnaubte Annika pikiert und rückte Gerds Foto zurecht, so wie sie früher immer seine Krawatte geradegezurrt hatte. Nachdem sie sich zunächst zwei Stunden lang nicht vom Radio weggerührt hatte, war sie endlich, unfrisiert und nachlässig gekleidet, zum Kiosk gelaufen, um sämtliche Frankfurter Zeitungen zu erstehen. Die lagen nun auf Gerds Seite auf dem Bett.

»Schon wieder eine tote Gutachterin. Magistrat in Aufruhr«, zitierte sie, zu Gerd gewandt, eine der Schlagzeilen, »was soll man da sagen?«

Nichts, signalisierte Gerd aus seinem Rahmen heraus.

Annika hatte nichts anderes von ihm erwartet. »Sie wäre so gerne wie die Petersen gewesen, die arme Lucy Lammert«, fuhr sie unbeeindruckt fort, während sie sich aus ihrer eilig übergestreiften Bluse befreite, die vom Vorabend ein Tomatenfleck zierte. »Na ja, in gewisser Weise ist sie das ja jetzt auch. Und natürlich hält es kein Mensch vom Förderverein für nötig, wenigstens mal bei mir anzurufen. Typisch!«

Sie holte eine frische Bluse aus dem Schrank, streifte sie über und stopfte sie probeweise in den Rock. »Siehst du«, sagte sie triumphierend zu Gerd, »der Bund sitzt schon so locker, dass ich meine Hand reinstecken kann.« Ein Blick in den Schlafzimmerspiegel belehrte sie allerdings, dass, besonders von der Seite betrachtet, der Bauch noch immer so weit vorquoll, dass er einer gnädigen Camouflage bedurfte. Seufzend zog sie die Bluse wieder aus dem Bund hervor und ließ sie überhängen wie bisher. »Guck nicht so«, fauchte sie in Gerds Richtung, »das wird schon, ob du es glaubst oder nicht. Und alles andere regelt sich auch, siehste ja selber.«

Sie ließ Gerd alleine mit diesem Satz, den er bestimmt als höchst kaltschnäuzig und pietätlos gerügt hätte, und wanderte unruhig in ihrer Wohnung umher, zupfte hier ein Blatt aus einer Blumenschale, strich dort eine Decke glatt, suchte in der Küche nach etwas Essbarem, verwarf das aber wieder, setzte sich stattdessen mit einem Glas Wasser an den Küchentisch und zwang sich zu einer Bestandsaufnahme. Also: Wie weit war sie ihrem erklärten Ziel, das Burghoftheater gegen alle Widrigkeiten zu retten, näher gekommen?

Erstens: Das Gutachten war eine abgekartete Schweinerei gewesen, und ihr war es gelungen, diesen Umstand öffentlich zu machen. Damit war das Gutachten nichts mehr wert, unbrauchbar.

Zweitens: Die beiden Autorinnen des Pamphlets waren kurz nacheinander verstorben. Christiane Petersen starb an Herz-Kreislauf-Versagen (ihre Alkoholprobleme waren stadtbekannt), Lucy Lammerts Tod wurde noch untersucht. Bisher war nur durchgesickert, dass sie irgendetwas eingenommen hatte. Sie war labil, ein Nervenwrack. Alles in allem ließen diese beiden Todesfälle die Umstände, unter denen das Gutachten in Auftrag gegeben und erstellt worden war, noch fragwürdiger erscheinen.

Drittens: Es war unter diesen Umständen eine Frage der Zeit, wie lange sich der Kulturdezernent noch halten konnte. Nach den jüngsten Enthüllungen würde er erklären müssen, warum er das Burghoftheater und seinen Intendanten Hessler so unnachgiebig bekämpfte.

Viertens: Aus all dem würde gefolgert werden, dass die Entscheidung über die Zukunft des Theaters vertagt werden musste. Woraus wiederum logisch zu folgern wäre, die Subventionen vorläufig nicht zu streichen. Hoffentlich.

Fünftens: Diese Chance musste genutzt werden. Das Problem dabei war Helmut Hessler. Zu viele Feinde, wie sie inzwischen hatte erkennen müssen. Außerdem würde er das Ganze stehen und liegen lassen, sobald er eine Chance dazu sah. Ein neuer Intendant wäre besser. Aber wer würde das zurzeit machen wollen? Nemec vielleicht? Ja, Nemec sicher. Oder?

Annika stand auf und massierte ihre Knie, mehr aus Gewohnheit als wegen der Schmerzen. Seit sie um die elf Kilo leichter war, spürte sie ihre Gelenke tatsächlich weit weniger, sodass sie sogar schon die kühne Hoffnung hatte, in einigen Wochen ganz und gar schmerzfrei zu sein. Vielleicht machte es sich auch bezahlt, dass sie sich mehr bewegte als vorher, die Treppe nahm anstatt der Rolltreppe, eine Haltestelle früher ausstieg und den Rest zu Fuß zurücklegte. Natürlich machte sich das bezahlt! Überhaupt konnte sie in diesem Punkt mit sich zufrieden sein. Sie war diszipliniert, hielt sich an die Diät und hatte Erfolg damit. Sie reckte sich und lächelte. Hätte sie sich dabei selbst zusehen können, so hätte sie bemerkt, dass das Lächeln ihr Gesicht weich zeichnete und ihm einen Hauch von Schönheit gab, die sonst verborgen lag hinter ihren ernsten, misstrauischen Zügen.

Jetzt aber träumte sie sich lächelnd an ihr Ziel, die Silvestervorstellung des Burghoftheaters. Zweite Reihe, Platz sechs. Sie sah sich eintreten in einem Traum von Kleid, blau vielleicht, auf jeden Fall auf Figur gearbeitet, mit einem hochgestellten Kragen und einem V-Ausschnitt. Klassisch elegant, aber pfiffiger als alles, was sie in den letzten Jahren getragen hatte. Sie sah die ungläubigen Blicke der anderen, die da sagten: Was? Das ist Annika Clement? Die ist ja nicht wiederzuerkennen, toll sieht sie aus. Wie hat sie das denn angestellt?

Sie schüttelte ein paar Hände, nickte hierhin, nickte dahin und begrüßte in ihrer Funktion als Mitglied des Freundeskreises den neuen Intendanten Siegfried Nemec.

Nemec. Annikas Gedanken kehrten in die Wirklichkeit zurück, und das Lächeln verschwand. Der Tagtraum hatte ihr die Richtung gewiesen, in die ihre Anstrengungen sich bewegen mussten. Sie musste sich darum kümmern, dass Hessler nicht noch alles verdarb. Aber wie?

Zur Not konnte sie den Brief einsetzen, der seit ihrem letzten Besuch bei Lucy Lammert, mit deren Fingerabdrücken versehen, sicher verwahrt auf seinen Einsatz wartete. Gerne würde sie das nicht tun, gar nicht gerne. Sie wollte auch nicht riskieren, mit der Lammert in Verbindung gebracht zu werden, zumindest nicht zurzeit. Man wusste nie, welche Unannehmlichkeiten daraus entstehen konnten. Solange die Ermittlungen wegen Lucy Lammerts Tod liefen, hielt sie sich besser zurück. Konnte ja so lange nicht dauern. Was sollte sich da schon groß ergeben? Heute war Montag, bis Ende der Woche, da war sie sich ziemlich sicher, war der Fall abgeschlossen, und sie konnte sich weiter darum kümmern, dass ihr geliebtes Theater nicht auch einen vorzeitigen Tod starb.

Sie nahm ihre Wanderung durch die Wohnung wieder

auf. Diese Stille. Niemals hatte sie die Stille in ihren vier Wänden als so beklemmend empfunden wie jetzt. Die Funkzeituhr neben dem Bücherschrank im Wohnzimmer klackte im Sekundentakt, sonst gab es kein Geräusch. Annika blieb mitten im Zimmer stehen und schlug die Hände vors Gesicht. Nur nicht heulen, dachte sie, keine Tränen. Das Weinen wäre ihr wie eine Bankrotterklärung vorgekommen, wie ein Eingeständnis, dass sie alleine war, sich unendlich einsam und verlassen fühlte und keine Menschenseele weit und breit zu nennen wusste, die an ihr das mindeste Interesse hatte. Wer rief sie denn an? Lud sie ein? Kam mal eben auf einen Sprung vorbei? Wann hatte das letzte Mal jemand aufrichtig wissen wollen, wie es ihr ging, wie sie zurechtkam? Die zurückgehaltenen Tränen bildeten einen Kloß in ihrem Hals, aber sie dachte nicht daran, ihnen freien Lauf zu lassen. Sie schluckte und öffnete die Augen, besann sich auf ihre bewährte Taktik der Ablenkung. Sie musste sich beschäftigen, dann verflogen solche Panikattacken im Nu. Nur deshalb war ihr das gerade passiert. Weil sie untätig bleiben musste, solange diese dumme Sache mit Lucy Lammert nicht geklärt war. Das konnte Tage dauern. Oder sogar länger.

»Nein, nein, das geht nicht, das halte ich nicht durch«, stöhnte sie und suchte Zuflucht bei Gerd. Minutenlang starrte sie ihn an, so lange, bis es ihr gelang, wieder ihr Ziel in das Zentrum ihrer Gedanken zu rücken. Silvester. Eine rauschende, siegreiche Nacht. Und alles, was danach kam, würde im Zeichen dieses Sieges stehen.

Ihres Sieges. »Nach Silvester werde ich leben«, flüsterte sie Gerd zu, und sie sah ihm an, dass ihm das nicht passte.

17

Im Burghoftheater herrschte Endzeitstimmung. Täglich wurde es schwieriger, ungestört planen und arbeiten zu können, denn Tag für Tag tauchten neue Gerüchte und Geschichten auf zu Lucy Lammert und den Umständen, unter denen sie gestorben war.
Schon am Tag nach ihrem Tod waren zwei Kriminalbeamte im Theater erschienen, um Helmut Hessler zu vernehmen und anschließend alle, die die Lammert persönlich gekannt hatten. War sie bedroht worden? Hatte sie Feinde? Nahm sie Drogen? Wer hatte sie am Sonntag, ihrem Todestag, noch getroffen oder wusste von jemandem, den sie treffen wollte?
Zwei Mal im Laufe der Woche waren sie wiedergekommen, die Männer von der Kripo, hatten neue Fragen gestellt und schließlich sogar in Schränken und Schubladen etwas gesucht, von dem zu diesem Zeitpunkt nur sie selbst wussten, was es war. Gefunden hatten sie es nicht.
Natürlich hatten sich diese Besuche herumgesprochen in der Stadt, waren variiert und ausgeschmückt in Kneipen, Büros, auf häuslichen Sofas und unter der Friseurhaube durchgekaut worden. Einige Gerüchte besagten, Helmut Hessler sei verhaftet worden, andere wussten von Drogenexzessen zu berichten, denen auch schon

die Erste, diese Christiane Petersen, zum Opfer gefallen sei. Wieder andere glaubten an ein Werk der Politikmafia, der die gekauften Gutachterinnen zu gefährlichen Mitwisserinnen geworden seien.

»Seit zehn Tagen geht das jetzt so, das muss doch mal ein Ende haben.« Helmut Hessler stützte den Kopf schwer auf seine Hände, um dann in einer dramatischen Geste die Arme weit von sich zu strecken. Der ringende Held.

Sabine Pock saß auf dem Besucherstuhl vor seinem Schreibtisch mit einem Schreibblock auf dem Schoß. »Warum denn?«, fragte sie, während sie den Qualm vor ihrem Gesicht wegfächerte, der in unregelmäßigen Intervallen aus Hesslers Richtung in ihre Nase zog.

Sie schob ihren Stuhl ein Stück zurück. »Wir sind endlich im Gespräch«, fuhr sie fort, »unsere Vorstellungen waren schon lange nicht mehr so gut besucht.«

Der Blick ihres Gegenübers blieb überrascht an ihr hängen. Wollte sie ihn provozieren, oder war sie wirklich so kaltblütig? Abgesehen davon, dass sie zu kurz dachte. Die paar Besucher mehr konnten das Theater nicht retten. Seine Züge wechselten in Sekundenschnelle wieder zu jener Überheblichkeit, die viele seiner Feinde zu Feinden hatte werden lassen. »Es sollte erstens die Qualität unserer Arbeit sein, die im Gespräch ist und nicht Sensationsgier«, näselte er, »und zweitens sollten Sie wissen, dass einige verkaufte Karten mehr unser Problem nicht lösen. Wir brauchen die Subvention, und solange dieser Gauner von Kulturdezernent den Ahnungslosen und Unschuldigen spielt

und damit auch noch durchkommt, so lange müssen wir zittern.«
»Der windet sich, aber er ist angeschlagen«, entgegnete Sabine, »und seine Mittel, uns fertig zu machen, sind ja mittlerweile, gelinde gesagt, umstritten. Man müsste nur noch irgendwas finden, um ihn endgültig auszuhebeln.«
Und dich gleich dazu, dachte sie, aber ihre Miene blieb beherrscht wie gewöhnlich.
»Na, dann machen Sie mal«, witzelte Helmut Hessler ironisch.
Bin schon dabei, hätte Sabine entgegnen können, aber das tat sie natürlich nicht, denn es ging um das Theater und um ihren Job. Nicht um ihn, nicht um Hessler. Eigentlich ging es ihr immer weniger um ihn, und immer öfter dachte sie daran, dass es ohne ihn sogar noch besser ginge.
Ohne ein weiteres Wort nahm sie ihren Block vom Schoß, bereit, die geschäftlichen Tagesfragen durchzugehen, wie sie das immer taten.
Nach einer guten Stunde intensiver Arbeit war alles Notwendige besprochen. Sabine schraubte die Kappe auf ihren Füllfederhalter, strich sich eine Haarsträhne hinters Ohr und war gerade im Begriff, aufzustehen, als das Telefon läutete.
Hessler hob ab, meldete sich kurz, hörte dann eine Weile zu, kommentierte das Gehörte nur zuerst mit einem »Aha«, dann mit einem triumphierenden »So was habe ich mir gleich gedacht«.
Mit einer Handbewegung bedeutete er Sabine, noch zu bleiben. Als das Gespräch beendet war, knallte

seine Handfläche auf die Schreibtischplatte. »Na bitte! Was habe ich immer gesagt? Voll geknallt hat sie sich, dieses dumme Stück, die Lammert. Das war gerade die Kripo.« Er deutete zum Telefon, zündete sich eine Zigarette an, stellte sich damit ans Fenster und sah hinaus, während er weitersprach. »Man soll es nicht für möglich halten, worauf manche Leute kommen. In diesem Omelettepapps aus ihrer Küche waren Rauschpilze, genug, um ein Pferd zum Durchdrehen zu bringen.«

»Rauschpilze?« Sabine sah ihn ratlos an. »Was soll das denn sein?«

Helmut Hessler drehte sich schulterzuckend zu ihr um. »So genau bin ich da auch nicht informiert. Der Kripomensch hat irgendeinen Ausdruck benutzt, so ein lateinisches Wort, habe ich mir nicht gemerkt. Jedenfalls scheint dieses Zeugs in gewissen Kreisen hip zu sein. Übrigens kursiert es auch an Schulen, sagt er. Keine Ahnung. Es macht high, aber wer zu viel davon nimmt, dreht durch, bestenfalls. Schlimmstenfalls dreht er erst durch, und dann schlägt das Herz Purzelbäume und peng.« Hesslers Faust sauste zur Bekräftigung auf die Fensterbank nieder.

»Und nun?«, fragte Sabine.

»Nun haben die Spekulationen endlich ein Ende. Niemand von uns hat sie umgebracht. Alles Quatsch. Die Ermittlungen werden eingestellt. Ende. Aus. Wurde auch Zeit.«

Rauschpilze, dachte Sabine, Pilze ... Eine Erinnerung wollte sich einstellen, etwas an sich Unbedeutendes.

Aber was war das nur? Es verflog, ehe sie es fassen konnte. Nachdenklich zupfte sie ihren makellosen Zopf zurecht. »Dann ist das jedenfalls geklärt«, sagte sie, um wenigstens irgendetwas zu sagen. »Wird Zeit, dass ich an die Arbeit gehe.«

Zurück an ihrem eigenen Schreibtisch, wählte sie im Computer sofort eine Suchmaschine an und gab als Suchwort »Rauschpilze« ein.

»Donnerwetter«, entfuhr es ihr, »die Dinger gibt es ja tatsächlich.«

Aus der Menge der Informationen klickte sie wahllos alles an, was ihr interessant erschien, hin und wieder machte sie einen Ausdruck. Sie las und las, bis sie sicher war, nun einen ausreichenden Überblick zu haben.

Ich muss Olaf anrufen, schoss es ihr durch den Kopf. Muss mich vergewissern, dass der nicht auch dieses Scheißzeug in sein Essen mischt. Wenn es stimmte, was sie da gelesen hatte, dann konnte man diese Pilze mühelos auch in Deutschland finden. Auf jeder Kuhweide. Mühelos. Sie stöhnte leise auf. Gut, dass sie das alles nicht gewusst hatte, als Sascha noch bei ihr lebte. Sie hätte sich noch mehr Sorgen um ihn gemacht als ohnehin. Jetzt aber war es Olaf, dem ihre Sorgen galten. Nach dem Besuch im Haus der Petersen am Ostersonntag hatte sie angefangen, sich ein wenig um den Jungen zu kümmern. War allemal besser, als den Gummibaum zu polieren, weil man die Feiertagseinsamkeit nicht mehr aushielt. Ja, es machte ihr Freude, Olaf zu bekochen, ihn wegen seiner Hosen zu hänseln und sich von ihm seine Lieblingsbands aufzählen zu lassen. So maulfaul,

wie sie anfangs gedacht hatte, war er gar nicht. Er war nur verschlossen. Misstrauisch.
Wie sie gleich vermutet hatte, war Olaf zu kurz gekommen. Eine Mutter, die als Kellnerin arbeitete und oft nächtelang nicht nach Hause kam. Die das Kind einfach alleine ließ, sodass es gezwungen war, sich mitunter bei Nachbarn das Essen zu erbetteln. War es da ein Wunder, dass es mit der Schule nicht klappte und dass er mit sechzehn das Weite suchte? Gemessen an dem, was er erlebt hatte, war es erstaunlich, dass er immerhin eine Ausbildung durchhielt. Bis jetzt jedenfalls.
Soweit es in ihrer Macht stand, würde sie dafür sorgen, dass er nicht aufgab. Olaf war das wert. Ja, das war er. Sie kümmerte sich um ihn, wann immer es ihre Zeit zuließ, gab ihm Ratschläge, und neulich hatte sie ihm sogar einen Fünfziger zugesteckt, damit er sich endlich eine anständige Hose kaufte. Eine, die nicht tausend ausgebeulte Taschen überall hatte und die nicht bis in die Kniekehlen hing. Und damit er nicht immer in diesen Internetcafés rumlungerte, würde sie ihm zum Geburtstag einen Laptop schenken. Das hatte sie sich schon jetzt vorgenommen, obwohl er erst im Juli Geburtstag hatte.
Sie wählte die Nummer der Gärtnerei. Die junge Frau von neulich meldete sich. Olaf arbeitete irgendwo draußen, und es dauerte eine Weile, ehe er ans Telefon kam.
»Hi«, sagte er, wortkarg wie meistens. Weitschweifige Begrüßungen lagen ihm nicht.
Sabine fiel sofort mit der Tür ins Haus. »Tag, Olaf. Ich will dich nicht weiter stören. Ich muss dich nur schnell was fragen. Kennst du Rauschpilze?«

»Was?«
»Rauschpilze.«
»Schon. Warum?«
»Woher kennst du die?«
»Ich kenn die nicht. Hab nur davon gehört. Neulich haben so Typen vor der Berufsschule gestanden und ein Heft verteilt, wo alles darüber drinstand.«
»Die werben dafür?« Sabines Stimme wurde schrill vor Empörung.
»Nee. Das waren so Körnerfresser. Ich glaube, die wollten, dass man da keinen Scheiß macht. Ich hab's aber nicht so richtig gelesen.«
»Hast du das Heft noch?«
»Kann sein, vielleicht noch in einer Tasche.«
Kann gut sein, dachte Sabine und musste lächeln. »Bringst du es mir mit, wenn du es findest?«
»Klaro. Was is'n eigentlich los?«
»Erkläre ich dir morgen. Du kommst doch nach der Arbeit, oder? Ich habe einen Sauerbraten eingelegt.«
»Hm.«
»Olaf?«
»Ja?«
»Du hast doch nichts mit Drogen am Hut, oder?«
»O Mann«, stöhnte Olaf und klang fast schon wie Sascha damals.
»Fragen wird man ja mal dürfen«, sagte Sabine besänftigend. »Also bis dann.«
Sie lief zum Drucker und überflog die Ausdrucke. Rauschpilze. Zauberpilze. Es gab davon etliche Sorten, einige waren abgebildet. Sie sahen aus wie ganz nor-

male Speisepilze. Wer konnte die schon auseinanderhalten?
Natürlich, das war es, jetzt fiel es ihr wieder ein. Sie kannte jemanden, der das konnte, eine begeisterte Pilzsammlerin, die ihr vor einiger Zeit, es war bestimmt zwei Jahre her, einmal einen endlos langweiligen Vortrag über Fundstellen und all das gehalten hatte.
Es muss an einem Montag gewesen sein, überlegte Sabine, denn montags goss sie immer die Kakteen. Stimmt, sie hatte in ihrem Büro am Fenster gestanden, die Gießkanne in der Hand, als Annika Clement hereingeplatzt war wegen irgendeines Krimskrams. Sie kamen auf Blumen und Pflanzen zu sprechen und schließlich auf Pilze.
Ja, Annika Clement kannte sich zweifellos aus mit Pilzen.
Sabine Pock stopfte die Ausdrucke in ihre Tasche und dachte angestrengt darüber nach, ob Annika Clement wohl jemals Lucy Lammert begegnet war.

18

»Das war's dann, junge Frau.«
Die Hecktür des altersschwachen Kastenwagens fiel blechern ins Schloss. Der Fahrer des Vehikels, ein kräftiger Mittvierziger, fingerte aus der Brusttasche seiner Latzhose ein Stück Papier samt Kugelschreiber hervor und hielt beides Annika Clement hin. »Da bräuchte ich dann noch ein Autogramm.«
Sie überflog die Auflistung all der Gegenstände, die der Fahrer und ein zweiter Mann aus ihrer Wohnung herausgetragen und in dem Wagen verstaut hatten, und kontrollierte, ob der vereinbarte Kaufpreis – lächerliche achthundert Euro, Gerd hätte sich aus dem Fenster gestürzt vor Entsetzen – und ihre Kontonummer inklusive Bankleitzahl korrekt notiert waren. Zufrieden mit allem faltete sie die Kopie zusammen, verstaute sie in ihrer Rocktasche, unterschrieb das Original und gab es dem Mann zurück. »Danke. Hat ja super geklappt. Dann wünsche ich Ihnen noch ein schönes Wochenende.« Sie nickte hinüber zu dem anderen, der schon eingestiegen war und an einer Thermoskanne herumschraubte.
Zum ersten Mal nahm sie die Aufschrift unterhalb des Seitenfensters wahr: *Karl Ungut – Gebrauchtmöbel An- und Verkauf*. Gar nicht ungut, dachte sie, überhaupt nicht. Sondern gut, sehr gut.

Der Fahrer hatte inzwischen Kugelschreiber und Zettel wieder in seiner Brusttasche verstaut. Er hob kurz die Hand zum Abschied, schwang sich hinter sein Steuer, und wenig später ruckelte er los samt allem, was einmal Gerds Arbeitszimmer ausgemacht hatte.

Warum spüre ich nicht, was jede anständige Witwe spüren müsste?, dachte Annika, während sie dem Lkw nachsah. Bedauern, Scham, Zweifel, Wehmut, nichts davon rührte sich in ihr. Froh fühlte sie sich stattdessen, froh und leicht. Lag das vielleicht an der Jahreszeit, an der Frühlingsluft, dem blauen Himmel, den Gerüchen und Geräuschen, die den nahen Mai ankündigten, den schönsten Monat, den das Jahr zu bieten hatte?

Sobald der Flieder blühte, würde sie viele Zweige davon in ihrer Wohnung verteilen, vielleicht sogar im Schlafzimmer und erst recht in dem leer geräumten Arbeitszimmer. Da besonders, um den Geruch zu vertreiben, der sie zuletzt an eine Grabkammer erinnert hatte.

Annika stand noch immer auf dem Bürgersteig vor ihrem Wohnhaus und hatte nicht übel Lust, zum Römerberg hinüberzulaufen und sich einen Sauergespritzten zu gönnen. Wenn sie in die kleine Straße gegenüber hineinsah, konnte Annika einen Teil des Domportals sehen. Von dort waren es nur ein paar Schritte bis zum Römerberg, dem Platz vor dem Rathaus, den schon Goethe überquert hatte, sobald er von seinem nahe gelegenen Elternhaus aus in Richtung Stadtmitte lief. Seit Tagen war es mild und trocken, die Wirte der Gaststätten und Cafés hatten Tische und Stühle rausgestellt.

Und das leere Zimmer? Die Arbeit, die dort auf sie

wartete? Wischen, saugen, malern? Annika tastete nach ihrem Geldbeutel, den sie vorhin noch schnell in die Jackentasche gesteckt hatte. Ein Schoppen oder auch zwei würde sie eher beflügeln, zumal Apfelwein nicht einmal gegen ihre ehernen Diätprinzipien verstieß. Auf geht's, sagte sie sich, eine kleine Pause habe ich mir verdient.

Aber noch ehe sie die Fahrgasse überqueren konnte, hörte sie jemanden ihren Namen rufen.

»Frau Clement! Frau Clement? Meine Güte, ich hätte Sie fast nicht erkannt. Sie haben mächtig abgenommen, oder?« Sabine Pock lief ihr winkend entgegen und blieb endlich vor ihr stehen. »Aber mächtig«, ergänzte sie, wobei sie anerkennend beide Daumen hoch reckte, »auch die Haare sind anders, pfiffiger irgendwie.«

Tatsächlich hatte Annika erst am Tag zuvor in einer spontanen Aktion einen Friseur aufgesucht, der ihre Haare sowohl von schmutzigem Graubraun in glänzendes Mittelblond umtönte als auch auf Kinnlänge stutzte und in modische Fransen schnitt. Ein optischer Gewinn um mehrere hundert Prozent, wie sie seither jedes Mal feststellte, wenn sie in den Spiegel sah. Und ein weiterer kleiner Schritt in die richtige Richtung. Es gefiel ihr, dass Sabine Pock so erkennbar überrascht war.

»Danke«, sagte sie deshalb lächelnd. »Das ist ja ein netter Zufall, dass wir uns hier treffen. Sind Sie denn öfter in dieser Gegend?«

»Ab und an, meistens, wenn mal wieder jemand im Römer heiratet.« Sabine Pock zögerte eine Sekunde, gab sich dann aber einen Ruck. »Heute bin ich Ihretwegen

hier. Ich wollte Sie sprechen. Ich habe den ganzen Vormittag über versucht, Sie anzurufen, aber es war ständig besetzt. Kann es sein, dass Ihr Telefon kaputt ist?«
»Kaputt? Nicht dass ich wüsste.« Annika überlegte, wann sie zuletzt telefoniert hatte. Dann fiel ihr ein, dass sie den Männern der Firma Ungut am Morgen den Apparat für ein Telefonat überlassen hatte. »Ach du liebe Zeit, ich ahne, was los ist«, seufzte sie, »die haben bestimmt auf den falschen Knopf gedrückt.« Sie erzählte Sabine Pock von der morgendlichen Möbelaktion und dass sie dabei sei, die gesamte Wohnung zu renovieren. »Sehen Sie sich mal meine Hände an, völlig zerschunden.«
»Da komme ich wohl reichlich ungelegen?«
Annika war versucht, mit einem klaren Ja zu antworten. Allerdings fragte sie sich, was die Pock so Dringendes von ihr wollte, dass sie sogar zu ihr kam, was sie zuvor noch nie getan hatte. Sie konnte sie jetzt nicht einfach ziehen lassen. »Ach wo«, antwortete sie deshalb, »bis auf ein Zimmer habe ich ja alles schon fast fertig. Wenn Sie also der etwas strenge Geruch nach Farbe und ein bisschen Unordnung nicht stören, dann kommen Sie einfach mit hoch, ich mache uns einen Kaffee.«
In der Diele waren Farbeimer an der Wand entlang aufgereiht, und in dem frisch gestrichenen Wohnzimmer hatte Annika alle Möbel mit Ausnahme der Schränke in die Mitte gerückt.
»Kommen Sie, wir setzen uns in die Küche.« Sie bot Sabine Pock einen Platz auf der Eckbank an, machte sich an der Kaffeemaschine zu schaffen und warf da-

nach einen Blick auf ihr tragbares Telefon. »Natürlich, falscher Knopf. Telefonieren ist eben Glücksache.«
Sabine Pock nickte. »So manches ist Glücksache. Und so manchen verlässt das Glück.«
Annika horchte auf. Diese Antwort auf ihre harmlose Bemerkung hatte einen Unterton, den sie nicht einordnen konnte.
»Wie bitte?«, fragte sie spitz.
»Ich meine nur, es ist so eine Sache mit dem Glück. Man kann sich nicht darauf verlassen. Denken Sie nur an die arme Lucy Lammert. Die war nicht gerade vom Glück verwöhnt. Mein Gott, das ist jetzt auch schon wieder zwei Wochen her, dass sie von uns gegangen ist.«
Annika stellte zwei Becher mit Kaffee und ein Kännchen Milch auf den Tisch. »Möchten Sie Zucker dazu?«
»Nein, danke.« Sabine Pock nahm einen Schluck Kaffee. »Stellen Sie sich nur vor, Ihre Tochter würde ein solches Ende nehmen.«
»Ich habe keine Tochter.«
»Ach ja, richtig. Und wenn, wäre sie bestimmt ein anderer Typ als Lucy Lammert. Die konnte ja recht verschroben sein. Finden Sie nicht?«
Vorsicht, Fangfrage, dachte Annika. Sie entschloss sich zu einer vagen Antwort.
»Ich kannte sie kaum. Habe sie ein, zwei Mal gesehen, hier und da. Das arme Ding.«
»Ja, und so unvorsichtig noch dazu.« Sabine zog ein blaues Heft aus ihrer Tasche und hielt es hoch. »Sie hätte sich das hier mal durchlesen sollen, vielleicht würde sie dann noch leben.«

Annika starrte das Deckblatt des Heftes an, auf dem einige Pilze abgebildet waren, darüber stand in fetten Buchstaben »Magic Mushrooms«.
»Zauberpilze oder Rauschpilze«, erläuterte Sabine Pock, »griechisch *psilós*, weil sie die Wirkstoffe Psilocin und Psilocybin enthalten. Die zählen zu den ältesten Drogen, die die Menschheit kennt, und kommen jetzt gerade wieder so richtig in Mode. Ein Gramm getrocknete Pilze ist schon mehr als genug, um sich zu berauschen. Mehr führt zu Wahnvorstellungen und Panikzuständen. So was hat ja wohl die arme Lucy Lammert heimgesucht, bevor ihr Herz ausgesetzt hat. Auch eine Folge von Überdosierung. Steht alles hier drin.« Sabine Pock wedelte viel sagend mit dem Heft. »Aber wem sage ich das. Schließlich sammeln Sie ja begeistert Pilze, da werden Sie *Psilos* ja auch kennen, zumindest unsere einheimischen Sorten wie den Spitzkegeligen Kahlkopf.«
»Kenn ich nicht.« Annika schüttelte missbilligend den Kopf. Wieso behelligte diese Person sie mit all diesen Ausdrücken? Sie sollte den Mund halten.
Um sich ihren Ärger nicht anmerken zu lassen, kramte sie im Küchenschrank nach ein paar Keksen.
»Nicht? Na, Ich dachte, dass Sie den kennen müssen, weil Sie doch gerne Ferien auf dem Bauernhof machen. Stimmt doch, oder? Und da gibt es meisten Kühe oder Pferde oder beides. Und das ist gut für diesen Pilz.«
»Ach, reitet er?« Annika versuchte ein Grinsen. Das Beste war, den Vortrag dieser Person ins Lächerliche zu ziehen. Sabine Pock grinste zurück, ließ sich aber nicht beirren.

»Mal im Ernst«, sagte sie, »der wächst da. Warten Sie, ja, hier steht es.« Sie trat ans Fenster und las laut vor: »Der bekannteste europäische psilocybinhaltige Pilz ist *Psilocybe semilanceata*, auch Spitzkegeliger Kahlkopf genannt. Er wird bis zu acht Zentimeter hoch und ist von September bis November auf Pferde- und Kuhweiden zu finden. Na bitte.«

Annika stellte eine Schale mit Keksen auf den Küchentisch und setzte sich auf den Stuhl gegenüber von Sabine Pock.

»Es gibt eine Menge giftiger Pilze bei uns«, sagte sie ruhig, »so gut bin ich nicht, dass ich die alle kenne. Ich halte mich an die paar Sorten essbarer Pilze, die ich identifizieren kann, von allen anderen lasse ich sowieso die Finger weg. Wieso erzählen Sie mir das alles?«

Sabine Pock ignorierte das angebotene Gebäck. Ihr Blick hing an ein paar Kochbüchern, die auf dem Kühlschrank standen, festgehalten von zwei hölzernen Bücherstützen. »Wie ich sehe, teilen Sie meine Vorliebe für die italienische und spanische Küche. Kochen Sie gerne?«

»Nein.« Annika hatte nun Mühe, nicht unhöflich zu werden, was Sabine Pock aber nicht davon abhielt, weiterzuplappern.

»Genau wie die unglückliche Lucy Lammert. Noch kurz vor ihrem Tod habe ich sie in einer Buchhandlung getroffen. Zufällig natürlich, mein Fall war die ja nicht gerade. Und weil sie so klapprig und käsig ausgesehen hat, sagte ich zu ihr, sie sollte sich mal öfter was Nahrhaftes kochen. Und wissen Sie, was sie geantwortet hat?«

»Woher wohl sollte ich das wissen, verehrte Frau Pock«, knurrte Annika.

»Nö, hat sie gesagt, damit habe ich nichts am Hut. Bei mir gibt's nur Tiefkühlkost oder was aus der Büchse.«

»Na und?«

Sabine Pock beugte sich so weit über den Küchentisch, dass ihre Nasen sich fast berührten. »Was aber fand man in ihrer Wohnung auf dem Herd?«, raunte sie. »Ein Gericht aus Kartoffeln, Eiern und Zwiebeln, frisch zubereitet. Wie passt das zusammen?«

Annika umklammerte ihren Kaffeebecher. Wie schockgefroren fühlte sie sich plötzlich, ihr Körper steif und taub, der Kopf wie in Watte getaucht. »Was glauben Sie?«, hörte sie sich selbst wie aus weiter Ferne fragen. Sie schaffte es kaum, die Worte zu formen.

Sabine Pock sah sie unverwandt an. »Ich glaube, dass jemand anderes dieses Gericht gekocht hat. Jemand, der sich mit Tortilla und mit Pilzen auskennt und darüber hinaus in einer Verbindung zu unserem Theater steht. Jemand, der auch die Petersen nicht mochte.« Ihre Nasenspitze rückte noch näher an Annikas Gesicht heran. »Denn wir erinnern uns«, fuhr sie leise, aber eindringlich fort, »dass auch die Petersen Wahnattacken hatte vor ihrem jähen Ende. Und beide, Lammert und Petersen, wollten unser Theater zugrunde richten. Wer immer das verhindert hat, er hat meine volle Solidarität.«

Die beiden Frauen starrten sich an.

»Oder sie«, ergänzte Sabine Pock und richtete sich auf.

Annika umklammerte noch immer ihren Becher. Ihr Unterkiefer vibrierte, als habe er sich aus seiner Verankerung gelöst. Sie musste etwas sagen, aber es gelang ihr nicht. Mit größter Willensanstrengung löste sie eine Hand vom Kaffeebecher, tastete nach einem Keks und schob ihn in den Mund. Die mahlende Bewegung des Kauens lockerte allmählich die Verkrampfung.

»Die Polizei …«, sagte sie endlich, aber Sabine Pock fiel ihr zum Glück sofort ins Wort.

»… geht nicht von Fremdverschulden aus, wie es so schön amtlich heißt. Und wir zwei haben Wichtigeres zu tun, als uns da einzumischen, oder?«

Wichtigeres?, dachte Annika. Was meint sie? Was will sie von mir?

Aber noch ehe sie fragen konnte, lieferte Sabine Pock die Antwort, indem sie nach Papier und Bleistift verlangte. »Gemeinsam können wir einen perfekten Plan entwerfen, um das Burghoftheater zu retten«, erklärte sie, »und nach meiner Einschätzung müssen wir dazu zwei weitere Personen loswerden. Ich habe auch schon eine Idee, wen wir als Erstes in die Zange nehmen.« Sie hielt inne und lächelte. »Zange. Das ist gut. Also, packen wir es an.«

19

Sven Simon lief wütend in seinem Büro auf und ab. So hatte er sich den Posten als Persönlicher Referent nicht vorgestellt. Die Drecksarbeit zu machen für einen Dezernenten, der sich plump und dumm in diesen Schlamassel mit dem Theater reingeritten hatte und nun in Deckung gegangen war, bis der Sturm sich legte. Ein solcher Idiot! Kaufte sich zwei Gutachterinnen, die ihm den Dingsda, wie hieß er noch, ja genau, diesen Hessler, vom Hals schaffen sollten, und ließ sich dabei erwischen. War doch viel zu leicht zu rekonstruieren, das Ganze. Dilettant!

Simon setzte sich mit einem tiefen Seufzer auf seinen drehbaren Ledersessel hinter den Schreibtisch. Lass gut sein, beruhigte er sich selbst, ist ja nicht für lange, dieser Job hier. Nur ein Übergang, bis sich die richtige Position für ihn im Landtag fand. Die Drähte glühten schon, seine Verbindungen waren viel versprechend. Schließlich war man teilweise schon miteinander zur Schule gegangen und später auf die Uni. Ja, gut, auch zu Demos. Mao, Mao, Ho Ho Ho Tschi Min. Jugendsünden. Interessierte doch heute niemanden mehr. Das mit Kuba allerdings, das hätte er sich sparen sollen. Gut, wenn Fidel und Che es geschafft hätten, die Bauern für die Revolution zu begeistern, wie es in China passiert war, dann hätte er als Bindeglied zum Westen in vorderster Linie mitmischen können. Aber die Bauern wollten nicht, Che war in alle Himmelsrichtungen umhergezogen mit seinem versprengten Haufen, aber sie hatten sich vor ihm versteckt. Dann erwischte ihn die Kugel, und es war sowieso alles aus.

Simon lockerte seine Krawatte. An dieser Stelle seiner Erinnerungen wurde ihm immer ein wenig unbehaglich zumute. Eine Weile hatte er noch in Kuba ausgeharrt, aber der revolutionäre Elan war verpufft. Das hatte, so viel gestand er sich bald ein, in Deutschland mehr Spaß gemacht. Mit seinem letzten Geld schiffte er sich dann ein zurück nach Hause. Die Geschichte hatte ihn wertvolle Zeit gekostet. Frühere Mitstreiter, so musste er bei seiner Rückkehr feststellen, waren inzwischen auf bequemen, gut bezahlten Posten angekommen. Das wollte er auch, danach war ihm jetzt. Neues Spiel, neues Glück.

Er hatte alte Kontakte aufgefrischt, dezent an ein paar gemeinsame Leichen im Keller erinnert, seine Garderobe den Spielregeln angepasst und sich auf den Weg gemacht in den gehobenen Staatsdienst.

Das Telefon läutete. Auf dem Display erkannte er seine private Telefonnummer. Karola schon wieder. Er hatte sie beileibe schon oft genug gebeten, ihn nur im Notfall im Büro anzurufen. Aber Karola machte ohnehin, was sie wollte. Sie war das verwöhnte Töchterchen aus reichem Elternhaus geblieben, und wenn er ehrlich war, hatte er sie ja gerade deswegen geheiratet. Mit Freuden hatte er sogar ihren Namen angenommen. Der Name

hatte Klang in Hessen, die Familie besaß seit Generationen Brauereien, Weingüter und weit reichende Kontakte.
Karolas Vater, eigentlich Kurt Simon, aber seit er sich mit dem Titel »Konsul von Venezuela« schmücken durfte Kurt E. Simon, war, obwohl weit in den siebzig, eine stattliche Erscheinung mit strengen Vorstellungen von Konvention. Die Entwicklungen der vergangenen dreißig Jahre waren in dieser Hinsicht nahezu spurlos an ihm vorübergegangen. Vor Karola, der verwöhnten Jüngsten, hatte er noch zwei Söhne gezeugt, die gemeinsam das Familienunternehmen leiteten, seit sich der Konsul aus den aktiven Geschäften zurückgezogen hatte.
Verständlich also, dass sich Sven gleich an Karolas Fersen heftete, nachdem er sie bei gemeinsamen Freunden kennen gelernt hatte. Fasziniert hatte sie seinen – zugegeben leicht verfremdeten – Erzählungen über das kubanische Abenteuer gelauscht. Relativ einfach war das gegangen mit Karola, aber ihre Familie war zunächst wenig begeistert gewesen. Dennoch waren sie schon nach einem knappen Jahr verheiratet. Sven hieß nun ebenfalls Simon, wurde Firmensprecher im Unternehmen seines Schwiegervaters und zog mit seiner Frau in das Wiesbadener Haus.
Das war vor fünfzehn Jahren. Seither hatte sich alles prima fortentwickelt, und auch dieser Posten als Persönlicher Referent des Kulturdezernenten in Frankfurt war eine weitere Stufe nach oben. Sven hatte sich ein Penthouse im Frankfurter Westend gemietet, der Fami-

lienwohnsitz blieb weiterhin Wiesbaden, wobei Karola sich, sooft es ging, in ihr Ferienhaus am Tegernsee verzog, wo sich schon ein interessanter neuer Bekanntenkreis bildete. Das konnte ihm nur recht sein, man konnte schließlich nie wissen, wofür man den einen oder anderen noch brauchen konnte. Dennoch sollte sie ihn nicht ständig im Büro anrufen.

Das Läuten hatte endlich aufgehört.

Sven nahm den Zettel zur Hand, auf den seine Sekretärin zwei Namen und einen Termin gekritzelt hatte: »Donnerstag, vierzehn Uhr, Frau Clement und Frau Pock wg. Burghoftheater«.

An dem Namen Pock war er sofort hängen geblieben. Er war verbunden mit unguten Erinnerungen aus seinem früheren Leben. Pock, Sabine Pock. Ein unbedarftes Ding, er wusste gar nicht mehr genau, wie er an die geraten war. Mein Gott, es gab so viele Mädchen damals, mit denen er ins Bett ging. Mit ihr halt auch. Wie hätte er wissen können, dass sie die Pille nicht nahm? Alle nahmen die, davon war er ausgegangen. Und dann kam sie an und war schwanger. Schwanger! Na, da war es aber aus, so billig ließ er sich nicht an die Kandare legen, er hatte da ganz andere Dimensionen im Blick. Fortan war er ihr ausgewichen, dann kam Kuba, und sie entschwand seinem Gesichtsfeld und seinem Gedächtnis.

Nun stand da dieser Name auf dem Papier, es war vierzehn Uhr, und gleich würde er wissen, ob der Zufall ihm einen blöden Streich spielte und ihm diese Person wieder vor die Füße schwemmte.

Die Tür öffnete sich einen Spalt.
»Frau Clement und Frau Pock wären jetzt da«, meldete die Sekretärin.
Sven Simon nickte kurz, stand auf und schloss den untersten Knopf seines Jacketts.
Die zwei Frauen traten ein. Die ältere der beiden stieß ein erstauntes »Ach nee!« aus, während die andere schweigend stehen blieb und den Mann anstarrte. Sven hatte die bereits ausgestreckte Hand zurückgezogen und rang seinerseits um Fassung. »Setzen wir uns doch«, sagte er endlich mit angestrengter Höflichkeit und wies auf einen Glastisch am Fenster, um den einige Sessel gruppiert waren. Sabine Pock folgte der Aufforderung hölzern und wortlos, während Annika sich zuerst geräuschvoll ihres Mantels entledigte, den Sessel beim Hinsetzen zurückschrammte und sofort ihrer Überraschung Luft machte.
»So sieht man sich wieder. Sie haben damals im Zug nach München doch noch einen freien Platz gefunden, wie ich hoffe?« Sie hatte ihn auf der Stelle wiedererkannt, diesen wichtigtuerischen Angeber, der sie behandelt hatte wie eine Küchenschabe. Er war ihr ja gleich bekannt vorgekommen. Wahrscheinlich hatte sie einmal ein Foto von ihm in der Zeitung gesehen. Aber dass sie ihn heute hier vorfinden würde, damit hatte sie nicht gerechnet. Umso besser.
Annika lehnte sich zufrieden zurück und beobachtete Sven Simon, der mit zusammengezogenen Augenbrauen ohne erkennbaren Grund zur Tür lief, umkehrte, seinen Schreibtisch ansteuerte, wieder zurücklief, dann

erneut umkehrte, um sich endlich gegenüber den beiden Frauen niederzulassen, wobei sein Blick starr über sie hinweg gerichtet war. Sabine Pock hatte noch keinen Laut von sich gegeben. Sie starrte mit zusammengepressten Lippen auf ihre Hände.
»Wenn ich recht verstanden habe«, begann Sven Simon, ohne auf Annikas Bemerkung einzugehen, aber doch direkt an sie gewandt, »dann sind Sie hier wegen des Burghoftheaters.«
»Sie haben richtig verstanden. Als Mitglieder des Freundeskreises verlangen wir Auskunft darüber, wie denn nun eigentlich der Stand der Dinge ist. Das skandalöse Gutachten ist unter sehr zweifelhaften Umständen entstanden, aber der Kulturdezernent schweigt das Thema tot. Eine schriftliche Anfrage des Theaters hat er nicht einmal beantwortet. Wir verlangen, ihn zu sprechen, und bitten Sie, ein entsprechendes Treffen zu ermöglichen.«
Annika holte Luft. Ihre kleine Ansprache war entschiedener ausgefallen, als sie selbst beabsichtigt hatte. Gut so.
Sven Simon sah wieder über sie hinweg aus dem Fenster. Sabine rührte sich noch immer nicht.
Annika spürte, wie sie ärgerlich wurde. Wozu war die überhaupt mitgekommen, wenn sie nur wie ein Stockfisch dasaß?
Sven Simon hüstelte. »Der Dezernent ist sehr beschäftigt, wie Sie sich denken können. Natürlich auch mit dem Thema Burghoftheater. Er tut sein Möglichstes, um Lösungen zu finden. Aber das Geld ist nun einmal knapp in diesen Zeiten und da …«

»Er tut sein Möglichstes?«, unterbrach Annika aufgebracht. »Er hat betrogen und gelogen, er hat keine Schikane ausgelassen, um Helmut Hessler und das Theater zu erledigen. Das Geld, das Geld. Es hat ja auch darüber bislang nicht ein einziges konkretes Gespräch mit den Beteiligten gegeben. Das Theater hat seit Jahren steigende Einnahmen bei stetig sinkenden Subventionen, es läuft wirtschaftlich weiß Gott besser als mancher städtische Betrieb. Mal gar nicht zu reden von den mehr als einhunderttausend Euro Miete, die die Stadt jährlich für das Theater kassiert. Was würde denn mit dem Gebäude passieren, wenn es schließlich leer steht? Keine Miete mehr, keine Nutzung, nix. Leerstand, Verfall, Tristesse. Aber diese Aufrechnungen haben im Einzelnen alle nicht stattgefunden. Es hieß immer nur: Weg damit! Das ist es, was er will, der Herr Kulturdezernent. Aber er hat sich in der Wahl der Mittel vergriffen, und das soll ihm schlecht bekommen!«
»Nun ist es aber genug!«, donnerte Sven Simon in den Redeschwall hinein. Es war an der Zeit, der Frau Autorität zu demonstrieren. »Drohungen dieser Art werde ich nicht hinnehmen. Ich verwarne Sie ausdrücklich. Entweder Sie bleiben sachlich, oder aber das Gespräch ist beendet.«
»Das Gespräch *ist* beendet.« Die Kälte in Sabine Pocks Stimme ließ die anderen beiden erstaunt zu ihr hinsehen. Mit unbewegtem Gesicht stand sie auf, strich ihren ohnehin makellosen Hosenanzug glatt und griff nach ihrer Handtasche.
Steht ihr gut, dachte Annika, dieses Unnahbare, das

durch die straff geflochtenen blonden Haare noch unterstrichen wird.
»Wir werden uns entweder mit dem Dezernenten über die wahren Motive seines Rachefeldzuges unterhalten oder gleich mit der Öffentlichkeit. Das kann er sich aussuchen. Guten Tag.« Ohne sich noch einmal umzusehen, ging Sabine Pock zur Tür, öffnete sie und war verschwunden.
»Genau«, sekundierte Annika, die nun ebenfalls Mantel und Tasche zusammenraffte. »Rufen Sie mich an wegen eines Termins. Ich stehe im Telefonbuch.«
»Mistweiber!«, fluchte Sven Simon ihr voll kalter Wut hinterher, bevor er sicherheitshalber die Nummer seines Chefs wählte. Sollte der doch sehen, wie er mit den zwei Furien zurechtkam. Saß ohnehin nicht mehr so ganz fest im Sattel, der gute Mann. Möglicherweise war schon bald der Zeitpunkt gekommen, sich vorsichtig von ihm zu distanzieren.
Noch während er die Nummer wählte und auf Antwort wartete, gestattete Sven Simon sich kurz die Frage, ob Sabine das Kind wohl damals bekommen hatte.
Aus dem Hörer tönte sanfte Musik, Warteschleife.
Ach was, niemals, beruhigte er sich, Abtreibungen waren auch in den Siebzigern kein Problem, im Gegenteil, das war beinahe Mode damals. Im Übrigen war er sich nicht einmal sicher, ob sie ihn überhaupt erkannt hatte. Zumal sein Name jetzt ein anderer war. Nein, sie hatte ihn nicht erkannt, und das Kind gab es auch nicht. Punkt, Schluss, Ende. Er hatte Wichtigeres zu tun, als sich mit Dingen aus seiner Vorvergangenheit zu befassen.

Die Musikberieselung brach ab, der Dezernent nahm das Gespräch an, und Sven Simon begann, ihn über die jüngsten Ereignisse zu informieren.

Am Abend dieses Tages bemerkte er zum ersten Mal den blauen Kleinwagen. Er stand gegenüber seiner Garage auf der anderen Straßenseite, am Steuer saß eine blonde Frau. Sven Simon beachtete sie zunächst nicht. Erst als sie am folgenden Abend und am Abend darauf wieder auftauchte, sah er genauer hin und erkannte sie. Bestürzt flüchtete er sich in sein Haus, ließ, ohne das Licht anzuschalten, Mantel und Aktenkoffer achtlos in der Diele zurück, entkorkte im Wohnzimmer mit hastigen Händen den Jack Daniels, goss sich ein und nahm noch im Stehen den ersten Schluck, ehe er sich mit dem Glas in der Hand in einen Sessel fallen ließ und tief durchatmete. Mit der Rechten tastete er nach dem Schalter der Stehlampe. Hier war er unbeobachtet. Alle Wohn- und Schlafräume lagen zum Garten hin, nicht einzusehen von der Straße aus. Und in den Garten konnte sie nicht gelangen. Sein Haus war mit einer Mauer geschützt und einem elektrischen Tor. Keine Chance. Er nahm noch einen Schluck, langsam beruhigte er sich.
Was war denn schon groß geschehen? Er hatte eine Ehemalige wieder getroffen, die damals gegen seinen erklärten Willen von ihm schwanger geworden war. Na und? Sie hätte wissen müssen, dass sie ihn mit diesem uralten Trick nicht unter die Knute zwingen konnte. Er ließ sich seine Pläne doch nicht von einer Hysterikerin durchkreuzen, damals so wenig wie heute.

Er streifte die Schuhe ab, legte die Füße auf den Couchtisch und schwenkte den goldfarbenen Whiskey in seinem Glas, bevor er noch einen Schluck nahm.
Sie konnte ihm nichts, gar nichts, was auch immer ihr in ihrem verkrampften Hirn herumgeistern mochte. Niemand, nicht einmal Karola, ging davon aus, dass er immer nur brav gewesen war in seiner Jugend. Trotzdem war es gut, dass Karola, wie so oft, für zwei Wochen am Tegernsee war.
Wo hatte er die Flasche hingestellt? Ah, auf den Teppich. Auch deshalb war es gut, dass Karola nicht da war. Er stand auf, bückte sich nach der Flasche und goss nach. Mit dem Glas in der Hand schlurfte er durch die dunkle Diele in die Gästetoilette, von deren Fenster aus er unbemerkt auf die Straße spähen konnte. Der blaue Wagen war nicht mehr da.
Na bitte, ihr war langweilig geworden, nachdem sich hier im Haus nichts mehr rührte. Er ging zurück, legte eine CD ein und ließ sich erneut in den Sessel fallen. Schon möglich, dass sie morgen wiederkam und übermorgen und so weiter. Sollte sie doch, er konnte sie sowieso nicht daran hindern, es war nicht verboten, auf einer öffentlichen Straße in seinem eigenen Auto herumzusitzen. Sollte sie also kommen und ein leeres Haus bewachen. Die Vorstellung amüsierte ihn. Wann würde sie wohl merken, dass niemand, absolut niemand zu Hause war? Karola blieb noch mindestens zehn Tage am Tegernsee, und er würde einfach so lange in seiner Stadtwohnung bleiben. Die kannte sie bestimmt nicht, diese Sabine.

Woher aber, diese Frage stellte er sich jetzt erst, woher wusste sie seine Wiesbadener Adresse? Lästig so was, sehr lästig.

20

»Geh gleich durch in meine Kommandozentrale«, sagte Annika gut gelaunt, »ich bin gerade fertig geworden.« Sie folgte Sabine in Gerds ehemaliges Arbeitszimmer und breitete stolz die Arme aus. »Na, was sagst du?«

»Spitze!« Sabine meinte das Lob ernst. Der Raum war hell, freundlich und funktional. Genau in der Mitte stand, auf einem runden, königsblauen Chinateppich, ein Glastisch, der unverkennbar als Schreibtisch diente. An sein Kopfende, mit dem Rücken zum Fenster, direkt gegenüber der Tür, hatte Annika sich einen weißen Korbstuhl gerückt. Dort stand auch der Computer. Die Wände rechts und links davon zierten hüfthohe, weiße Regale, schlicht und ohne jeden Schnörkel. Einige Fächer waren schon mit Büchern bestückt, die meisten waren noch leer.

»Mut zur Lücke«, erklärte Annika lachend. »Von Gerds Bibliothek habe ich das meiste weggegeben, waren eh nur Staubfänger. In zwei, drei Tagen blüht der Flieder, den verteil ich dann überall.« Sie deutete zum Fenster. »Die Gardinen habe ich auch weggeschmissen. Vielleicht lasse ich Jalousien anbringen. Oder ein Rollo. Mal sehen, das hat keine Eile. Komm, setz dich.« Sie deutete auf einen zweiten Korbstuhl hinter der Tür, dessen Beine noch mit brauner Pappe umwickelt waren. »Ich war gerade dabei, ihn auszupacken, als du geläutet hast. Na, dann mach ich es eben jetzt. Und danach hol ich uns erst mal was zu trinken.«

Als sie wenig später in ihrer Küche das Tablett mit den Gläsern, Getränken und einem Schälchen Gebäck – Mürbegebäck ohne Schokolade – richtete, da fühlte sie sich so behaglich und zufrieden wie schon lange nicht mehr. Erst zwei Wochen war es her, dass Sabine in ihre Wohnung geschneit war und ihr diesen Vortrag über die Zauberpilze gehalten hatte. Annika erinnerte sich gut, wie sehr sie im ersten Moment erschrocken war, aber dann hatte sie zum Glück schnell begriffen: Sabine wollte sie weder einschüchtern noch bedrohen, sie wollte sie einschwören auf einen gemeinsamen Plan. Na, da hatte sie offene Türen eingerannt. Spätestens als sie auf dem Papier, das Sabine so forsch verlangt hatte, ihre Ideen skizzierten und sich dabei beflügelten und ergänzten, als hätten sie ihr Leben lang nichts anderes getan, spätestens da wurde ihnen beiden klar, dass sie aus ein und demselben Holz waren. Sie hatten es nur bisher nie bemerkt.

Annika lächelte, während sie eine Flasche Wasser aus dem Kühlschrank nahm.

Kein Grund allerdings, plötzlich vertrauensselig zu werden. Über die Pilze zum Beispiel hatten sie nie wieder ein Wort verloren. Sie konzentrierten sich auf ihr Ziel und waren sich einig darin, dass sie es um ziemlich jeden Preis anstreben würden.

Mehrmals hatten sie sich seitdem getroffen. In den vergangenen Tagen allerdings hatte Sabine viel arbeiten müssen, selbst abends.

Annika goss Mineralwasser in die Gläser und stellte die Flasche zurück in den Kühlschrank, in dem sich ansonsten nur noch ein Becher Magerquark, ein angebrochenes Glas Apfelmus und ein halber Liter Milch befanden. Die sorgsam gehütete Plastikdose war nicht mehr da, sie lag jetzt zwischen den Weinvorräten im Keller. Vorsichtshalber.

Als Annika das Tablett vor Sabine abstellte, hatte die schon einige Papiere auf dem Arbeitstisch verteilt. In den Sonnenstrahlen, die schräg durchs Fenster fielen, tanzten Staubwölkchen.

»Wir müssen in einer dreiviertel Stunde losgehen, wenn wir pünktlich um fünf bei dem verehrten Dezernenten sein wollen«, erklärte Annika.

»Und das wollen wir doch«, ergänzte Sabine, »nachdem er uns diesmal gnädig einen Termin gegeben hat.«

»Hoffentlich können wir noch was erreichen. Heute ist schon der zweite Mai, in drei Wochen entscheidet der Ausschuss über die Gelder für das Theater.« Annika deutete auf den Tisch. »Was hast du da?«

»Die Fotos, von denen ich dir erzählt habe.« Der neue Korbsessel knisterte, als Sabine sich entspannt zurücklehnte. Sie war mit sich zufrieden. Nach tagelangem Suchen in allen möglichen Zeitungsarchiven hatte sie endlich einige Fotos der Blondine aus Petersens Fotoalbum entdeckt. Annika beugte sich über die Kopien und runzelte die Stirn.

»Diese Ziege hatte ich ganz vergessen. Hing eine Zeit lang immer im Schlepptau unseres geschätzten Dezernenten. Das muss ziemlich am Anfang seiner Amtszeit gewesen sein. Eine unmögliche Person. Vulgär und aufgedonnert wie ein Pfingstochse. Komisch, fällt mir jetzt erst auf, dass die plötzlich verschwunden ist. Wollten die nicht sogar heiraten?«

»Verschwunden ist sie nicht. Sie ist nur nicht mehr in Frankfurt.« Sabine grinste gehässig. »Ihr Vorname ist auch nicht mehr Karin, sondern Carina, was für ihr Gewerbe einfach passender sein dürfte.«

»Ihr Gewerbe? Was soll das denn heißen?«

»Sie hat den Aufstieg zur Puffmutter in Limburg geschafft. Offiziell heißt das Ding natürlich ›Club‹. Aber es ist ein Puff, und sie bestreitet das auch gar nicht.« Sabine genoss Annikas fassungsloses Erstaunen.

»Klingt, als hättest du mit ihr gesprochen.«

»Hab ich auch. Sie hat am Telefon losgesprudelt ohne Punkt und Komma. Hemmungen kennt die keine, besonders nicht, wenn es um ihren Ex geht, das große Kulturlicht mit den eigenartigen Vorlieben.«

»Vorlieben?« Annika starrte Sabine mit offenem Mund an.

»Tja, der Süße ist ein richtiges Ferkelchen. Und die Betschwester aus Limburg ist immer noch sauer auf ihn, weil er sie weggejagt hat, als er ihr draufgekommen ist, dass sie ihn betrügt. Na? Rate mit wem!«

»Mit dem Dobermann der Oberbürgermeisterin?«

»Nein, das wäre eher sein Ding.«

»Sabine!«, unterbrach Annika sie schrill.

»Na, wenn es doch so ist. Nein, heimlich getroffen hat sie sich mit Hessler. Im Haus der Petersen. Verstehst du? Seither stellt der Fettwanst im Römer dem Hessler nach. Und die Petersen hat sich freigekauft mit diesem Gutachten.«

Deshalb also hatte Hessler einen Schlüssel zum Haus, dachte Annika. Verdammt, dieser triebgesteuerte Idiot hat das Theater wegen einer Affäre in den Strudel gerissen!

»Wenn die Puffmutter auspackt, kann der Dezernent einpacken, oder?«, fragte sie hoffnungsvoll. »Wenn wir jetzt zu ihm gehen, was genau machen wir dann?«

»Wir machen ihm Angst«, antwortete Sabine.

Berauscht von der Aussicht auf ihren Sieg standen sie eine knappe Stunde später nach einem kurzen Fußmarsch in seinem Büro. Ihre Gesichter waren gerötet, in auffälligem Gegensatz zu dem Gesicht des Kulturdezernenten, dessen Züge vor Verärgerung kalkweiß waren. Er empfing sie im Stehen und bot ihnen auch keinen Platz an. Offensichtlich hatte er sich zur Taktik der Einschüchterung entschlossen.

»Meine Damen, ich habe wenig Zeit, und ich sage Ihnen auch gleich: Sosehr ich Ihren Einsatz für das Burghoftheater respektiere, so wenig bin ich bereit, mich vor der entscheidenden Sitzung Ende Mai dazu zu äußern. Hier geht es um sehr ernste, diffizile Entscheidungen, die ich nicht vorwegnehmen kann. Mir da mit der Öffentlichkeit drohen zu wollen, wie Sie es offensichtlich Herrn Simon gegenüber getan haben, ist absurd. Ich nehme das nicht hin und bin auch nicht bereit, auf dieser Basis ein Gespräch zu führen.« Er legte die Hände hinter den

Rücken und wippte auf den Fußballen auf und ab, wohl um den Ernst der Lage zu unterstreichen.
Sabine Pock sah ihn unverwandt an, während sie aus ihrer Umhängetasche die Mappe mit dem Archivmaterial fingerte. »Fertig?«, fragte sie kalt und hielt die Mappe vor ihre Brust. »Dann werde ich Sie jetzt mit der Basis für dieses Gespräch bekannt machen.«
Erst eine Stunde später öffnete sich die Tür zum Büro wieder, und diesmal war es das Gesicht des Kulturdezernenten, das gerötet war, was aber niemandem außer seinen zwei Gesprächspartnerinnen auffiel, denn er schloss die Tür hastig hinter ihnen und wünschte dann, erst einmal nicht gestört zu werden.
Annika atmete hörbar, während sie neben Sabine den Flur entlang Richtung Treppe lief. Das Klacken von Sabines Pfennigabsätzen hallte in dem hohen Treppenhaus wider, und Annika kam sich mit ihren braven Flachtretern vor wie ein Ackergaul neben einem Dressurpferd. Auch wenn sie inzwischen gute zwanzig Pfund abgenommen hatte, brachte sie mit achtundachtzig Kilo noch immer ein stattliches Gewicht auf die Waage. Na gut, sie sah nicht mehr aus wie ein Nilpferd, war aber leider auch noch weit von einer Gazelle entfernt. Sabine dagegen mit ihrer schlanken Figur, in ihren immer perfekt sitzenden Hosenanzügen, mit ihrem straffen Gesicht, in dem kein Doppelkinn die Wirkung zerstörte, Sabine hatte Auftreten. Deshalb hatte sie ihr auch weitgehend das Reden überlassen da drin – und wie sie geredet hatte! Fast jeder Satz ein Hieb mit der Machete, besonders wenn es um die Peinlichkeiten ging, die Sabine von Ca-

rina erfahren hatte und die sie mit geradezu sadistischer Hingabe zitierte. Das würde ich, hatte Annika beinahe mitfühlend gedacht, auch nicht über mich lesen wollen, besonders nicht als Kulturdezernent.

Aber gute Munition war es schon, sehr gute sogar. Ob er jetzt wirklich hinter seiner verschlossenen Tür saß und über seinen Rücktritt nachdachte oder über die Million, die das Theater brauchte, um überleben zu können?

»Glaubst du, es hat was genutzt?«, fragte sie und sah zu Sabine hoch, die einen halben Kopf größer war. Sie waren am Ende des Flurs angekommen, wo sich eine breite, geschwungene Treppe mit einem roten Läufer in der Mitte nach unten wand. Von dort eilte jetzt ein Mann hoch, in dem Annika erst Sven Simon erkannte, als er näher kam. Wie beim letzten Mal trug er einen tadellos geschnittenen Anzug, Hemd und Krawatte. Er war erkennbar nicht erfreut, ihnen zu begegnen, und verlangsamte seine Schritte, als suchte er nach einer Möglichkeit, ihnen aus dem Weg zu gehen.

»Der kommt mir wie gerufen«, flüsterte Sabine Annika zu, »warte am Eingang auf mich, ich komme gleich nach.«

Sven Simon war auf die andere Seite der Treppe ausgewichen, um in einem Halbkreis an ihnen vorbeizugehen. Ein vergeblicher Versuch.

Während Annika langsam die Treppe hinunterstieg, sah sie, wie Sabine auf Sven Simon zuging. Sie sah auch, wie sich die Gesichtszüge des Mannes verhärteten. Aber er blieb stehen. Wieso eigentlich?, fragte sich Annika, die immerhin aus eigenem Erleben wusste, dass Sven Simon zu grober Unhöflichkeit fähig war.

Bevor sie auf den Ausgang zulief, blickte sie noch einmal zurück. Die beiden standen noch immer auf der Treppe, sprachen gedämpft miteinander. Annika versuchte vergeblich, wenigstens Gesprächsfetzen aufzuschnappen, schließlich gab sie auf und entschied sich, vor der Tür auf Sabine zu warten. Etwas irritierte sie an der Art, wie die beiden da beisammenstanden. Nicht gerade freundschaftlich, das bestimmt nicht, eher im Gegenteil, aber doch irgendwie persönlich. Sie runzelte die Stirn. Das konnte nicht sein, ihre Sinne mussten sie täuschen. Aber wenn nicht? Dann verheimlichte Sabine ihr etwas. Sie würde ihr bei passender Gelegenheit auf den Zahn fühlen müssen.

Annika löste den Knoten ihres Schals und ließ ihn lose herunterhängen. Obwohl es fast halb sieben war, war die Luft noch mild. Vor den Cafés und Restaurants rund um den Römerberg standen Tische und Stühle, teilweise sogar schon Sonnenschirme, was Annika ein wenig übertrieben fand. Die Kneipen waren spärlich besucht um diese Stunde. Über den weiten Platz vor dem Römer eilten Berufstätige mit Aktentaschen, einige mit Tüten von ein paar raschen Einkäufen. Um den Brunnen in der Mitte scharten sich Touristen, Japaner zumeist, die sich gegenseitig die Fotoapparate reichten und sich lächelnd zum Foto aufstellten. Stadtführer zogen ihre Grüppchen hinter sich her zu dem Haus, in dem Goethe geboren und aufgewachsen war, und begegneten anderen Gruppen, die gerade von dort kamen und nun ihren Bus bestiegen, der sie in ihr Hotel fahren würde.

Durch das gläserne Eingangsportal konnte Sabine Annika sehen, wie sie auf ihren stämmigen Beinen dastand, den Kopf mal hierhin, mal dahin drehte, den Schal richtete und den Mantelkragen hochschlug. Sabine musste gegen den Impuls ankämpfen, sich an Annika vorbeizuschleichen und einfach das Weite zu suchen. Die Begegnung mit Sven hatte sie angestrengt. »Was willst du von mir«, hatte er feindselig geknurrt, »lass mich in Ruhe. Wäre auch für dich besser.«

Vor fünfundzwanzig Jahren hatte er sie schwanger sitzen gelassen, da war es nicht leicht, so einfach vor ihm zu stehen und Haltung zu wahren. Aber sie hatte es hinbekommen, besser als er. Als sie seinen Sohn erwähnte, musste er sich am Geländer abstützen. »Du schuldest mir etwas«, hatte sie ihm erklärt. Vielleicht hat er in diesem Moment die Summe überschlagen, die er an Unterhaltszahlungen schuldig geblieben war. Eine ordentliche Summe kam da zusammen. Gut so. Er sollte wissen, dass auch sie zwei und zwei zusammenzählen konnte. »Ich werde nichts nachfordern«, hatte sie gesagt, nachdem sie sein Erschrecken ausgekostet hatte, »wenn mein Arbeitsplatz erhalten bleibt. Sorg dafür, dass dein Chef ihn nicht vernichtet. Es liegt bei dir.«

Damit hatte sie ihn einfach stehen lassen und war langsam die Treppe hinuntergegangen, aber als sie unten ankam, schlug ihr Herz immer noch rasend schnell. Lächerlich. Sie tastete nach ihrem Zopf, strich eine nicht vorhandene Strähne aus den Augen, setzte die Sonnenbrille auf und schlenderte zu Annika hinaus, die natürlich sofort wissen wollte, was es denn mit Sven Simon so Dringendes zu besprechen gab.

»Ich habe ihm nur vorgerechnet«, erklärte Sabine doppeldeutig, »was es kosten würde, das Theater zu schließen.« Was es ihn kosten würde, hätte sie sagen sollen, aber das hätte Annika wohl kaum verstanden. Und vorläufig hatte Sabine nicht die Absicht, sie in alle Einzelheiten einzuweihen. So gut kannten sie sich schließlich noch nicht, um zu vertrauensselig zu sein, auch wenn Annika in ihrer Achtung gestiegen war. Die ließ sich nicht mehr die Butter vom Brot nehmen, die nicht. Von wegen Kulissenmops. Helmut Hessler war ein ahnungsloser Idiot.

Sie beobachtete ein Pärchen, das am Brunnenrand lehnte und sich stumm und selbstvergessen in die Augen sah. Sven Simon fiel ihr wieder ein. Auch sie war einmal so verliebt gewesen. Jetzt hatte er eine Frau, deren Namen er sogar trug, und sie war immer noch alleine. Genauso alleine wie Annika, aber die ließ sich nichts mehr gefallen, die verteidigte ihre Interessen mit allen Mitteln. Die Pilze! Wo waren die Dinger eigentlich? Auch wenn Annika es ablehnte, darüber zu sprechen, wusste Sabine doch mit intuitiver Sicherheit, dass sie noch welche hatte. Irgendwo in ihrer Wohnung vermutlich. Wie sie wohl aussah, Svens Frau?

Eine schwarze Limousine glitt heran und hielt unmittelbar vor den zwei Frauen. Der Römerberg war für Autos gesperrt, nur Dienstwagen durften vorfahren. Der Chauffeur stieg aus, nahm seine graue Schildmütze vom Kopf und blieb neben der geöffneten Wagentür stehen.

»Auf wen der wohl wartet?«, fragte Annika.

»Auf uns jedenfalls nicht. Auf uns wartet ein Apfelwein, genau da drüben.« Sabine deutete auf die Wirtschaft an der gegenüberliegenden Seite des Platzes. »Den haben wir uns verdient. Schließlich haben wir heute möglicherweise dafür gesorgt, dass der Frankfurter Kulturdezernent sich über seine Zukunft außerhalb des Römers Gedanken macht. Komm!«
Annika lief hinter ihr her und dachte mit Bedauern an das saftige Rippchen mit Kraut, das sie nicht essen durfte, auch wenn es ihr noch so verlockend vor Augen stand. Morgen würde sie nach drei Wochen Pause wieder Nadeln setzen lassen und die nächsten acht Kilo in Angriff nehmen. Dann stünde endlich die Sieben vor dem Komma. Das durfte sie sich nicht verderben durch einen Moment der Schwäche. Sie verscheuchte Rippchen und Kraut aus ihren Gedanken und knüpfte an Sabines letzten Satz an.
»Aber was ist, wenn er gar nicht daran denkt, sich solche Gedanken zu machen?«, fragte sie keuchend, denn Sabine lief mit raschen Schritten voran. Jetzt allerdings blieb sie abrupt stehen und drehte sich um.
»Das wäre nicht gesund für ihn, nicht wahr?«, antwortete sie. »Nun mach schon, ich habe nicht ewig Zeit.«

Als Annika zwei Stunden später ihre Wohnungstür aufschloss, war es schon dunkel. Sie steckte ihren Schlüssel wie üblich von innen ins Schloss, legte die Kette vor und genoss den Gedanken, alleine und ungestört zu sein. Wie hatte sie sich je über Einsamkeit beklagen können? War es nicht herrlich, unbehelligt von fremder Einmischung leben zu können? Dumm von ihr, das nicht früher bemerkt zu haben.

Sie lehnte sich an die Wand im Flur, schloss die Augen und horchte auf die Geräusche, die gedämpft zu ihr drangen – das Zuschlagen einer Tür im Treppenhaus, Schritte, die sich entfernten, das Getrappel von Kinderfüßen aus der Wohnung über ihr. Irgendwo draußen jagte ein Polizeiwagen mit Sirene vorüber.

Sie bückte sich, streifte ihre Schuhe von den Füßen, stellte sie neben die Tür und lief barfuß hinüber in ihr Wohnzimmer. Durch die Gardinen fiel schwach der Widerschein der Straßenlaternen. Ohne das Licht anzuknipsen ließ sie sich in den Sessel fallen, streckte die Beine aus und starrte aus dem Fenster auf die mächtige, dunkle Silhouette des Doms.

Annika spürte, wie allmählich die Spannung in ihr nachließ und ihr Kopf frei wurde. Sie schob sich ein Kissen in den Nacken und begann, in aller gebotenen Sorgfalt ihre Gedanken zu ordnen. Das war insofern nötig, als sich einiges in den vergangenen Stunden ereignet hatte, das sie irritierte. Das begann schon mit dem Termin beim Dezernenten.

Die Art, wie Sabine das Wort sofort an sich gerissen hatte und dann überheblich und hämisch mit Dreck warf, offenbarte eine Freude an der Gemeinheit, die einen sprachlos machte. Dann dieses Zusammentreffen mit Sven Simon – erst versuchte er zu entkommen, dann hielt er plötzlich still wie ein Schaf, und keine plausible Erklärung dafür von Sabine. Schließlich ihre Kälte, mit der sie jeden Zweifel abtat.

Annika hob die Beine und ließ ihre geschwollenen Füße kreisen.
Überhaupt hatte sich Sabine heute als reichlich rechthaberisch und undurchsichtig erwiesen.
Annika senkte die Beine wieder und reckte sich.
Mit Sabine, so viel stand fest, war Vorsicht geboten. Sie war nicht berechenbar, gerade so, als habe sich eine lang angestaute Wut in ihr befreit und sei außer Kontrolle geraten. Weshalb? Wieso?
Ein zarter Windhauch blähte die Gardine auf. Annika blinzelte zu dem Fenster hinüber, das sich einen Spalt breit geöffnet hatte. Sie hatte es wohl am Nachmittag nicht ordentlich geschlossen. Einen Moment überlegte sie, ob sie aufstehen sollte, ließ es dann aber bleiben. Ihre Gedanken richteten sich erneut auf Sabine. Anders als noch am Mittag war sie sich jetzt nicht mehr so sicher, ob diese Frau zur Verbündeten oder gar Freundin taugte. Was wusste sie denn schon von der Frau? Nicht viel, und genau genommen interessierte es sie auch nicht. Es ging nur um das Ziel, und dieses Ziel gefährdete Sabine. Sie war zu unbeherrscht, zu emotional und, was am Schwersten wog, sie wollte bestimmen.
»Nicht mit mir«, murmelte Annika und stand nun doch auf, um das Fenster zu schließen. Es war kühl geworden im Zimmer. »Ich werde sie bremsen müssen.« Laut ausgesprochen war dieser Satz wie ein Versprechen sich selbst gegenüber. Unwillkürlich hatte Annika die Fäuste geballt und die Schultern gestrafft. Sie ließ sich von niemandem mehr ihren Weg vorschreiben. Von niemandem.

Sie stand nun mitten in dem dunklen Zimmer. Die Stille, die sie umgab, beruhigte sie. Sie sah sich wieder in der Silvestervorstellung, sah sich in dem blauen Kleid den Theaterraum betreten, stolz, schlank, siegreich ihren Platz einnehmen in der zweiten Reihe. So würde es kommen, genau so.

Noch sieben Monate, dachte sie und ging lächelnd hinüber in ihr Schlafzimmer.

21

Sabine Pock zögerte. Sie hatte sich gerade von Annika verabschiedet und stand nun vor der Kneipe, sah hinüber zum Römer, wo in der Dunkelheit die verglasten Türen matt schimmerten. Wirkt ziemlich ausgestorben, dachte sie. Sollte sie trotzdem noch einmal hinlaufen? Sie machte einen unschlüssigen Schritt nach vorne, blieb aber wieder stehen. Es war fast neun Uhr, unwahrscheinlich, dass Sven noch dort war.

Hinter ihr drängte ein Pärchen aus dem Lokal, der Mann, einer von der mickrigen Sorte mit vorgestrecktem Rechthaberkinn, rempelte Sabine zur Seite. »He, Zwerg, so nicht«, blaffte sie und bemerkte augenblicklich, dass sie die Achillesferse getroffen hatte. Der Mann ließ den Arm seiner Begleiterin los, seine Hände ballten sich zu knochigen Fäustchen, wobei aus dem linken der Zeigefinger herausschnellte. »Man steht nicht am Ausgang und behindert Leute«, belehrte er sie empört.

»Wenn ich Sie wäre, würde ich das auch nicht wagen«, konterte Sabine, während sie mit bewusster Häme Augenmaß nahm, »so leicht, wie man Sie übersehen kann. Und nehmen Sie den Zeigefinger wieder runter, Klugscheißer, Ihre Erziehungsversuche nimmt sowieso niemand ernst.«

Die Begleiterin hatte bis dahin verlegen zu Boden geblickt, jetzt zupfte sie ihn am Ärmel. »Lass doch, Herbert.« Mit einer unwilligen Bewegung zog er seinen Arm weg. »Sie, Sie sind doch das Letzte«, zischte er Sabine zu und machte eine halbe Drehung, bereit, endlich zu gehen. Seine Begleiterin hakte ihn unter, nicht ohne der Kontrahentin noch einen säuerlichen Blick zu gönnen. »Komm, ich will heim, das hier bringt doch nichts.«

»Genau«, höhnte Sabine den beiden hinterher, »gehen Sie nach Hause, kämpfen Sie mit der Fernbedienung oder knuffen Sie die Kissen, aber rempeln Sie keine ausgewachsenen Frauen mehr an. *Herbert.*«

Sie kickte mit dem Fuß eine leere Dose zur Seite und machte sich ihrerseits auf den Weg zur nahen Tiefgarage, wo ihr Auto stand. Seltsam, dieser Auftritt gerade. Noch vor wenigen Wochen hätte sie sich dazu nicht hinreißen lassen. Viel zu brav war sie immer gewesen, pflichtbewusst, gesetzestreu. Alles, was andere nicht waren, die es viel weiter gebracht hatten als sie. Sie brauchte sich ja nur mal umzusehen. Alle mauschelten, intrigierten, bestachen, manipulierten. Nur sie, doof wie ein Hamster im Rad, strampelte sich redlich ab, ohne nach rechts und nach links zu sehen, immer folgsam, immer brav. Nur nicht stören. Und was hatte sie davon? Weil sie nie störte, war sie auch nie sonderlich beachtet worden, schon in der Schule nicht und danach ebenso wenig, nicht einmal, als sie schwanger wurde. Sie war verlassen worden, hatte ein Kind aufgezogen, war auch von ihm verlassen worden, hatte gearbeitet und die Arbeit verloren, hatte neue Arbeit gefunden

und lief Gefahr, auch diese wieder zu verlieren. Schluss damit!
Sabine presste ihre Tasche vor den Bauch. Das Pfefferspray fiel ihr ein, das sie immer schon hatte kaufen wollen. Sie musste das endlich einmal erledigen. Die Tiefgarage war um diese Zeit fast leer, ihre Schritte klackerten auf dem Asphalt. Sie entdeckte ihren alten Renault, schloss rasch auf, stieg ein und startete. Draußen auf der Braubachstraße öffnete sie das Seitenfenster und ließ mit Wohlbehagen den Fahrtwind über ihr Gesicht streichen.
Der Motor rasselte, es klang nicht gesund. Wie auch, der Wagen war alt und klapprig. Sie hatte ihn gebraucht gekauft vor sechs Jahren.
An Svens Wagen, einem Mercedes, wie sie inzwischen wusste, klapperte bestimmt nichts. Jeden Abend schnurrte er mit seinem spiegelblanken, makellosen Gefährt nahezu lautlos in seine Garage, die sich ebenso lautlos hinter ihm schloss. Wahrscheinlich gab es eine Verbindung von der Garage zum Wohnhaus, denn er war nach dem Einfahren nicht wieder zum Vorschein gekommen. An den ersten drei Abenden hatte sie einen schwachen Lichtschein gesehen im Haus, und sie wusste ja auch, dass er drin war. Aber seine Frau, die hatte sie nicht ein einziges Mal zu Gesicht bekommen. Ob sie krank war? Oder verreist?
Sabine lehnte den Arm aus dem Fenster, die Luft tat gut. Am vierten Abend jedenfalls war auch Sven nicht mehr aufgetaucht, sie hatte bis nach Mitternacht gewartet. Und als sie am nächsten, dem fünften Abend, ihren ge-

wohnten Platz vor seinem Haus einnahm, ragte dasselbe Reklameheft aus dem Briefkastenschlitz wie am Abend zuvor. Sven war wieder nicht gekommen, er hatte sich ihrer Überwachung entzogen. Sie war in Rage geraten. Nur so war zu erklären, dass sie diesen Zettel in den Briefkastenschlitz warf. Diesen Zettel, auf den sie mit zitternder Hand eine Nachricht für seine Frau gekritzelt hatte: *Frau Simon, Sie sollten sich mit mir über ihren lieben Mann unterhalten. Könnte sein, dass Sie staunen.* Unterschrieben hatte sie mit ihrem Vornamen und ihre Telefonnummer danebengesetzt, wobei sie so aufgeregt war, dass sie die Ziffern vertauschte und erst im dritten Anlauf die richtige Reihenfolge zu Stande brachte.

Am nächsten Morgen hatte sie sich durch einen Anruf in Svens Büro davon überzeugt, dass er sich weder im Urlaub noch auf einer Dienstreise befand. Aber wohin war er ausgewichen, wo versteckte er sich vor ihr? Wenn sie Glück hatte, würde sie das auf dieselbe Weise herausfinden wie seine Adresse in Wiesbaden: indem sie ihm folgte. Allerdings war er nun vorgewarnt.

Sabine überquerte den Main, der brackige Geruch des Wassers stieg ihr in die Nase. Er war ihr ebenso vertraut wie die Silhouette der Häuser entlang des Ufers, dem sie nun entgegenfuhr. Sie atmete tief ein und rief sich mit einigem Widerwillen das Telefonat mit Svens Frau in Erinnerung. Tatsächlich hatte sie schon am nächsten Abend angerufen. »Reden Sie«, hatte sie Sabine mit kalter, harter Stimme aufgefordert und ihr danach sofort und ohne das geringste Anzeichen einer Gefühlsregung Geld angeboten. Zwei Tage war das erst her, aber Sabine schüttelte es noch immer, wenn sie an den Hass in der Stimme dieser Frau dachte.

»Ich lasse nicht zu, dass unser guter Ruf befleckt und die politische Arbeit meines Mannes behindert wird«, hatte sie gesagt, »also nehmen Sie das Geld, das ist es doch, was Sie wollen, und lassen Sie uns in Ruhe.«

»Geben Sie mir keine Befehle, verstanden!«, hatte Sabine aufgebracht geantwortet. Was glaubte diese Frau eigentlich? Dass mit Geld alles aus der Welt zu schaffen war? Hatte die eine Ahnung von Kummer, Enttäuschung, Sehnsucht? Wusste die, was es hieß, ganz alleine ein Kind aufzuziehen, ganz alleine Entscheidungen zu treffen, Sorgen auszuhalten, die gesamte verdammte Verantwortung alleine zu tragen? Nichts wusste die, gar nichts. Ihr kam es nur auf ihren guten Ruf an, ihre gesellschaftliche Stellung, die Karriere ihres Mannes. Macht und Einfluss sollte er haben, wichtig sein.

Aber die Hälfte aller Wähler waren Frauen. Würden die einen Politiker akzeptieren, der seinen Sohn verleugnete und sich trickreich um alle Verpflichtungen drückte? Genau das hatte Sabine Svens Frau gefragt und das Geld abgelehnt.

»Sollen doch alle erfahren, was er für ein Schwein ist, er hat uns lange genug im Stich gelassen«, hatte sie ergänzt und einfach aufgelegt.

Sabine verließ die Brücke. Nur noch ein paar Straßen, dann war sie zu Hause. Fast bedauerte sie, dass die Fahrt so kurz war, überlegte sogar, doch noch einmal nach Wiesbaden zu fahren. Um diese Zeit war die Autobahn nicht verstopft, sie konnte in einer halben Stunde vor Svens Haus stehen. Vielleicht war er ja inzwischen zurückgekehrt und seine Frau auch. Ob dort bereits die Teller flogen und die Türen knallten?

Sabine hätte gerne gewusst, was die beiden nun ausheckten. Aber sie hatte keine Angst. Einzig der Gedanke an Annika bedrückte sie. Sie musste ihr die Geschichte mit Svens Frau beichten. Annika würde nicht begeistert sein.

Im Radio sang Avril Lavigne mit klirrender Jungmädchenstimme »I'm with you«. Eine Frau steht weinend auf einer Brücke, ihr Freund ist nicht gekommen. Sie beklagt ihre Trauer und Einsamkeit, beschwört ihre Liebe und harrt vergeblich aus, bis es Nacht wird.

»O Gott«, stöhnte Sabine und fragte sich, was Olaf an dieser Pop-Schnulze finden mochte. Sie wusste, ein Poster von Avril hing in seiner kleinen, schmuddeligen Ein-Zimmer-Wohnung, sie hatte ihm sogar erst vorige Woche eine CD von ihr spendiert. Sabines Züge entspannten sich, als sie an Olaf dachte. Es war beinahe rührend, wie er für diese niedliche Siebzehnjährige mit ihren strahlend blauen Augen schwärmte.

Ohne weiter nachzudenken, fuhr sie den direkten Weg zu ihrer Wohnung. Es machte keinen Sinn, noch einmal nach Wiesbaden zu fahren. Da war es sinnvoller, wenn sie sich bei Olaf meldete, ihn vielleicht für Samstag zum Essen einlud. Sie hatte ihn sehr vernachlässigt in den vergangenen Tagen. Auch gestern hatte sie ihn nur kurz gesehen, als er sich ihren Laptop abholte. Sie hatte ihm vor ein paar Tagen in einem Anfall von Großmut versprochen, ihm das Gerät auszuleihen, bis er ein eigenes hatte. Richtig glücklich hatte er ausgesehen, als er damit abzog.

In ihrer Wohnung angekommen, griff Sabine gleich zum Telefon und wählte Olafs Nummer. Sie wartete, aber am anderen Ende der Leitung tat sich nichts. Olaf war nicht zu Hause. Einerseits besorgt und andererseits verärgert, warf sie den Autoschlüssel auf ihren kleinen Arbeitstisch in Saschas ehemaligem Zimmer. Es wurde höchste Zeit, dass sie sich wieder mehr um den Jungen kümmerte. Er brauchte eine feste Hand, auch wenn er selbst das nicht so sehen mochte.

Sie ging hinüber in ihr Wohnzimmer, knipste die Stehlampe an und legte das Telefon bereit. Sie würde es später noch einmal bei Olaf versuchen, und dann würde er ihr erklären müssen, wo er sich herumtrieb die halbe Nacht. Auf dem Weg ins Bad streifte sie ihre Kleider ab und stopfte alles in den Wäschekorb. Sie nahm eine heiße Dusche und wickelte sich anschließend in ihren Bademantel.

Als sie sich mit einem kalten Glas Weißwein in der Hand auf ihre weiße Couch kuschelte, fühlte sie einen Anflug von Behagen. Sie hatte Macht gespürt in den vergangenen zwei Tagen. Sie hatte gedroht und die Wirkung darauf beobachten können. Genussvoll malte sie sich aus, wie der Kulturdezernent nach ihrem Besuch über Schachzüge nachsann, um die Bedrohung einer peinlichen Enthüllung abzuwehren. Was würde da wohl auf sie zukommen? Egal, sie war gewappnet, sie würde nun nicht mehr zurückweichen, im Gegenteil, es fing an, Spaß zu machen.

Dass sie auch noch mit Sven zusammengetroffen war, hatte den Spaß verdoppelt. Wütend war er gewesen, nervös und verunsichert. Wusste er um das Gespräch seiner Frau mit ihr? Sabine setzte sich auf und trank einen herzhaften Schluck. Er hatte kein Wort darüber verloren, seltsam.

Das Telefon läutete. Als sie sich meldete, war es eine Sekunde lang still, dann wurde der Kontakt abgebrochen. Sie versuchte noch einmal, Olaf zu erreichen, aber er war noch immer nicht zu Hause. Sie würde ihn sich vorknöpfen, gleich morgen.

Der Wein hatte sie schläfrig gemacht, ihre Gedanken flossen auseinander wie ein zu dünner Teig, ihre Anspannung wich einem matten Gleichmut. Noch ein weiteres Glas würde sie betrunken machen. Na und? Ausnahmsweise durfte sie sich auch das einmal gestatten. Sie packte die Weinflasche am Hals und tänzelte in ihr Schlafzimmer, wo sie sich, die Flasche fest im Griff, rücklings auf das Bett fallen ließ.

Das Telefon läutete erneut, aber sie hatte es im Wohnzimmer liegen gelassen, und sie mochte nicht aufstehen. Der Rufton brach nach dem dritten Läuten ab. Wieder so ein Blindgänger, dachte sie verschwommen, wie vorhin auch. Morgen, morgen sehen wir weiter.

Die Flasche entglitt ihrer Hand und rollte unter das Bett. Sabine hörte sie kullern und gleichzeitig das Geräusch von splitterndem Glas. Der Schlaf holte sie ein, ehe sie sich wundern konnte

22

»Schweinerei«, schimpfte der alte Herr und rief vorsichtshalber seine Boxerhündin zu sich. »Komm her, Dolly, altes Mädchen, am Ende schneidest du dir noch die Pfoten auf.«
Er beugte sich über die Tonscherben, die inmitten eines Häufchens Blumenerde und geknickter Alpenveilchen unterhalb der Balkone lagen. Der Blick des Alten wanderte die vier Etagen hoch, Balkon für Balkon. Von einer der Brüstungen musste der Topf hinuntergefallen sein.
»Kann glatt einen Menschen erschlagen, so ein Ding«, knurrte er und tätschelte seiner Hündin die Flanke, was sie mit ein paar aufgeregten Niesern quittierte. »Scht, nicht so laut, du weckst ja alle auf.«
An einem gewöhnlichen Freitag wie diesem erwachte das Haus ab sechs Uhr allmählich zu neuem Leben. Der erste verschlafene Frühaufsteher öffnete ein Fenster und gähnte den neuen Tag an, ein Baby schrie seine Mutter herbei, Vorhänge bewegten sich, Wasserspülungen rauschten. Noch eine halbe Stunde, dachte der alte Herr, dann wird es hier lebendig. Seit er und Dolly in die Jahre kamen, hatten sie sich eine erste kleine Spazierrunde frühmorgens angewöhnt, wenn der Tau noch auf dem Rasen im Innenhof lag, die Luft feucht und schwer war und die Stimmung friedlich.

Der Alte atmete tief durch und musterte erneut die Balkonbrüstungen, bis sein Blick an der der ersten Etage hängen blieb. Zuerst bemerkte er nur die Lücke in einer Reihe von sechs Tontöpfen, dann aber sah er noch etwas anderes. Die Scheibe der Balkontür war geborsten. Eindeutig wies sie unterhalb des Griffs ein Loch auf, in das von allen Seiten spitze Glaszapfen hineinragten.

»Da wohnt doch die Frau Pock«, flüsterte er Dolly zu. Die Hündin legte aufmerksam den Kopf schief. Der Alte horchte in die frühmorgendliche Stille. Was sollte er tun? Die Polizei rufen? Zu voreilig, entschied er. Immerhin bestand die Möglichkeit, dass der Frau die Scheibe zerbrochen war und sie nur noch keine Gelegenheit hatte, sie reparieren zu lassen. Aber hätte sie die Tür dann nicht wenigstens provisorisch mit Pappe oder Folie abgedichtet?

»Wo die doch sonst so ordentlich ist«, belehrte er Dolly, die ihm schnaufend zustimmte. An ihren Lefzen hingen Speicheltropfen.

»Du hast Hunger, stimmt's?« Der Alte machte Anstalten, in seine eigene Wohnung zurückzukehren, die schräg gegenüber der von Sabine Pock lag. Die Hündin eilte ihm tänzelnd voraus, wobei sie ihr schmales Hinterteil ständig hin und her bewegte. Auf halbem Weg pfiff der Alte sie zurück.

»Da stimmt was nicht, mein Mädchen. Wir klingeln da jetzt, und wenn keiner aufmacht, dann rufen wir die Polizei.«

Als wenig später zwei uniformierte Polizisten durch den Torbogen in den Innenhof gelaufen kamen, erwartete

sie der Alte bereits vor dem Hauseingang, der zu Sabine Pocks Wohnung führte. Dolly hatte er nach Hause gebracht, wo sie, zufrieden schlabbernd, mit ihrer ersten Tagesration Pansen beschäftigt war.
Währenddessen pochten die zwei Polizisten gegen Sabine Pocks Tür. Als sich nichts rührte, besahen sie sich den Balkon näher. Das Loch in der Scheibe ließ auch sie zweifeln, ob hier alles mit rechten Dingen zuging. Es war kein Problem, die Brüstung zu erreichen, man musste nur ein Abflussrohr hochklettern. Gemeinsam beschlossen die Beamten nun, sich über den Balkon Zutritt zur Wohnung zu verschaffen. Die Balkontür war, wie sich herausstellte, ohnehin nicht mehr verriegelt, ganz offensichtlich war hier eingebrochen worden.
Was die Polizisten dann vorfanden, veranlasste sie, umgehend die Kripo einzuschalten. Die Vorgänge im ersten Stock hatten inzwischen die anderen Bewohner vor ihre Türen gelockt. Verschlafen und teilweise noch im Morgenmantel standen sie mit erschrockenen Gesichtern auf den Zwischentreppen und flüsterten miteinander, zwischen ihnen der Alte, der sie über seinen eigenen Verdienst an diesem Einsatz aufklärte.
Inzwischen trafen immer mehr Männer ein, einige trugen schwere Taschen. Stunden schien das alles zu dauern, und nach und nach zogen sich die Bewohner in ihre Wohnungen zurück, um zu frühstücken, die Kinder zu versorgen, sich auf den Arbeitstag vorzubereiten. So bekamen nur wenige mit, wie Sabine Pock in einem Sarg aus dem Haus getragen wurde. Und erst im Laufe des Tages erfuhren ihre Nachbarn, was geschehen war.

Jemand hatte die Balkontür eingeschlagen, hatte Sabine Pock auf ihrem Bett erwürgt, ihre Wohnung durchwühlt und sich anschließend mitsamt seiner Beute davongemacht.

In den nachfolgenden Vernehmungen konnte sich keiner der Nachbarn erinnern, in der Nacht ungewöhnliche Geräusche gehört zu haben, einige aber gaben an, dass Sabine Pock in letzter Zeit öfter Besuch von einem jungen Mann gehabt hatte. »Also ihr Sohn war das nicht«, gab die Frau von gegenüber zu Protokoll, »den habe ich einmal gesehen, obwohl der seine Mutter ja selten besucht hat, so gut wie nie. Ein arroganter Typ irgendwie, mit Leinenanzug und T-Shirt drunter, diese Sorte halt, wenn Sie wissen, was ich meine. Also der Junge, der war vielleicht siebzehn, achtzehn. Wirkte ein bisschen verstockt, immer mit hochgezogenen Schultern und den Händen in den Hosentaschen. Dabei hingen die ihm sowieso fast über den Hintern, die Hosen meine ich. Man fragt sich, wie die laufen können in diesen komischen Dingern. Keine Ahnung, was der mit der Frau Pock zu tun hatte. Sie war ja eher so eine ganz Akkurate, immer picobello. Ach, furchtbar, die arme Frau.«

23

Drei Tage benötigte Annika Clement nach diesem tragischen Ereignis, um sich allmählich wieder zu sammeln. »Ich gebe zu«, sagte sie am Morgen des vierten Tages zu Gerd, »dass sie mir ein wenig lästig geworden war und ich darüber nachdachte, sie, nun ja, sie loszuwerden. Aber eine solche Brutalität, nein, das ist ekelhaft, widerlich. Du weißt, wie verhasst mir Gewalt ist. Noch dazu ging es dem Mörder offenbar nur darum, Geld und Schmuck zu stehlen. Warum hat er damit nicht einfach gewartet, bis sie nicht zu Hause war?«

Gerd sah nicht so aus, als wüsste er darauf eine Antwort. Eine Fliege ließ sich direkt auf seiner Nasenspitze nieder. Annika scheuchte sie weg und wischte mit dem Ärmel ihrer Bluse über das Glas. »Siehst ja nichts, wenn da Flecken drauf sind«, erklärte sie ihm. Sie drehte den Rahmen in Richtung des weit geöffneten Schlafzimmerfensters. »Siehst du den blauen Himmel? Den siebenten Mai haben wir heute, und es ist schon fast so warm wie sonst im Juni. Ein herrliches Frühlingswetter. Gestern bin ich mit dem Rad bis nach Oberursel rausgefahren. Wegen der schlanken Linie und um einen klaren Kopf zu bekommen. Hat auch geholfen.«

Tatsächlich hatte dieser Ausflug ihr in mehrfacher Hinsicht gut getan. Noch wenige Wochen zuvor hätte sie wegen ihres Gewichtes nicht einmal genug Puste gehabt, um zur übernächsten Kreuzung zu radeln. Gestern aber hatte sie, wenn auch mit etlichen Pausen, eine Strecke von fünfzehn Kilometern geschafft, obwohl sie zurzeit in der Nadelphase war und sich an die damit verbundene strenge Diät zu halten hatte. Aber dieses Gefühl, endlich wieder beweglicher zu sein, das hatte sie in eine nahezu euphorische Stimmung versetzt. Draußen in Oberursel, wo es Wiesen gab und Bäche und Pferde, hatte sie sich zurückversetzt gefühlt in ihre Kindheit. Damals hatte sie mit ihren Eltern am Stadtrand gelebt, an ihr Haus grenzten Felder und ein kleines Wäldchen. Dorthin war sie oft geradelt, hatte sich zwischen pieksenden Halmen einfach auf die Erde gelegt und die ziehenden Wolken betrachtet.

Viele Male waren seither ihre Gedanken zu diesen seligen, unbeschwerten Stunden zurückgekehrt, und gestern hatte sie endlich wieder etwas davon gespürt. Sie war ausgelaugt, aber zufrieden und gestärkt nach Hause zurückgekehrt, und heute nun sah sie sich in der Lage, sich erneut ganz und gar ihrem Ziel zu widmen.

Selbstverständlich musste sie das, was Sabine und sie noch gemeinsam in Angriff genommen hatten, ebenso zu Ende bringen wie alles andere.

»Silvesterpremiere, Reihe zwei, Platz sechs«, dozierte sie in Gerds Richtung, »dabei bleibt es. Ach ja, und das mit dem schicken Kleid wird auch so kommen. Damit du auf dem neusten Stand bist, mein Lieber: Ich bin bei sechsundachtzig Kilo angekommen.« Erwartungsgemäß

verzog Gerd keine Miene. Sie drehte ihn ungnädig vom Fenster weg. Wann hatte er je etwas anfangen können mit ihren Stimmungen und Träumen.
»Perlen vor die Säue«, knurrte sie, und im selben Moment läutete es. Annika erwartete keinen Besuch, und so schob sie die Sicherungskette vor, bevor sie die Tür einen Spaltbreit öffnete. Sie sah einen Jungen, kaum älter als sechzehn, siebzehn. Er trug einen Kapuzenpullover in einem verwaschenen Olivgrün und eine ausgeleierte Hose mit diversen aufgenähten Taschen. Über seiner Schulter hing eine Stofftasche.
Sie kannte ihn nicht, widerstand aber der Versuchung, die Tür sofort wieder zuzuschlagen. Da war etwas in seinem Gesichtsausdruck, das sie zögern ließ. Der Junge sah fertig aus, seine Augen ließen auf tiefen Kummer schließen. Aber was wollte er von ihr?
Noch ehe sie ihn fragen konnte, raffte er sich zu einer Erklärung auf.
»Ich komme wegen der Sabine.« Er starrte unsicher auf seine Schuhspitzen. »Wenn Sie die Frau Clement sind, oder?«
Das war mehr als holprig, dachte Annika. Sie hatte inzwischen erraten, wer da vor ihr stand. »Bin ich«, antwortete sie, »und du kannst nur Olaf sein.«
»Sie kennen mich?«
Annika löste die Kette, ließ ihn eintreten und lotste ihn sofort in die Küche auf die Eckbank. »Setz dich. Natürlich kenne ich dich nicht, woher denn auch. Aber erstens hat Sabine mir von dir erzählt, und zweitens stand deine Beschreibung in der Zeitung, wenn auch ziemlich

vage. Die suchen dich als Zeugen. Hast du wohl nicht mitbekommen oder wie?«

»Ist mir egal«, nuschelte Olaf, wobei sein Kopf noch tiefer zwischen seine Schultern zu rutschen schien.

»Darüber reden wir gleich noch. Erst mal mach ich uns ein Frühstück. Du siehst ja grässlich aus, Bub.« Annika öffnete den Kühlschrank und überlegte, was sie ihm anbieten konnte. Sie schob diskret die runde Plastikdose, die seit Sabines Tod wieder ihren Stammplatz in Annikas Kühlschrank eingenommen hatte, ein Stück weiter nach hinten und nahm die letzten zwei Eier aus dem Fach, dazu ein Päckchen Margarine und ein Stück Käse.

»Spiegeleier, Toast mit Käse und ein Kaffee, wäre das in Ordnung? Wurst habe ich keine da, auch keine Marmelade.« Sie sah fragend zu Olaf hinüber, der krampfhaft seine Leinentasche umklammerte.

»Hab keinen Hunger.«

»Doch, hast du!«

Annika ließ ihn in Ruhe, bis der Tisch gedeckt und alles angerichtet war. Als er die dampfenden Eier auf dem Teller hatte, goss sie ihm und auch sich selbst einen Becher Kaffee ein und setzte sich zu ihm. Er hatte noch immer die Tasche auf dem Schoß.

»Was ist da drin, die Kronjuwelen?«, fragte sie und machte Anstalten, danach zu greifen.

Er umfasste das Bündel, gab dann aber zögernd nach und reichte es ihr über den Tisch. »Hat Sabine gehört. Ihr Laptop.« Er sprach so leise, dass Annika Mühe hatte, ihn zu verstehen. Sein Kinn zitterte. »Ich hab ihn nicht geklaut, ich schwör's. Sie hat ihn mir geliehen, weil ich doch keinen eigenen Computer habe, und sie hat gesagt, sie hat ja den im Büro, und zu Hause braucht sie fast nie einen. Sie hat sogar gesagt, vielleicht schenkt sie mir den Laptop sowieso und kauft sich irgendwann einen neuen.«

Annika hatte das Gerät inzwischen aus der Tasche geholt und neben den Herd gestellt. Es war ein altes und noch ziemlich schweres, kompaktes Modell. »Wer behauptet denn, dass du ihn geklaut hast?«, fragte sie und deutete auf seinen Teller. »Iss mal was. Und wie kommst du eigentlich an mich?«

Olaf nahm mechanisch die Gabel in die Hand und begann, die Spiegeleier zu zerkleinern und Stück für Stück in den Mund zu schieben. »Weil doch in dem Computer Ihre Adresse gespeichert war«, antwortete er zwischen zwei Bissen.

Annika stöhnte. Damit war weder ihre erste noch ihre zweite Frage hinreichend beantwortet. Dieser Junge würde eine Geduldsprobe für sie werden. Weil sie aber ahnte, dass die Geduld sich am Ende lohnen würde, begann sie in kleinen, mühsamen Schritten, alles aus ihm herauszuholen, was sie wissen musste.

Als sie sich endlich erschöpft zurücklehnte, war über eine Stunde vergangen. Olaf hatte das Frühstück vertilgt und wirkte entspannter als bei seiner Ankunft. Er streckte die Beine von sich und nestelte an seinem Kapuzenband. Annika war klar, dass er darauf wartete, von ihr zu erfahren, wie er sich nun verhalten sollte.

Das aber wollte gut überlegt sein. In Gedanken fasste sie noch einmal das Wesentliche zusammen.

Punkt eins: Sie glaubte Olaf, dass Sabine ihm den Laptop gegeben hatte. Sabine hatte sich des Jungen angenommen und wollte ihn fördern. Das passte ins Bild.
Punkt zwei: Wegen dieses Laptops hatte Olaf Angst, die Polizei könnte ihn verdächtigen, bei Sabine Pock eingebrochen zu sein und sie getötet zu haben. Das war lächerlich, denn einen Einbruch hätte er gar nicht nötig gehabt, er kam jederzeit durch die Vordertür ins Haus.
Punkt drei: Weil Sabine ihre Dateien nicht mit Passwort geschützt hatte, war es Olaf möglich, sie alle einzusehen. Das hatte er auch weidlich genutzt, was wahrscheinlich nicht in Sabines Sinn war, aber schließlich auch kein Verbrechen. Er war auf alte Briefwechsel gestoßen, die ihn langweilten, auf Protokolle, die er nicht verstand, auf ein Adressbuch und einen Terminplaner, in den Sabine offenbar ihre spärlichen privaten Verabredungen eintrug. Der vorletzte Eintrag unter dem Datum 20. April enthielt Annikas Anschrift samt Telefonnummer und den Vermerk »Überraschungsbesuch bei einer zukünftigen Verbündeten«. Das war der Tag gewesen, an dem Sabine plötzlich in der Fahrgasse aufgetaucht war, gerade als Gerds alte Möbel in dem ebenso alten Kastenwagen der Firma Ungut ihre letzte Reise antraten. Olaf hatte aus dem Vermerk geschlossen, dass es sich bei Annika Clement um eine Freundin handeln musste, der er sich in seiner Not anvertrauen konnte.
Der arme Junge, dachte Annika, er muss wirklich sehr allein sein. Unter ihrem prüfenden Blick zog er die Beine ein und richtete sich auf.

»Pass auf«, sagte Annika, »ich schlage Folgendes vor. Da du mit dem Verbrechen nichts zu tun hast, meldest du dich morgen bei der Polizei. Du erzählst ihnen, wie du Sabine kennen gelernt hast und wie ihr seither zueinander gestanden habt. Sag einfach die Wahrheit. Nur den Computer erwähnst du besser nicht. Du hast ihn nie gehabt. Du weißt nichts darüber. Fertig. Da du ihn schon mal angebracht hast, lässt du ihn am besten auch gleich hier, bei mir sucht ihn niemand. So. Und wenn du die Befragung und alles überstanden hast, dann meldest du dich wieder bei mir und erzählst, wie es gelaufen ist. In Ordnung?«

Olaf hatte mit gesenktem Kopf zugehört. »Die sperren mich bestimmt ein. Die brauchen mich nur zu sehen, dann denken die schon, ich war's. Ist doch sowieso immer so, dass ich der Arsch bin.«

»Niemand sperrt dich ein, Olaf.« Annika war versucht, ihn in den Arm zu nehmen, so leid tat er ihr, aber sie hatte mit spontanen Gesten dieser Art nicht immer gute Erfahrungen gemacht und unterließ sie deshalb lieber. »Ich helfe dir, wenn du Hilfe brauchst, versprochen. Solltest du wider Erwarten einen Anwalt brauchen, dann werde ich dir einen besorgen. Aber du musst zur Polizei gehen, wenn es nicht so aussehen soll, als hättest du etwas Schlimmes zu verbergen.«

Olaf schluckte. »Das sagen Sie jetzt. Dass Sie mir helfen wollen und so. Und dann ist doch wieder alles Banane. Wie bei der Sabine.« Er schniefte und bog den Kopf nach hinten.

»Die hätte sich weiter um dich gekümmert, wenn man

sie gelassen hätte. Sie hatte viele Pläne mit dir, das hat sie mir selbst erzählt. Sie hatte dich gern.«
Olaf stand langsam auf und sah Annika das erste Mal lange und eindringlich an. »Wenn's sein muss, geh ich also morgen zur Polizei. Die sollen den finden, das Schwein.«
Als er ging, war sich Annika sicher, dass er sich an ihre Verabredung halten würde, und sie bezweifelte auch nicht, bald wieder von ihm zu hören. Ich habe ihn geerbt, dachte sie irritiert, aber vereinnahmen lasse ich mich nicht. Sie beruhigte sich mit dem Gedanken, dass Olaf dergleichen bestimmt nicht im Sinn hatte.
Nachdem sie die Küche aufgeräumt hatte, trug sie den Laptop zu ihrem Schreibtisch, startete ihn und begann, sich darin umzusehen.

24

Helmut Hessler hatte entschieden, für eine Woche alle Vorstellungen ausfallen zu lassen. Am Theatereingang war auf seine Anweisung hin ein Plakat angebracht worden:

Aus Respekt vor Sabine Pock, bis zu ihrem gewaltsamen Tod drei Jahre lang Beauftragte für Öffentlichkeitsarbeit in unserem Haus, bleibt das Theater vom dritten bis einschließlich neunten Mai geschlossen. Alle Karten können zurückgegeben oder umgetauscht werden.
Vor der Vorstellung am zehnten Mai findet um neunzehn Uhr im Foyer eine Gedenkveranstaltung für Sabine Pock statt.

Zwei Tage waren es noch bis dahin, und noch immer stand der Ablauf nicht fest. Kathrin Meise, die Buchhalterin, balancierte einen Stapel loser Blätter auf dem Schoß und sah über den Schreibtisch hinweg ihren Chef an. Er sah mitgenommen aus. Die Haut fleckig, die Augen verquollen, die Haare, die ihm in die Stirn hingen, viel zu lang. Wie üblich trug er einen schwarzen Anzug mit Weste, aber das weiße Hemd darunter war zerknittert. Er rauchte ununterbrochen, und wenn er mit ausholenden Gesten sein Schicksal beklagte, dann

zeichnete der Qualm der brennenden Zigarette Kreise in die Luft. So wie jetzt.
»Was ist das für ein verdammter Haufen«, brüllte er, und seine Arme flogen zur Seite, »diese Kulturbehörde wird es doch schaffen, wen zu finden, der eine kurze Trauerrede hält.«
Kathrin Meise nickte ergeben. Sie hatte kurzfristig alle Aufgaben von Sabine Pock übernehmen müssen und in dieser Funktion bereits etliche Telefonate mit dem Kulturdezernat geführt, wobei sie über das Vorzimmer nie hinausgekommen war. Der Dezernent sei, so hieß es, leider erkrankt, sein Vertreter befand sich zum Wohle der Stadt Frankfurt am Main und zur kulturellen Erhellung in Andalusien, und der persönliche Referent Simon sei terminlich unabkömmlich.
»Der Simon kommt definitiv nicht, ich habe gerade vorhin noch mal angerufen.«
»Der kommt, das regle ich für Sie, so wahr ich Annika Clement heiße.«
Hesslers Kopf schnellte Richtung Tür, seine Arme sanken schwer auf den Schreibtisch. Kathrin Meise war mit einem spitzen Ausruf des Erschreckens aufgesprungen und sammelte nun die Blätter auf, die ihr vom Schoß gerutscht waren. Helmut Hessler starrte Annika an, als sehe er sie zum ersten Mal. Zwei Dinge hielten ihn davon ab, auf der Stelle zu explodieren. Zum einen die selbstsichere Frechheit, mit der sie hier einfach reinplatzte. Zum anderen ihr Aussehen. Sie trug ein dunkelblaues Kostüm, das ihre üppige Figur gut kaschierte, dazu Pumps, die er widerwillig als chic einstufte, was

auch für die Frisur galt – sie trug die Haare anders, als er es in Erinnerung hatte, irgendwie blonder, halblang und modisch gestuft. Als wolle er eine Halluzination vertreiben, wischte er sich über die Augen und beschloss, nun doch mit angemessenem Protest auf diesen Überfall zu reagieren.

»Was unterstehen Sie sich?«, begann er mit anschwellender Stimme, sodass Kathrin Meise, die sich mit ihrem verrutschten Papierstapel unter dem Arm ans Fenster zurückgezogen hatte, zusammenzuckte. Annika Clement war inzwischen näher gekommen und setzte sich nun auf den frei gewordenen Stuhl.

»Lassen Sie die Drohgebärden«, unterbrach sie den Intendanten des Burghoftheaters, »sagen Sie mir lieber, wie lange und wann der Simon reden soll. Ich habe Sabine Pock und ihre Arbeit hier immer geschätzt, und wir sind es ihr schuldig, ein angemessenes Gedenken auszurichten.«

»Wir?«, fragte Hessler, sichtlich um Selbstbeherrschung bemüht.

»Natürlich. Sie, das Theater und der Freundeskreis, auf dessen Unterstützung Sie mehr denn je angewiesen sind, nach allem, was vorgefallen ist. Also, wie lange?«

»Wie lange was?« Helmut Hessler drehte seine Zigarette im Aschenbecher aus.

»Wie lange soll die Rede von Sven Simon sein?«

Der Intendant griff entnervt nach seiner Zigarettenpackung. »Sag du es ihr, Kathrin.« Automatisch war er, wie bei Sabine, dazu übergegangen, seine Mitarbeiterin zu duzen. Wäre sie auf die gleiche Idee gekommen, hät-

te ihn das allerdings befremdet. Kathrin Meise, der diese Wendung natürlich nicht entgangen war, hob kaum merklich die Augenbrauen, begann dann aber sofort in ihren Papieren zu kramen. Sie zog einen Zettel heraus.
»Also«, begann sie, »der vorläufige Ablauf sieht so aus, dass erst Herr Hessler als Hausherr ein paar Worte sprechen wird. Danach spielt ein Kammerorchester. Das sind Musiker von der Berliner Philharmonie, die geben gerade ein Gastspiel hier. Sabine hat die Berliner Philharmoniker besonders gemocht, deshalb fanden wir das passend so. Danach soll eben jemand von der Kultur reden, nicht länger als zehn Minuten.« Sie blickte auf und sah zu Annika hinüber. Die nickte, während sie sich Notizen machte. »Dann«, fuhr Kathrin Meise fort, »lesen zwei unserer Schauspieler, wahrscheinlich Nemec und Westermeier, ein paar ausgesuchte Texte, abschließend noch einmal das Orchester. Das war's dann.«
»Gut«, sagte Annika, »sobald ich mit dem Simon einig bin, rufe ich Sie an.«
»Da bin ich ja gespannt«, entgegnete Helmut Hessler spöttisch. Er stand auf und machte Anstalten, sie zu verabschieden. Annika aber blieb unbeeindruckt sitzen. »Ich habe noch etwas unter vier Augen mit Ihnen zu besprechen, Herr Hessler.«
Hesslers Augäpfel gerieten in Bewegung, sein Blick wanderte von Annika zu Kathrin Meise und wieder zurück. Die Buchhalterin presste ihr Papierbündel an sich und huschte aus dem Zimmer. Hessler machte einen Schritt auf Annika zu, als wollte er sie hinterherschubsen.

»Gute Frau«, sagte er, »wir stecken bis zum Hals in Problemen, wissen kaum, wo uns der Kopf steht, also lassen Sie uns das vertagen, ja.«

Annika Clement stand wortlos auf und ging zur Tür. Schon die Klinke in der Hand, drehte sie sich noch einmal um. »Spricht etwas dagegen, dass ich Frau Pocks Kakteen an mich nehme? Wenn nicht, dann gehe ich mit Ihrer Erlaubnis jetzt in deren altes Büro und hole sie mir. Sie können sich ja inzwischen noch einmal überlegen, ob Sie doch mit mir reden wollen, guter Mann. Zum Beispiel zum Stichwort Karin oder Carina oder auch letzter Besuch, das wiederum passt zum Stichwort Petersen. Ich bin noch zehn Minuten nebenan.«

Sie schloss leise die Tür.

Die Kakteen in Sabines Büro standen angestaubt und vergessen nebeneinander auf der Fensterbank, sieben Töpfe mit bröseliger Erde. Annika sah sich um und entdeckte auf dem Kopierer einen leeren Karton. Sie stellte die Pflanzen hinein, sorgsam bedacht, sich nicht zu stechen. Als sie den Deckel darüberstülpte, trat Helmut Hessler ein.

»Also gut«, sagte er, »legen Sie los, aber fassen Sie sich bitte kurz.«

25

Annika schob den Karton voller Kakteen mit einem Fußtritt unter den Küchentisch, dort konnten sie vorläufig bleiben.
In Wahrheit mochte sie keine Kakteen, aber was hätte sie machen sollen. Nachdem ihr die Dinger als Vorwand eingefallen waren, um Helmut Hessler eine Bedenkzeit zu geben, was ja auch bemerkenswert gut funktioniert hatte, musste sie den Karton mitnehmen, das wäre sonst aufgefallen. So hatte sie ihn nach Hause geschleppt und unterwegs entschieden, die Kakteen an Olaf weiterzugeben. Sie wären für ihn eine Erinnerung an Sabine, und als angehender Gärtner würde er auch wissen, wie er sie zu behandeln hatte. Annika zweifelte keinen Moment daran, bald wieder von Olaf zu hören.
Sie nahm eine Tomate und zwei Scheiben Käse aus dem Kühlschrank, ihr verspätetes Mittagessen. Sieben Wochen war es jetzt her, seit sie ihre fatale Fresserei aufgegeben hatte, sie hatte sich inzwischen fast daran gewöhnt. Ab und an, wenn sie beim Bäcker ein wunderschöner frischer Bienenstich anlachte oder die Lust auf Marzipan in Schokolade sie fast schwach werden ließ, dann dachte sie an die zwölf Kilo, die sie schon abgenommen hatte, und sie sah sich in dem blauen Kleid, tailliert und mit hochgestelltem Kragen, zu Silvester das Theater betreten.

Nein, diesen Traum durfte sie nicht gefährden, niemals. Heute erst war sie ihm wiederum ein ganzes Stück näher gerückt. Dieser Hessler, fassungslos war er gewesen, als er kapierte, dass sie ihn gesehen hatte, damals im Haus der Petersen, kurz bevor der Notarzt kam. Sehr viel zugänglicher war er danach für ihre Wünsche gewesen, bescheidene Wünsche, wie sie fand.

Sie hatte ihn dafür ein wenig unter Druck setzen müssen. Na und, war das etwa unmoralisch? Annika stopfte den Rest Tomate in den Mund, wischte sich die Hände ab und ging in ihr neues, helles Arbeitszimmer, das ihr inzwischen der liebste Platz in der Wohnung geworden war. Auf dem Schreibtisch stand Sabines Computer, noch aufgeklappt.

Unmoralisch! Blödsinn. Annika schüttelte energisch den Kopf. Sie hatte Intendant Hessler einen Deal vorgeschlagen, das war alles. Das war üblich. Und es war unumgänglich. Hätte er sie unter anderen Umständen angehört? Nein. Hatte er sie vorher je ernst genommen? Auch nein.

Sie setzte sich in den weißen Korbsessel und lehnte den Kopf zurück.

Helmut Hessler sollte ihr dankbar sein für ihre konstruktiven Vorschläge. Immerhin sah ihr Plan vor, dass er dem Burghoftheater noch bis Silvester zur Verfügung stand, bei vollen Bezügen und mit der Aussicht auf einen ehrenvollen Abschied. Allerdings auch mit der Verpflichtung, als seinen Stellvertreter und designierten Nachfolger Siegfried Nemec zu benennen.

Wenn endlich die leidige Debatte um die Subventionen

geklärt war, hätte das Haus somit eine Perspektive, mit der alle zufrieden sein konnten, am zufriedensten sie selbst. Denn Siegfried Nemec würde Frankfurt erhalten bleiben und ihr auch. Natürlich würde sie ihn vom ersten Augenblick an tatkräftig unterstützen, indem sie beispielsweise den Freundeskreis auf den zukünftigen Intendanten Nemec einschwor. Und sie würde dafür sorgen, dass ihm das nicht verborgen blieb.

Würde, hätte, könnte. Annika seufzte und erhob sich. Da gab es noch einige Hindernisse zu überwinden, und das erste wollte sie gleich heute in Angriff nehmen.

Sie schaltete Sabines Computer ein. Die Dateien waren nicht sehr umfangreich und obendrein langweilig, auch der Terminkalender gab nichts her. Die wenigen Eintragungen betrafen Arzttermine, Telefonate mit Sascha, ein paar Verabredungen mit Olaf, ein Kaffeetrinken mit Kathrin Meise. Annika las noch einmal den Eintrag vom 20. April durch, der sie selbst betraf. »Überraschungsbesuch«, murmelte sie und schüttelte den Kopf. Armes Mädchen, diese Sabine. Die letzte Notiz mit Datum 29. April war kurz. »Kontakt mit Fr. S. aufgenommen«, las Annika. Wer war Fr.? Friedrich, Fritz, Frank? Müßig, darüber nachzudenken. Sabine hätte ihr wahrscheinlich bei Gelegenheit davon erzählt, aber nun würde es diese Gelegenheit nie mehr geben.

Annika stöhnte auf. Ich darf mich nicht gehen lassen, mein Ziel nicht aus den Augen verlieren, mahnte sie sich dann. Sie klickte das Dokument an, das als Einziges ihr Interesse geweckt hatte. Es handelte sich um einen Brief an das Jugendamt. Sabine hatte ihn vor sechs Jahren geschrieben, nach dem Abitur ihres Sohnes Sascha. Es ging um das Kindergeld, aber das interessierte Annika nicht. Viel spannender war der Hinweis auf Saschas leiblichen Vater. Offenbar hatte es dazu in früheren Jahren einen umfangreichen Briefwechsel mit diversen Behörden gegeben, ohne Erfolg. Der Mann konnte angeblich nicht gefunden werden. Und nun nannte Sabine in diesem Brief sicherheitshalber noch einmal seinen Namen und sein Geburtsdatum: Sven Kammer, 4. Februar 1954.

Schon beim ersten Durchlesen war Annika bei dem Namen Sven stutzig geworden. Von Anfang an war sie darüber irritiert gewesen, wie Sven Simon und Sabine Pock miteinander umgingen. Nicht wie zwei Menschen jedenfalls, die sich gerade erst kennen gelernt hatten. Sie hatte sich keinen Reim darauf machen können. War das hier die Erklärung? War Sven Simon der Mann, der sich aus dem Staub gemacht hatte? Seinen Nachnamen konnte er längst geändert haben, das war heutzutage auch bei Männern durchaus keine Seltenheit mehr.

Wie immer, wenn sie nachdachte, begann Annika, in der Wohnung umherzulaufen. Sie hielt inne, als sie bei Gerd ankam. »Mit ein bisschen Glück«, teilte sie ihm mit, »kann ich den Simon über sein Geburtsdatum erwischen. Willst du wissen, wie?«

Das wollte Gerd nicht, das sah sie ihm an, diesen Gesichtsausdruck kannte sie.

Sie ging in die Hocke und schob ihr Gesicht ganz nah an seines heran. »Ich werde«, fuhr sie fröhlich fort, »einfach bei ihm anrufen, und so tun, als hätte er heute Geburtstag. Mal sehen, was dann passiert.«

Annika schaffte es, sich wieder aufzurichten, ohne sich am Rand des Bettes aufstützen zu müssen. »Siehste«, rief sie Gerd triumphierend zu, »wie gelenkig ich schon wieder bin. Sechsundachtzig Kilo, mein Lieber. In drei Wochen steht eine Sieben vorne. Auch wenn du es nicht glaubst.«

Die Domuhr schlug drei. Wenn sie heute noch etwas ausrichten wollte, musste sie es jetzt tun. Annika lief entschlossen zurück in ihr Arbeitszimmer, griff sich das Telefon und wählte Sven Simons Büronummer.

Wie sie erwartet hatte, meldete sich die Sekretärin.

»Gut, dass ich Sie noch erwische«, sagte Annika, »ich hätte doch beinahe Herrn Simons Geburtstag verschwitzt. Kann ich ihm denn noch gratulieren, oder ist er schon feiern gegangen?«

»Geburtstag?« Die Sekretärin klang konsterniert, aber glücklicherweise auch ein wenig verunsichert. »Das muss ein Irrtum sein, das wüsste ich doch.«

»Achter Mai, so steht es hier in meinen Unterlagen. Wissen Sie, wir vom Freundeskreis legen Wert darauf, allen unseren Gesprächspartnern Geburtstagswünsche zukommen zu lassen. Das ist einfach guter Stil, finden Sie nicht? Unter achter Mai steht hier Simon. Das muss stimmen, wir haben uns da noch nie geirrt.«

»Diesmal aber doch.« In der Stimme der Sekretärin schwang Triumph mit, während das leise Klackern der Computertasten zu hören war. »In meinen Unterlagen steht nämlich der vierte Februar, und wir haben uns da auch noch nie geirrt.«

»Donnerwetter«, platzte Annika heraus, aber sie fing

sich sofort, indem sie den Satz in einer für die Sekretärin schmeichelhaften Volte ausklingen ließ, »da habe ich aber Glück gehabt, dass ich an Sie geraten bin, sonst hätte ich mich ordentlich blamiert. Verraten Sie mich bloß nicht bei Ihrem Chef. Ich hätte übrigens noch eine Kleinigkeit mit ihm zu besprechen. Ist er denn da?«

»Er ist sehr beschäftigt.«

»Zweifellos. Sagen Sie ihm, es geht um Frau Pock.«

Das anschließende Telefonat mit Sven Simon dauerte nicht länger als eine viertel Stunde, die aber Annika vorkam wie zwei Stunden, denn Sven Simons Eloquenz schien versiegt zu sein. Zunächst bemerkte sie das nicht. Sachlich und ohne Umschweife teilte sie ihm mit, was sie herausgefunden hatte. Dass er sie reden ließ, ohne sie ein einziges Mal zu unterbrechen, machte sie schon stutzig, dass er aber, selbst nachdem sie geendet hatte, weiter schwieg, das brachte sie fast aus dem Konzept.

»Sind Sie noch dran?«, fragte sie irritiert und erhielt als Antwort ein müdes »Was wollen Sie?«.

Das war nicht der kampflustige, überhebliche Sven Simon, den sie kannte. Etwas war vorgefallen, ihr Anruf alleine konnte nicht die Ursache für diese entmutigte Stimmung sein, in der er sich offenbar befand.

Sie zögerte einen Moment, kam aber dann zu dem Schluss, ihm seine Frage zu beantworten. Sie billige zwar keineswegs sein schäbiges Verhalten, sei aber bereit, darüber hinwegzusehen, wenn er ihr zusage, ab sofort all seinen Einfluss und seine politische Raffinesse für den Erhalt des Burghoftheaters einzusetzen. »Um dem Theater zu schaden, ist gekungelt und vertuscht worden«, schloss sie, »und niemand glaubt mehr wirklich daran, dass es nur um die eine Million Euro Subventionen geht. Die ganze Stadt spricht doch schon darüber, dabei sind noch längst nicht alle Details bekannt geworden. Was aber unweigerlich passieren wird, wenn das Theater geschlossen wird.«

Das war deutlich genug, hoffte sie, und Sven Simons Antwort bestärkte sie in dieser Hoffnung. Er sei, betonte er nach einer längeren Pause, schon immer dagegen gewesen, das Theater zu schließen, aber sie überschätze seine Möglichkeiten. »Einen Mann mit Ihrem Werdegang kann man gar nicht überschätzen«, konterte Annika, »höchstens unterschätzen. Ich halte Sie für einen Großmeister der Intrige, und hier ist Ihre Herausforderung. Nehmen Sie sie an und machen Sie was daraus!« Das hatte sie hübsch gesagt, fand sie, sogar Gerd hätte an diesem Satz nichts aussetzen können. Wenngleich er das Gespräch insgesamt vielleicht missbilligt hätte. Sollte sie, ihm zuliebe, vielleicht noch ein klein wenig Pietät einflechten? Warum nicht, konnte auch dem Simon nicht schaden. »Das wäre«, fügte sie deshalb an, »auch in Sabine Pocks Sinn, und Sie hätten dann wenigsten einmal im Leben etwas getan, was in ihrem Sinn war. Sie wollen nicht vielleicht ein paar Worte zu ihrer Gedenkfeier morgen beisteuern?«

Schon während sie ihn fragte, empfand sie selbst diesen Vorschlag als Zumutung. Zynisch wollte sie nicht werden, keinesfalls, das ging zu weit. Dass er ablehnte, matt, aber entschieden, akzeptierte sie sofort, dass er vorschlug, einen Mitarbeiter aus dem Kulturdezernat

für diese Aufgabe zu delegieren, quittierte sie sogar mit einem freundlichen »Danke, das ist nett«. Hessler würde halt einen Redner aus der unteren Liga akzeptieren müssen, aber besser als nichts.
Sie beendete das Gespräch mit der Zuversicht, wieder einen Schritt weitergekommen zu sein.

Noch am Ende dieses Tages aber, als sie sich bereit machte zum Schlafengehen, beschäftigte Annika die Frage, was Sven Simon widerfahren sein mochte. Denn schon vor ihrem Anruf, da war sie sich ganz sicher, war etwas geschehen. Aber was?
Sie drehte die Dusche auf, ließ den Wasserstrahl über ihren Nacken laufen und spürte mit Wohlbehagen, wie sich ihre Muskulatur entspannte. Sie vertrieb Sven Simon aus ihren Gedanken und mit ihm all die anderen Unannehmlichkeiten der vergangenen Wochen.
Herrlich war das, wenn das Wasser über die Arme rieselte, die Beine, die Füße. Sie reckte und dehnte sich und betrachtete sich dabei in dem Spiegel über dem gegenüberliegenden Waschbecken. Allmählich, ganz allmählich, erkannte sie sich wieder in dem Spiegelbild, sah eine Andeutung der von früher vertrauten Konturen. Der Bauch wölbte sich noch, auch die Hüften waren noch speckig, aber wenn sie die Arme nach oben streckte, dann verschwand der Speckring, und eine beginnende Taille wurde sichtbar. Sie drehte sich zur Seite und besah sich mit hochgereckten Armen. Ja, bald wäre sie wieder Annika, *die* Annika, die sie kannte und mit der sie vertraut war, zu der sie stehen und die sie mögen

konnte. Wie sollen dich andere lieben, wenn du selbst es nicht einmal tust, hatte ihre Mutter einmal zu ihr gesagt, als sie eine pubertierende Vierzehnjährige war und sich hässlich fand. Annika fand diesen Satz heute, vierzig Jahre später, bemerkenswert wahr. Wenn sie geliebt werden wollte, musste sie so weit kommen, sich wieder selbst lieben zu können. Wann eigentlich war ihr diese Fähigkeit abhanden gekommen? Sie wusste es nicht einmal mehr, so lange war es her. Liebe?, dachte sie und hielt noch einmal ihren Nacken unter den Strahl. Ist es dafür nicht ein bisschen zu spät?

Sie dachte an den Abend mit Siegfried Nemec, vielleicht der Abend, der sie endgültig ihrer Selbstachtung beraubt hatte. Eine Premierenfeier im Schneckenhof, vor fünf Jahren, kurz nach ihrem dreiundfünfzigsten Geburtstag. Gerd war früher gegangen, er achtete immer auf ausreichenden Schlaf. Sie aber war geblieben, es war laut, lustig, und es wurde viel getrunken. Irgendwann sackte Siegfried Nemec alkoholschwer neben sie und begann, auf sie einzureden. Dabei patschte er seine Hand mit der tollpatschigen Gebärde des Angetrunkenen immer wieder auf ihr Knie. Am Anfang schob sie die Hand weg, dann aber ließ sie es dabei, und die Hand rutschte immer ein Stück weiter ihren Schenkel hinauf. Sie wollte es nicht, aber es erregte sie. Auch sie hatte ein wenig mehr als üblich getrunken. Schließlich saßen sie so eng beieinander, dass kein Papier mehr zwischen sie passte, und Nemecs andere Hand hatte den Weg zu ihrem Busen gefunden. Sie hatte Hitze gespürt und Lust, Lust auf Siegfried Nemec.

»Gehen wir nach draußen«, hatte sie ihm zugeflüstert und sich freigemacht von ihm, aber die anderen hatten ohnehin nicht auf die beiden in der Ecke geachtet, alle waren mit sich, miteinander oder mit ihrem Glas beschäftigt.

Sie war vorausgegangen, gefolgt von dem schwankenden Nemec, der immer versuchte, sich an ihr festzukrallen. Das Haus hatte einen Hinterhof mit einem kleinen Garten. Dort, unter einem Magnolienstrauch, waren sie in stockdunkler Nacht übereinander hergefallen. Als sie danach ausgepumpt und keuchend nebeneinander lagen, hatte Nemec sich plötzlich aufgerichtet, sie angesehen und gestöhnt: »Kennen wir uns? Gott, muss ich besoffen sein.«

Annika drehte das Wasser ab, wickelte sich in ein großes, weißes Frotteetuch ein und stieg aus der Duschwanne. Der Spiegel war beschlagen, sie wischte ein Stück frei und betrachtete ihr gerötetes Gesicht. Kam das vom Duschen oder von der Erinnerung, die sie noch heute beschämte?

Gerd hatte nie davon erfahren. Als sie nach Hause kam in jener Nacht, die Bluse verdreckt, der Reißverschluss am Rock eingerissen, hatte er fest geschlafen. Sie war ins Bad geschlichen, hatte den Kopf unter den Wasserhahn gehalten und alles, was sie am Leib trug, sofort in eine Plastiktüte gestopft und zuunterst im Wäschekorb verstaut. Als sie dann im Bett lag, hatte sie an Siegfried Nemec denken müssen, wie er da unter den Magnolienzweigen im Gras lag und wegdämmerte, noch bevor sie sich davonstahl. Den Rest der Nacht hatte sie wach gelegen und nicht aufhören können, an ihn zu denken. Ihre Gefühle waren in Unordnung geraten. Beschämt war sie, aber nicht zornig. Sie selbst hatte dazu beigetragen, dass es überhaupt so weit gekommen war – und sie hatte den Sex mit ihm genossen. Insgeheim hatte sie sogar gehofft, er würde sich melden, sich erinnern und sie wiedersehen wollen.

Mit einer fadenscheinigen Ausrede war sie am darauf folgenden Tag ins Theaterbüro gegangen. Erst da, erst an diesem Nachmittag, bekam ihre Selbstachtung Risse. Er war nicht dort, natürlich nicht, sie hatte ihn auch zuvor nie persönlich angetroffen, immer nur auf der Bühne bewundert, aber er war Gesprächsthema an jenem Nachmittag im Theaterbüro. Der Wirt des Schneckenhofs hatte Nemec, so erfuhr sie, am Morgen noch immer schlafend im Garten entdeckt und diskret in ein Taxi verfrachtet.

»Mit heruntergelassener Hose, stellen Sie sich das mal vor«, hatte Sabine Pock mit spitzen Lippen gesagt.

»Vielleicht hat er ja eine geile Nummer gehabt«, hatte einer der Handwerker gefeixt.

»Mit wem denn? So besoffen wie der war.« Sabine Pock hatte angewidert den Kopf geschüttelt.

Die Antwort darauf erinnerte Annika Wort für Wort. Sie kam von einem blassen Jüngelchen, das damals ein kurzes Gastspiel als Regieassistent gab. »Mit wem? Das war *dem* doch wurscht. In seinem Zustand hätte der auch einen Besenstiel oder einen Feuerlöscher gevögelt. Ich war gerade bei ihm zu Hause. Eisbeutel auf dem Kopf, dicke Augen und totaler Filmriss, mehr brauch

ich euch nicht zu sagen. Bis morgen hat der sich wieder bekrabbelt. Schwamm drüber.«
Annika hatte nach dieser demütigenden Information nur mühsam Haltung bewahrt, dennoch war ihr Siegfried Nemec nie mehr aus dem Kopf gegangen. Morgens beim Aufwachen sah sie ihn vor sich und abends beim Einschlafen. Immer in dieser leicht zur Seite geneigten Körperhaltung, die so typisch für ihn war, und immer mit einem freundlichen Lächeln. Sein Haar war in den vergangenen fünf Jahren lichter geworden, dennoch hingen ihm wie eh und je einzelne Strähnen in die Stirn, was ihn jugendlicher erscheinen ließ, als er war. Immerhin war auch Siegfried Nemec mittlerweile schon fünfundfünfzig.
Annika betrachtete ihr Gesicht im Spiegel. Es war schmaler geworden, die Augen wirkten dadurch größer. Sie schüttelte das nasse Haar und lockerte es mit den Fingerspitzen auf. Passabel. So schön wie Nemec war sie allemal. Sie lächelte, weil ihr dieser Gedanke zum ersten Mal kam, er gefiel ihr. »Von wegen Schwamm drüber«, erklärte sie ihrem Spiegelbild, »für mich ist das eine unerledigte Angelegenheit. Wir wollen mal sehen, wie wir die zu Ende bringen.« Das Spiegelbild nickte zustimmend.
Annika frottierte sich ab, cremte sich mit Lotion ein, streifte sich ein frisches Baumwollnachthemd über und legte sich mit Wohlbehagen ins Bett.
Erst im Einschlafen schlichen sich die Gedanken an die jüngsten Ereignisse wieder an. Der Kulturdezernent, erbittertster Gegner des Burghoftheaters, war »krank«

und hoffentlich bald ganz aus dem Verkehr gezogen. Sven Simon benahm sich seltsam, würde aber mithelfen, das Ruder herumzureißen, Hessler wurde allmählich fügsam, in eineinhalb Tagen war die Gedenkfeier für Sabine.

Ihr Mörder war noch immer nicht gefasst. Wer nur hatte Sabine Pock erwürgt?

26

Am Freitag stand Olaf vor der Tür. Er hatte den gleichen kummervollen Ausdruck in den Augen wie vor zwei Tagen.
»Du bist also nicht eingesperrt worden. Habe ich dir doch gleich gesagt.« Annika hatte gerade den Topf mit frischer Rindfleischbrühe vom Herd genommen. Sie deutete auf die Eckbank in der Küche. »Leistest du mir Gesellschaft beim Essen?« Ohne seine Antwort abzuwarten, stellte sie ein zweites Gedeck auf den Tisch und schnitt ihm eine ordentliche Portion Fleisch in den Teller, bevor sie die Brühe darübergoss. Beim Hinsetzen stieß sie gegen den Karton mit den Kakteen. »Meine Güte, die hatte ich fast vergessen. Die sollst du ja mitnehmen.«
Olaf beugte sich hinunter. »Ich? Warum?«
»Sie haben Sabine gehört, standen in ihrem Büro. Ich dachte, du möchtest dich vielleicht darum kümmern.«
Olafs Finger tasteten nach den Pflanzen, als wollte er sie streicheln. »Danke«, sagte er nur, mehr nicht.
Beide begannen, ihre Suppe zu löffeln.
Schwer zugänglich, der Junge, dachte Annika, verschlossen wie eine Auster, man musste ihm auf die Sprünge helfen. »Und, wie lief es? Du warst doch bei der Polizei, oder etwa nicht?«
»Logisch.« Er löffelte weiter.

Annika wippte ungeduldig mit dem Fuß, wobei sie wieder gegen den Karton stieß.

»Vorsicht«, sagte Olaf vorwurfsvoll.

»Sei du lieber vorsichtig. Wenn du nicht sofort anfängst, in ganzen Sätzen zu sprechen, werfe ich mit Tellern und Töpfen. Das ist unerträglich, hat dir das schon mal jemand gesagt?«

»Ja.«

»Wer?«

»Sabine.« Er legte den Löffel in den leeren Teller, zog umständlich ein Taschentuch aus seiner Hosentasche und schnäuzte sich. »Ich wollte was fragen.«

»Frag, vielleicht weiß ich ja die Antwort.«

»Also, wo die doch heute im Theater was machen für die Sabine, ist das für jeden?«

»Du meinst, ob du dabei sein kannst?« Annika räumte seinen Teller ab und stellte eine Schüssel Trauben vor ihn. »Natürlich kannst du, ich finde sogar, dass du unbedingt kommen solltest. Wenn du möchtest, können wir zusammen hingehen.«

»Echt?« Olafs Augen hellten sich für einen Moment auf. Er sah sehr mitgenommen aus, fand Annika, noch mitgenommener als seine ausgeleierten Hosen und das schlabberige Hemd, das darüberhing. Der Junge brauchte was Ordentliches zum Anziehen.

»Die haben den bald, der das gemacht hat«, sagte Olaf unvermittelt, »die haben sein Blut. Deshalb haben sie auch gleich gewusst, dass ich es nicht war. Andere Blutgruppe. Und jetzt machen sie noch irgendwas im Labor. Damit kriegen sie ihn dann.«

»Na hoffentlich. Ein Glück für dich, dass sie Spuren von dem Kerl gefunden haben. Du bist aber schon verhört worden, oder?«

Olaf nickte. »Ausgequetscht, kannste sagen.« Er stockte. »Ups, ’tschuldigung.«

Annika grinste ihn an. Der Junge taute endlich auf, wenigstens für den Augenblick. »Kannst ruhig du zu mir sagen, ist mir sowieso lieber. Ausgequetscht also«, fuhr sie fort, damit er den Faden wieder aufnahm, »wie darf ich mir das vorstellen?«

»Na ja, erst alles über mich und wie und wo ich die Sabine kennen gelernt habe und wo ich war und was weiß ich und wo sie ihr Zeug gehabt hat, Geld und Schmuck und Papiere und so.«

»Papiere?«

»Genau. Hab erst gar nicht kapiert, was die meinen. Aktenordner, zum Beispiel, haben sie gesagt, oder Mappen oder so was.«

»Und, hast du was darüber gewusst?«

»Logisch.« Olaf streckte seine Beine rechts und links neben dem Karton aus, sodass seine abgelatschten Turnschuhe auf Annikas Seite des Tisches zum Vorschein kamen. Neue Schuhe braucht er auch, dachte sie, verschob dieses Thema aber auf später.

»Was denn? Nun komm schon«, drängelte sie.

»Einmal, da habe ich ihren Holztisch repariert, wo sie immer ihre Post gemacht hat, und da drunter standen lauter Ordner, die hab ich alle wegschieben müssen. Waren bestimmt zehn Stück, hab ich auch der Polizei gesagt, die haben nicht schlecht gestaunt.«

»Gestaunt?«
»Und wie. Weil, so wie's klang, ist das alles weg, verstehste?«
»Verstehe.« Das ist, dachte Annika, allerdings eine Überraschung.
Olaf zog die Beine wieder an und rutschte unbehaglich hin und her. »Sie haben auch gefragt, ob sie einen Computer hatte.«
Annika horchte auf. »Mist«, zischte sie. »Was hast du geantwortet?«
»Dass sie einen hatte, ist doch klar.« Er zog mit dem Zeigefinger sein rechtes Unterlid herunter, ein Signal, dass ihre Verbrüderung voranschritt. »Weil, mir war nämlich eingefallen, dass da ein Drucker rumstand, und wo ein Drucker ist, ist auch ein Computer. Also, der ist auch weg.«
»Na, so was.« Annika gab ihm einen Klaps auf den Arm. »Das hast du gut gemacht. Und jetzt schlepp deine Stacheldinger nach Hause.«
Olaf schlurfte, seinen Pflanzenkarton vor dem Bauch balancierend, zur Haustür, während Annika aus ihrer Handtasche das Portemonnaie herauskramte. Sie entnahm ihm zwei Fünfzig-Euro-Scheine und schob sie Olaf in die Tasche. »Wir treffen uns um viertel vor sieben vor dem Theater, bis dahin hast du Zeit genug, dir neue Jeans, ein anständiges Hemd und ein Paar Schuhe zu kaufen. Tu es für Sabine«, fügte sie eilig hinzu, als sie den Protest in seinen Augen las, »du weißt, wie stolz es sie machen würde, wenn du dich ihretwegen in Schale wirfst.«

Olaf zog verunsichert die Schultern hoch. »Kann ich aber nicht so schnell zurückgeben.«
»Zurückgeben, Quatsch, musst du nicht. Du kannst mir allerdings als Gegenleistung morgen einen Arm voll Flieder besorgen, lila, wenn möglich. Und nun hau ab, bis später.«
Sie hörte Olaf die Treppe hinunterstapfen und schloss nachdenklich die Tür. Sie hatte es ihm nicht zeigen wollen, aber tatsächlich war sie sehr besorgt, seit sie seinen Bericht gehört hatte. Wenn Sabines Mörder so versessen auf ihre Unterlagen war, dann würde er unbedingt auch ihren Computer haben wollen. Angenommen, er hatte versucht, aus ihr herauszuprügeln, wo der Computer war, und angenommen, sie hatte in ihren letzten qualvollen Minuten preisgegeben, wer ihn hatte, dann war Olaf in Gefahr. Allerdings konnte es nicht sein, dass der Mörder Olafs Adresse kannte, er wäre sonst längst dort aufgekreuzt.
Annika legte wie zum Schutz die Arme um sich, sie fröstelte. Wahrscheinlicher war, versuchte sie sich zu beruhigen, dass Sabine, wenn sie überhaupt dazu gekommen war, noch irgendetwas zu sagen, Olaf geschützt hatte, indem sie einen falschen Namen und eine falsche Adresse nannte. Das aber hätte den Täter höchstens Zeit gekostet, er würde Olaf ausfindig machen, wenn er ihn wirklich suchte.
Ich muss etwas unternehmen, dachte Annika, aber was? Zur Polizei gehen? Damit würde sie Olaf am Ende mehr schaden als nutzen, außerdem war ja allgemein bekannt, dass die Polizei in diesem Land nie präventiv eingriff, sie

warteten immer, bis etwas passiert war. »Bis Olaf etwas passiert ist«, stöhnte Annika. Großer Gott, sie würde nicht so lange warten. Wenn sie Olaf heute Abend traf, würde sie ihn überreden, gleich nach der Gedenkfeier mit ihr zu kommen. Er musste bei ihr wohnen, bis der Mörder gefasst war.

Wer, dachte sie verzweifelt, während sie mechanisch ihre Kleidung für den Abend zurechtlegte, wer hat das bloß getan?

27

Olaf wartete schon auf sie. Annika registrierte, dass er eine nagelneue schwarze Jeans, ein schwarzes T-Shirt und sogar schwarze Turnschuhe trug. Wie wichtig musste es ihm sein, dass Sabine stolz auf ihn war und wie groß sein Verlust.
Sie selbst trug wieder das blaue Kostüm mit den dazu passenden Pumps, beides schmeichelte ihrer Figur, was nun immerhin schon möglich war. Ihr halblanges Haar hatte sie inzwischen noch ein wenig mehr aufhellen lassen – aber nur eine Winzigkeit, denn zu blond war in ihrem Alter ebenso unvorteilhaft wie zu schwarz. Das Gleiche galt für Schminke: Zu viel davon machte hässlich. Diskret angewandt war sie allerdings hilfreich. Seit kurzem, seit es sich wieder lohnte, hatte Annika sich angewöhnt, Wimperntusche aufzulegen und einen fettreichen Lippenstift in einem Hauch von Rosa, der ihre Lippen nicht nur glänzen ließ, sondern sie auch geschmeidig hielt.
Mit erhobenem Kopf lief sie Olaf entgegen und begrüßte ihn. Dezent gekleidete Menschen strebten an ihnen vorbei dem Theatereingang zu. Annika hakte Olaf unter. »Scheint voll zu werden, lass uns lieber sofort reingehen. Gut siehst du übrigens aus.«
Im dem lang gezogenen Foyer waren über die gesamte

Fläche Bistrotische aufgestellt worden, Sitzgelegenheiten gab es keine. In der Mitte des Foyers, wo ein Flur zum Parkett führte und daneben eine geschwungene Treppe zu den Logen, war ein Podest aufgebaut. Es bot gerade genug Platz für die Stühle der Musiker, ihre Notenständer und, an der vordersten Kante platziert, ein Mikrophon. Schräg dahinter, auf dem Treppenabsatz und daher gut sichtbar, befand sich auf einer Staffelei ein gemäldegroßes Schwarzweißfoto von Sabine Pock.

Annika ergatterte für sich und Olaf einen Platz an einem Stehtisch, der ihnen eine gute Sicht auf das Geschehen ermöglichte. Sie nickte dem älteren Paar zu, das sich dort bereits breitgemacht hatte. Die Frau, eine kleine Dralle mit einem abgenutzten Ehering an der rechten Hand, der ihr ins Fleisch schnitt wie wahrscheinlich ihre Ehe insgesamt, zog säuerlich ihre Handtasche näher zu sich heran. Recht so, dachte Annika und stützte ihre Ellenbogen auf. Olaf neben ihr starrte unverwandt auf Sabines Foto.

Das Foyer füllte sich. Annika suchte in der Menge nach ihr bekannten Gesichtern. Sie entdeckte verstreut Mitarbeiter des Theaters, einige Mitglieder des Freundeskreises, darunter Martina Bunge natürlich und den Vorsitzenden Groß, der umherwuselte und Zettel verteilte. Was soll das?, fragte sie sich, aber da eilte er schon auf sie zu, während er noch im Laufen einen Zettel aus seiner Klarsichtmappe zog. »Frau Clement«, sagte er so leise wie möglich, denn immerhin befand man sich aus traurigem Anlass hier, »entschuldigen Sie, ich habe Sie vorhin gar nicht erkannt, als Sie reingekommen sind.«

Und ich habe Sie nicht einmal gesehen, dachte Annika.
»Sie haben sich irgendwie, wie soll ich sagen …«, stammelte er.
»… verändert«, ergänzte Annika. »Ich nehme das als Kompliment, danke, Herr Groß. Was haben Sie da?«
»Ach ja, die Einladung.« Er stammelte jetzt nicht mehr, war aber sichtlich erstaunt. »Herr Hessler hat den Freundeskreis dringend um ein Treffen gebeten. Er hat wohl Neuigkeiten. Da auch viele Mitglieder auf eine Sitzung drängen, habe ich alles organisiert für den kommenden Dienstag. Wie immer im Schneckenhof, um neunzehn Uhr. Steht alles hier drin.« Groß schielte misstrauisch zu den drei anderen, die mit am Tisch lehnten. »Übrigens will diesmal sogar der Siegfried Nemec kommen«, raunte er.
Annika hielt sich an der Tischkante fest. Diese blöde Steherei, noch dazu in dieser verbrauchten Luft, immer wurde ihr davon schwindelig. »Tatsächlich«, flüsterte sie zurück.
Groß nickte viel sagend, bevor er weitereilte.
Punkt neunzehn Uhr nahmen die Musiker ihre Plätze ein, gefolgt von Helmut Hessler, der ans Mikrophon trat und sein Redemanuskript auseinander faltete.
Olaf hatte bis dahin kaum etwas gesagt. Im Verlauf der folgenden fünfundvierzig Minuten wechselte er einmal das Standbein, mehr Lebenszeichen gab er nicht von sich.
Annika war kaum in der Lage, der Veranstaltung angemessen zu folgen. Selbst als Westermeier und Nemec lasen, waren ihre Gedanken abgelenkt von der Frage,

wie sie Olaf im Anschluss beibringen sollte, dass er in Gefahr war und vorübergehend bei ihr unterschlüpfen musste.

Unerwartet erlöste Helmut Hessler sie von diesem Problem. Das Orchester hatte gerade sein letztes Stück gespielt, das Publikum war im Begriff, aufzubrechen, als der Intendant aufgeregt auf das Podium sprang und um Aufmerksamkeit bat. »Meine Damen und Herren, soeben hat mich die Nachricht erreicht, dass ein Mann festgenommen wurde, der in dem dringenden Verdacht steht, Sabine Pock ermordet zu haben.« Mit diesen Worten drehte Helmut Hessler sich zu Sabines Foto, blieb ein paar Sekunden reglos stehen und verließ danach das Theater mit schnellen Schritten durch einen Nebenausgang.

Seine Worte hatten Bewegung in die Versammlung gebracht, viele standen in kleinen Gruppen und diskutierten die Neuigkeit.

Olaf hatte die Fäuste geballt. »Ich hab's doch gesagt, die kriegen das Schwein,« fauchte er, wobei er keinen Zweifel daran ließ, dass er am liebsten sofort und gründlich Rache nehmen würde.

Annika hielt es für angebracht, ihn zu beruhigen. Sie hatte für die nachfolgende Vorstellung eine Karte und zweifelte nicht daran, dass sie noch eine zweite an der Abendkasse besorgen konnte. »Komm doch mit mir in die Vorstellung«, schlug sie deshalb vor, »dann kommst du auf andere Gedanken.«

»Nö, heut nicht. Hab noch zu tun.« Olaf malte mit seinen Schuhspitzen Halbkreise auf den Marmorboden.

Annika nahm ihm die Abfuhr nicht übel. Wahrscheinlich hätte ihm »Die Glut« ohnehin nicht gefallen. So ließ sie Olaf ziehen und betrat erleichtert den Theatersaal, wo sie sich auf Platz sechs in der zweiten Reihe niederließ. Leider entging ihr, dass der Steuerberater Groß einige Reihen hinter ihr auf sie deutete und ein Mitstreiter vom Freundeskreis daraufhin verblüfft seine Frau auf die veränderte Annika Clement aufmerksam machte, worauf die Frau wiederum ihrer Freundin zuflüsterte: »Ich glaub, die Clement hat einen Neuen.«

Ähnliches mutmaßte auch Annikas Nachbarin von gegenüber. Als die nämlich gegen halb zehn am Abend ihren Dackel ausführte, bemerkte sie zunächst einen süßlichen Duft im Treppenhaus und entdeckte bald auch dessen Ursache. Vor der Tür von Annika Clement lag ein Riesenstrauß lila Flieder, mindestens ein ganzer Arm voll.

28

Unbemerkt von der Öffentlichkeit, die davon erst in den Wochen darauf und dann auch nur bruchstückhaft erfahren sollte, brach Sven Simon am Sonntag, zwei Tage nach Sabine Pocks Gedenkfeier, der Boden unter den Füßen weg.

Er saß in seinem Haus in Wiesbaden, nahm einen kräftigen Schluck Jack Daniels, nicht der erste an diesem grauenvollen Tag, und starrte aus dem Salonfenster über die Terrasse hinaus in den Garten, der eigentlich ein Park war. In dessen Mittelpunkt stand, umgeben von gesundem englischem Rasen, eine stattliche Rotbuche, unter der sie an schönen Sommerabenden gerne mit Gästen saßen.

Sven Simon versuchte, sich an das Lachen, Plaudern und Gläserklirren dieser Abende zu erinnern und an die Gesichter. Aber es war, als sähe er von der falschen Seite durch ein Opernglas, alles schien klein und weit weg. Auch er war klein, geschrumpft zu einer Spielzeugfigur, die sich verlor in diesem hohen, weiten Zimmer mit seinen fein abgestimmten Farben, seinen kostbaren Möbeln und dem prunkvoll gemauerten Kamin. Karola nannte es nie anders als »der Salon«, Wohnzimmer hatten andere Leute.

Er trank aus, suchte nach der Whiskeyflasche und goss

einen neuen Schwung in sein Glas. Die Konturen der Rotbuche vermischten sich langsam mit der abendlichen Dämmerung, die ihn die Stille im Haus noch deutlicher spüren ließ.

Wie lange saß er schon hier? Drei Stunden oder vier? Nach dem Streit mit Karola, der damit endete, dass sie am frühen Nachmittag hysterisch keifend das Haus verließ, war er zunächst orientierungslos durch alle Räume gestolpert, hatte seine Wut hinausgeschrien, mit den Fäusten gegen die Wände gehämmert, die Telefonkabel in allen Zimmern herausgerissen, um dann erschöpft und apathisch in diesem Sessel zu landen, in dem er jetzt vor sich hin stierte.

Alles hatte angefangen mit dieser Sabine, die er längst vergessen hatte, vergraben in seinem Gedächtnis. Ein ungerechter und gemeiner Zufall hatte sie ihm wieder vor die Füße gespült. Und dann kam dieser Tag, als sie plötzlich mit ihrem Auto hier vor der Tür stand.

Wäre er nur nicht weggelaufen damals. Aber wie hätte er wissen können, welche Katastrophe sich damit anbahnte? Er war sich sicher gewesen, dass sie aufgeben würde, wenn er abtauchte. Karola war nicht zu Hause, was also sollte passieren? Die Putzfrau war, wie immer, angewiesen, nach dem Rechten zu sehen und die Post aus dem Briefkasten zu nehmen.

Sie sollte sie herausnehmen, nicht lesen, die dusselige Kuh. Was aber tut sie? Findet einen Zettel, der an Karola gerichtet ist, liest ihn, findet ihn seltsam und ruft Karola am Tegernsee an, um ihn ihr vorzulesen.

Sven Simon tastete nach dem Schalter der Stehlampe,

fand ihn aber nicht. Auch gut, saß er eben im Dunkeln, Hauptsache, er fand sein Glas. Er nahm die Brille ab, rieb seine Augen und versuchte, sich zu erinnern, was sie auf den Wisch gekritzelt hatte, diese Sabine. Er schüttelte sich, schon der Gedanke an die Frau erzeugte ihm Übelkeit. Der Text, wie ging der Text. Ah ja, jetzt hatte er es wieder: »Sie sollten sich einmal mit mir über Ihren lieben Mann unterhalten. Könnte sein, dass Sie staunen.« Ja, das war der Wortlaut, so oder so ähnlich jedenfalls. Daneben hatte diese Natter ihre Telefonnummer aufgeschrieben.

Den Zettel hatte er heute Mittag zum ersten Mal zu Gesicht bekommen, er lag in Karolas Tagebuch. Er wusste nicht einmal, dass sie ein Tagebuch führte. Aber vielleicht fand sie, dass sich das gehörte für jemanden, der einen Salon hat. Karola war manchmal nicht ganz von dieser Welt. Jedenfalls tauchte dieses Tagebuch samt Zettel neben vielem anderen auf, als er außer sich vor Angst und Sorge ihren gesamten Krimskrams durchsuchte. Wie er vermutet hatte, waren auch diese Tütchen darunter, die sie offenbar immer noch brauchte, um bei Laune zu bleiben. Er hatte gleich gewusst, dass das kein Backpulver war, es war ja nicht das erste Mal, dass er ihr dieses Zeug abnahm. Allerdings hatte er geglaubt, sie sei los davon. Wieder und wieder hatte er ihr erklärt, wie sehr ihm das schaden würde, wenn sie sich mit Koks erwischen ließe. Vielleicht hatte ihr diese neue Clique vom Tegernsee nicht gut getan. Obwohl er eigentlich nichts Schlechtes über die sagen konnte. Hatten alle Geld, waren alle gesellschaftlich auf dem richtigen Karussell.

»Koks. Scheiße.« Er rülpste und griff nach der Flasche neben sich. Wo war das Glas? Egal, brauchte er nicht. Er trank einen Schluck aus der Flasche und ließ sich wieder zurückfallen. Im Garten ging die automatische Beleuchtung an und warf Lichtstreifen in das dunkle Zimmer.

Wo war er stehen geblieben? Die Putzfrau. Ja.

Ruft also Karola an und liest ihr alles vor. Wer weiß, vielleicht war sie da sogar gerade voll gedröhnt. Karola, nicht die Putzfrau. Das würde ihre Reaktion erklären. Anstatt zu schäumen, sofort zurückzukommen und ihm eine Szene zu machen, hat sie die Putzfrau aufgefordert, den Mund zu halten und ihr den Wisch zu schicken. Erst abends, es war der Tag vor dem ersten Mai, und er freute sich aufs Ausschlafen, erst da hat sie angerufen und ganz ruhig und beiläufig gefragt, ob er vielleicht eine Sabine Pock kenne. Er hatte gar nicht erst groß beichten müssen, sie hatte sowieso schon mit ihr telefoniert.

»Die will dich niedermachen, vor aller Welt, und mich gleich mit, was gedenkst du dagegen zu tun?«, hatte Karola, immer noch ganz ruhig, gefragt.

»Lass mich in Ruhe darüber nachdenken«, hatte er betont zuversichtlich geantwortet, weil er froh war, dass Karola so vernünftig reagierte, »notfalls muss ich mich mit ihr arrangieren, schlimmstenfalls den reuigen Sünder geben. Ich kann sie ja schließlich nicht verschwinden lassen.«

»Nicht?«, hatte Karola geantwortet und aufgelegt.

Dieses schrille »Nicht« hatte ihn schon beunruhigt, und tatsächlich war ihm die ganze Sache auch unangenehmer, als er Karola gegenüber zugegeben hatte. Der Maifeiertag jedenfalls war ihm tüchtig verdorben, und dann lief ihm die Ursache allen Übels, diese Sabine, einen Tag später prompt im Rathaus über den Weg.

»Sowieso alles egal jetzt«, stöhnte Sven Simon. Er trank den letzten Tropfen aus der Flasche, sie kullerte zu Boden und hinterließ einen klebrigen gelben Fleck auf den weißen italienischen Fliesen.

Karola war, wie geplant, am vierten Mai vom Tegernsee zurückgekommen. Übellaunig und ziemlich verstockt. Sie hatten kaum miteinander geredet, außer über den Mord an Sabine Pock, der sie beide verständlicherweise eher erleichterte als erschütterte, aber mehr war auch nicht. Er hatte zunächst nichts gemerkt, nichts.

Zu dieser Gedenkfeier vorgestern war er natürlich nicht erschienen, Schnapsidee von dieser Alten, dieser Clement. Die wäre das nächste Problem geworden. Sven Simon machte eine wegwerfende Handbewegung. Auch das war jetzt egal.

Gestern beim Frühstück hörten sie im Radio, dass die Polizei einen Kerl verhaftet hatte. Karola war aufgesprungen und in ihr Zimmer gestürmt. Als sie danach zurückkam, tobte sie, brüllte ihn an, ging mit den Fäusten auf ihn los, beschuldigte ihn, ihr Leben zu zerstören. Da war ihm der erste Verdacht gekommen, dass sie wieder etwas genommen hatte. Als er sie danach fragte, wurde der Streit lauter, und er eskalierte, als er ihre Schränke durchsuchte.

Sven Simon versuchte, sich aufzurappeln, schaffte es aber nicht. Wozu auch? Die Zügel entglitten ihm, und er konnte nichts dagegen tun. Er wusste nicht, wo Karola war und zu welcher Dummheit sie sich in ihrem Zustand hinreißen ließ. Warum nur konnte sie nicht einfach abwarten, bis er das Problem auf seine Weise erledigte?

»Koks«, nuschelte Sven, dessen Zunge allmählich den Dienst versagte, sodass es klang wie »Goosch«.

Seine Lider waren schwer, seine Beine fühlten sich taub an. Mit einer letzten Anstrengung versuchte er, aus dem Sessel hochzukommen. Er wollte sich auf der Lehne abstützen, verfehlte sie aber, machte eine unbeabsichtigte halbe Drehung, verfing sich in seinen eigenen Beinen und stürzte zu Boden. Zur gleichen Zeit erlosch die Gartenbeleuchtung, und um Sven Simon wurde es dunkel.

29

Die Tagesordnung auf der Einladung zur Mitgliederversammlung des Freundeskreises war schon veraltet, bevor der erste Vorsitzende Wilfried Groß seine übliche Käseplatte bestellen konnte.

Wen interessierte schon der Bericht des Kassenwarts oder die Entlastung des Vorstands, wer wollte schon weitere naive Vorschläge zur Rettung des Burghoftheaters oder eine neuerliche Polemik des Intendanten hören, wenn Gerüchte durch die Stadt schwirrten, die nach Erklärungen verlangten?

Dass die Versammlung an diesem Dienstagabend einen anderen Verlauf nehmen würde als jede andere zuvor und er von seinem hehren Prinzip des »erstens, zweitens, drittens« würde abweichen müssen, wurde Wilfried Groß schnell klar, als er den Schneckenhof betrat und in dem Nebenraum nicht nur das übliche Hufeisen voll besetzt vorfand, sondern auch eilends dahintergerückte Stuhlreihen, sodass der Raum hoffnungslos überfüllt und kaum ein Durchkommen war.

Groß kämpfte sich durch bis an die hintere Wand, wo am Kopfende schon Helmut Hessler, daneben ein ihm unbekannter Mann, außerdem Siegfried Nemec und Kathrin Meise Platz genommen hatten. Damit waren alle Stühle an der Kopfseite besetzt, und Wilfried Groß sah sich Hilfe suchend um. Der von so viel Gästen überforderte Kellner karrte vom anderen Ende weitere Stühle heran, unterstützt von Ditzel, dem Wirt, der sie ihm in aller Ruhe anreichte. Die Stühle wurden über die Köpfe der bereits Sitzenden hinweg weitergereicht, sodass auch Groß endlich dazu kam, sich hinzusetzen, allerdings hinter Hessler an die Wand gequetscht. Seine Käseplatte schrieb er unter diesen Umständen seufzend ab.

Auch Annika gestattete sich einen leisen Seufzer. Zwar hatte sie, da sie zeitig gekommen war, noch einen guten Platz am Tisch bekommen, längsseits und mit freiem Blick auf Nemec und die anderen, aber die Enge und die stickige Luft machten ihr zu schaffen. Nemec, den sie aus solch nächster Nähe seit fünf Jahren nicht mehr gesehen hatte, würdigte sie natürlich keines Blickes, was es ihr jedoch möglich machte, ihn umso ungestörter zu betrachten. Sein inzwischen von viel Grau durchzogenes Haar war nach vorne gekämmt, was aber nicht verbergen konnte, dass es in der Tat schütter wurde, am Hinterkopf bildete sich sogar ein kleiner runder Fleck. Der war damals noch nicht da, dachte Annika, ebenso wenig wie die schlaffe Haut, die sich von seinem Nacken bis unter das Kinn fortsetzte, besonders wenn er, wie jetzt, seinen Kopf zurückzog, als wollte er ihn wie eine Schildkröte in seinem Panzer verschwinden lassen. Zweifellos wünschte er sich weit fort von hier. Er musterte die Ansammlung der ihm überwiegend unbekannten Menschen mit einer Mischung aus Staunen, Ironie und Gleichgültigkeit, während seine Hände mit einem Kugelschreiber spielten. Komisch, dachte Annika, er wirkt schmaler und kleiner als auf der Bühne, aber das hatte sie schon damals gedacht und es sich damit erklärt, dass seine Ausstrahlung in seinen Rollen und seine schmeichelnde, gutturale Stimme ihn einfach groß machten. Er unterhielt sich jetzt mit dem Mann, der zwischen ihm und Hessler saß und den Annika nicht kannte. Sie senkte den Blick und versuchte, den Klang von Nemecs Stimme aufzufangen. Wunderbar sanft sprach er, dabei keineswegs langsam, aber immer so, als gelte jedes Wort allein dem, der zuhörte.

Irgendjemand schlug einen Löffel gegen ein Glas, und das allgemeine Gemurmel verstummte. Als Helmut Hessler aufstand, richteten sich aller Augen auf ihn.

»Gestatten Sie, dass ich als Erster das Wort ergreife, denn ich habe, auf seinen eigenen Wunsch hin und Ihr Einverständnis voraussetzend, einen Gast an meiner Seite, der Ihnen Wichtiges mitzuteilen hat.« Damit wendete er sich seinem Sitznachbarn zu. »Allen, die ihn noch nicht kennen, stelle ich hiermit Dr. Joachim Leimann vor, der zurzeit den erkrankten Kulturdezernenten vertritt.«

»Erkrankt ist gut«, rief jemand dazwischen, was auf zynischen Beifall stieß.

Sieh mal an, dachte Annika, es hat ihn aus Andalusien zurück in das raue Frankfurter Klima katapultiert, diesen Stellvertreter, den keiner kennt.

Helmut Hessler hob die Hand, um die Gemüter zu beruhigen, und gab dann das Wort weiter. »Herr Leimann, bitte sehr.«

Der Angesprochene stopfte im Aufstehen seine Krawatte unter das Jackett, blickte mit routinierter Ruhe in die Runde und begann erst zu sprechen, als alle Aufmerksamkeit ihm galt.

»Meine Damen und Herren. Seit vielen Wochen erhitzen finanzielle Zwänge und das dadurch bedingte ungewisse Schicksal des Burghoftheaters die Gemüter, und insbesondere Sie führen einen engagierten Kampf für Ihr Haus. Dafür meinen Respekt und mein vollstes Verständnis. Darüber hinaus haben unglückliche und traurige Umstände dazu geführt, dass die Debatte um die Zuschüsse nicht mehr sachlich und fair geführt werden kann. Dies hängt auch, und das möchte ich keineswegs verhehlen, mit missverständlichen Entscheidungen zusammen, die das Kulturamt zu verantworten hat.«

»Mit gekauften Gutachten, um genau zu sein«, fuhr Annika empört dazwischen.

»Genau«, sekundierten einige andere, die meisten aber hüllten sich in betretenes Schweigen. Annika brach der Schweiß aus, als sie merkte, dass Siegfried Nemec sie fixierte.

Zum Glück zog nun der Redner erneut die Aufmerksamkeit auf sich, indem er ungerührt wieder ansetzte. »Dies alles berücksichtigend, meine Damen und Herren, bin ich befugt, Ihnen heute Abend mitzuteilen, dass der Magistrat beschlossen hat, den bisherigen Ausschuss von seinen Aufgaben zu entbinden und mit einem neu zu bildenden Ausschuss das Verfahren um die Subventionen neu aufzurollen. Haben Sie bitte Verständnis, dass ich mehr dazu im Augenblick nicht sagen kann.«

Das Stimmengewirr, das nun anhob, nahm Dr. Joachim Leimann als Signal, auf die Uhr zu sehen und sich zu verabschieden. Während er sich mit erstaunlichem Gleichmut seinen Weg nach draußen bahnte, prasselten Fragen auf ihn ein, flogen Wortfetzen, die Situation drohte zu eskalieren. Wieder erhob sich Hessler, breitete gebieterisch die Arme aus und schaffte es tatsächlich, sich Gehör zu verschaffen.

»Liebe Freunde«, rief er aus, »wir alle wurden überrascht von dieser Wendung. Welchen Ausgang sie langfristig nehmen wird, wissen wir nicht. Aber, und das ist das Entscheidende, wir haben diesmal die Chance auf eine gerechte Beurteilung, und wir haben Zeit gewonnen, uns weiterhin nach Sponsoren umzusehen, denn das Geld ist knapp, machen wir uns nichts vor. Ich persönlich sehe dennoch wieder optimistischer in die Zukunft. Zumindest für dieses und auch für das kommende Jahr.«

Zeit, unsere kleine, interne Absprache umzusetzen, dachte Annika, jetzt oder nie. Diesmal rief sie nicht dazwischen, sondern hob artig die Hand, drei, vier andere Hände reckten sich ebenfalls.

»Ich sehe, da sind Wortmeldungen.« Helmut Hessler drehte sich zu Groß um. »Wenn Sie vielleicht …«

Groß nahm bereitwillig den freien Stuhl neben Hessler ein, endlich befreit aus seinem unwürdigen Hinterbänklerdasein und willens, die Diskussion zu eröffnen.

»Frau Clement zuerst«, flüsterte ihm der Intendant zu.

»Frau Clement«, echote Groß.

Annika, eingekeilt von allen Seiten, sah sich nicht in der

Lage, aufzustehen und dabei eine gute Figur abzugeben. Also blieb sie sitzen, streckte den Rücken und hob den Kopf.

»Wir haben jetzt Zeit gewonnen, das ist richtig«, begann sie, »aber einen Sponsor werden wir nur gewinnen können, wenn unser Theater ein künstlerisch ernst zu nehmendes Haus bleibt. Daher meine Frage an Herrn Hessler. Bleiben Sie uns als Intendant erhalten, und wie sieht es mit der Kontinuität im Ensemble aus?«

Helmut Hessler räusperte sich.

»Das ist eine Sache, die uns allen am Herzen liegt und mir schlaflose Nächte beschert hat, glauben Sie mir. Lassen Sie mich offen sein: Meine Beziehung zu den Kulturbürokraten dieser Stadt kann als gestört bezeichnet werden. Ich halte es daher für das Beste, meine Funktion als Intendant am Ende dieses Jahres in einem geordneten Rückzug an einen Nachfolger zu übergeben. Sofern keine widrigen Umstände und der lange Arm der Bürokratie es verhindern, wird Siegfried Nemec, den Sie alle als hervorragenden Schauspieler und erprobten Regisseur kennen, zum kommenden Jahr die Intendanz übernehmen. Das Ensemble wurde heute durch mich von diesen Überlegungen informiert und hat Herrn Nemec seine volle Solidarität zugesichert.«

Annika nutzte die Sprachlosigkeit um sich herum zu einer eindeutigen Beifallsbekundung, indem sie auf den Tisch klopfte. Wie sie erwartet hatte, schlossen sich andere an, zum Schluss fast alle. Siegfried Nemec hatte eine große Fangemeinde, während Hessler in seinem Despotismus inzwischen fast jeden schon einmal ver-

ärgert, beleidigt oder eingeschüchtert hatte. Nun gaben sie es ihm zurück.
Den Rest der Veranstaltung nahm Annika kaum noch wahr. Die feuchte Wärme in dem überfüllten Zimmer wurde ihr beinahe unerträglich, sodass sie zeitweise fürchtete, einfach umzufallen. Nemec begann, seine Vorstellungen von der Zukunft des Theaters zu entwickeln, aber sie hörte nur seine Stimme, sonst nichts. Danach andere Stimmen, die sie störten, ärgerlich machten, ihr war übel, raus hier, hört auf.
Als endlich Stühle scharrten und es freier wurde hinter und neben ihr, stand sie vorsichtig auf. Sie war fast die Letzte, wie sie erst jetzt bemerkte. Sie brauchte unbedingt Wasser, das würde sie wieder auf die Beine bringen. Die Toiletten im Schneckenhof waren eine Treppe tiefer in den Keller verbannt, eine erkennbare Notlösung. Männer und Frauen teilten sich einen kleinen Vorraum, in den nicht mehr als zwei Personen zur gleichen Zeit hineinpassten und in dem ein altmodisches Waschbecken unter einem blinden Spiegel vor sich hin gammelte. Von dem Vorraum ging links die Tür zur Männertoilette ab, rechts die für Damen. Annika drehte den Wasserhahn auf, beugte sich hinunter und trank. Dann ließ sie Wasser über ihre Handgelenke laufen und betupfte ihr Gesicht mit einem feuchten Papiertuch. Wie sie erwartet hatte, fühlte sie sich erfrischt.
Sie wollte gerade wieder gehen, als sie aus der angrenzenden Männertoilette Stimmen hörte, die ihr bekannt waren. Jemand hatte die Tür nicht richtig geschlossen, eine Sorglosigkeit, die kaum einer Frau passieren wür-

de. Annikas Lebensgeister begannen zu erwachen und damit ihre Neugier. Was hatten die so eifrig zu bereden, noch dazu an diesem Ort? Sie ging näher an den Türspalt heran.

»Klar ist sie eine Schreckschraube, da hast du schon Recht«, hörte sie Hessler sagen, »aber die hat eine Schwäche für dich, wenn du es clever anfängst, würde die sogar voller Rührung deine Schulden bezahlen.«

»Nicht so laut.« Das war Nemec. »So viel Schulden kann ich gar nicht haben, dass ich mir die antäte.«

Welche arme Frau wird hier runtergemacht, dachte Annika, während sie sicherheitshalber in die Damentoilette flüchtete. Nicht eine Sekunde zu früh, denn nun hörte sie die Stimmen näher kommen, einer der beiden Männer drehte den Wasserhahn auf.

»Ich lade dich noch zu einem Bier ein«, hörte sie Nemec sagen, »aber nur, wenn du mir diese Clement vom Hals hältst.«

Annika schlug die Hand vor den Mund. Die hatten *sie* gemeint. Hatten sich in einem billigen, kleinen Männerklogeplänkel über *sie* lustig gemacht. Ihre Gefühle schwankten zwischen Enttäuschung, Scham und Empörung.

Es gelang ihr, den Schneckenhof zu verlassen, ohne von den beiden bemerkt zu werden, die inzwischen mit dem Rücken zum Eingang am Tresen hockten.

Schon auf dem Heimweg, den sie zu Fuß zurücklegte, obwohl sie fast eine Stunde dafür brauchte, fiel der Schock von ihr ab. Wie erbärmlich war das, was sie da eben gehört hatte, wie niedrig, erbärmlich und unwürdig für diese zwei Männer. Verwundert stellte sie fest, dass der Schmutz, den sie verspritzt hatten, an ihnen hängen blieb, nicht an ihr. Sie war verletzt, aber nicht beschädigt. Erstmals nahm sie dankbar ihr Lebensalter und die damit verbundene Gelassenheit als hilfreich an. Nicht auszudenken, was ein solches Erlebnis in ihr angerichtet hätte, als sie ein junges Mädchen war. Sogar noch vor ein paar Monaten wäre sie möglicherweise darüber zusammengebrochen.

Sie horchte in sich hinein, fast ungläubig. Kein Kummer, kein Schmerz, nur Wut, das ja. Wut und die Frage, wie sie sich so in Nemec hatte täuschen können. Aber hatte sie sich denn überhaupt getäuscht? Hatte sie sich nicht vielmehr ein Wunschbild gezeichnet, die Bühne mit dem richtigen Leben verwechselt? Sie hatte sogar die ganz und gar irdische Erfahrung mit Nemec vor fünf Jahren noch mit Entschuldigungen verklärt. Warum?

Weil ich eine Schreckschraube war, dachte sie, eine verklemmte noch dazu, eine verklemmte Schreckschraube.

Sie lachte den Himmel an und die Sterne, die in dieser klaren Nacht über ihr glitzerten, und wusste plötzlich, was es war, das sie so anders reagieren ließ als all die Zeit zuvor. Sie war nicht beschädigt, weil sie sich nicht mehr beschädigen ließ.

Sie schritt kräftig aus, als sie über die Brücke lief und zwei Gestalten an einem der Pfeiler kauern sah. Der Dom kam in ihr Blickfeld. Zu Hause, endlich. In ihrer Wohnung empfing sie der Duft des Flieders, den sie überall, außer im Schlafzimmer, verteilt hatte. Irgendwann am

Wochenende würde sie Olaf eine Pizza spendieren, er konnte Riesenportionen davon verschlingen.
Weil sie sich noch nicht müde genug fühlte, um schlafen zu gehen, legte sie eine CD ein. Sie war noch immer wütend, das schon. Aber vor allem war sie gewarnt.

30

Der Juni führte sich mit Rekordtemperaturen ein.
Es war so heiß, dass Annika sogar ihre täglichen Radtouren einstellte, die sie seit zwei Wochen in einem immer größeren Radius aus Frankfurt hinausführten.
»Fünfunddreißig Grad, stell dir das mal vor«, erklärte sie Gerd. »Mit dem Wasser, das aus der Leitung kommt, kannst du Kaffee kochen. Und du mit Schlips und Kragen, musst ja umkommen vor Hitze. Entschuldige, kleiner Scherz. Kein Grund, gleich wieder eine Schnute zu ziehen.«
Der hält mich auch für eine Schreckschraube, dachte sie, rollte sich vom Rücken auf den Bauch und versteckte Gerd in seinem Rahmen hinter der Wasserflasche, die griffbereit auf dem Nachttisch stand.
Annika hatte sich angewöhnt, Gerds Hälfte des Bettes mit zu benutzen, was sich darin dokumentierte, dass genau in der Mitte zwei Kopfkissen übereinander lagen und die zweite Decke verschwunden war.
Schreckschraube. Sie ärgerte sich darüber, dass ihr das blöde Wort erneut in den Kopf geraten war. Das zeigte, dass sie der unangenehme Vorfall im Schneckenhof ganz gegen ihren Willen noch immer wurmte. Ungehalten richtete sie sich auf, ließ sich aber sofort wieder zurücksinken. Es war zu heiß für jede Art von Bewegung, be-

sonders jetzt um die Mittagszeit. Kein Wunder, dass den Südländern ihre Siesta heilig war.
Sie drehte sich zur Seite und sehnte sich nach einer Dusche, aber selbst dazu war sie zu träge. Von Nemec und Hessler hatte sie seit dem bewussten Tag weder etwas gesehen noch gehört. Ins Theater war sie seither nicht mehr gegangen. Warum auch? Was unternommen werden musste, hatte sie unternommen, viel mehr konnte sie zurzeit nicht tun.
Sabine Pock war an den Wohnort ihres Sohnes überführt und dort bestattet worden, wahrscheinlich hatte er keine Zeit und keine Lust gehabt, dafür eigens nach Frankfurt zu kommen.
Umso besser, dachte Annika, dass ich Olaf mit zur Gedenkfeier genommen habe, der Junge hätte sonst nicht einmal ordentlich Abschied nehmen können. Als sie vor kurzem das erste Mal in seiner kleinen Wohnung war, hatte sie erwartungsgemäß ein mittleres Chaos vorgefunden, aber auch sieben bestens gepflegte Kakteen. Morgen wollte er vorbeikommen, um Sabines Computer abzuholen. Annika war der Meinung, dass Olaf nunmehr der rechtmäßige Besitzer sei, und sie hatte ihn nicht lange überreden müssen, sich ihrer Meinung anzuschließen. Gemeinsam hatten sie beschlossen, alle Dateien zu löschen, da sie ohnehin nichts enthielten, was zur Aufklärung noch beitragen konnte, nicht einmal der einzige rätselhafte Eintrag »Kontakt zu Fr. S. aufgenommen«. Wen auch immer er betraf, er wäre für die Ermittlungen nicht von Bedeutung, da der Mörder gefasst und dank des genetischen Fingerabdrucks so gut

wie überführt war. Über ein Motiv drang nichts an die Öffentlichkeit, lediglich die Drogenabhängigkeit des Inhaftierten wurde bestätigt und führte zu facettenreichen Spekulationen. Gerüchte machten die Runde über Hintermänner und Verbindungen, die bis ins Rathaus reichten. Nichts davon wurde bestätigt, und die Polizei hüllte sich »aus ermittlungstaktischen Gründen« in Schweigen.

Auch das Burghoftheater geriet in diesen Sog. Nicht zu seinem Schaden, wie Annika fand, ganz im Gegenteil. In der Bevölkerung wuchs allmählich die Überzeugung, belogen zu werden, nicht wenige mutmaßten, dass geheime Machenschaften, wenn nicht gar geheime Mächte, das Theater im Süden der Stadt zerschlagen wollten. Gekaufte Gutachten, Lucy Lammerts öffentliches Eingeständnis, unter Druck gesetzt worden zu sein, ihr tragisches Ende, eine ermordete Mitarbeiterin des Theaters, ein Täter, dessen Motive im Dunkeln lagen. Erste Forderungen wurden laut, den Dezernenten endlich rauszuwerfen. Seine vermeintliche Krankheit hielten längst alle für ein taktisches Manöver.

Dr. Joachim Leimann bemühte sich wacker um Schadensbegrenzung. In Interviews wies er darauf hin, dass die Stadt unverzüglich reagiert habe. Über die Zuschüsse für das Theater werde neu verhandelt, ein neuer, selbstverständlich objektiver Ausschuss werde einen unabhängigen Gutachter bestellen. Für die kommende Spielzeit, also bis in den Sommer des nächsten Jahres, werde es keine Kürzung oder gar Streichung der Subventionen geben.

In Annikas Silvestertraum hatte sich unter dem Eindruck der neuesten Ereignisse die Besetzung geändert. Noch immer ging sie in ihrem blauen, eleganten Kleid, das sich perfekt an ihre neue Figur anschmiegte, stolz und glücklich an dem Premierenpublikum vorbei nach vorne zur zweiten Reihe, aber neben ihr würde nicht mehr der designierte Intendant Siegfried Nemec sitzen, sondern der, dem sie alle noch viele weitere Spielzeiten zu verdanken hätten, der Sponsor.

Mäzen, nicht Sponsor, korrigierte sich Annika. Mäzen klang irgendwie eleganter, angemessener für ein Theater. Sie setzte sich auf, schwang die Beine aus dem Bett und stand auf. Flink wie ein Wiesel, dachte sie, zumindest beinah. Immerhin stand seit einer Woche die Sieben vorne, wie sie es Gerd versprochen hatte. »Neunundsiebzig Kilo, mein Lieber«, rief sie ihm zu und setzte die Wasserflasche an die Lippen, für Gerd zu Lebzeiten ein klarer Verstoß gegen die Manierlichkeit.

Sie ging ins Bad, gönnte sich eine ausgiebige Dusche und streifte sich ein weißes Sommerkleid aus Leinen über, das sie auf ihrer Radtour vor zwei Tagen auf einem Markt erstanden hatte. Ihr gefiel besonders der Kragen, den man hochschlagen konnte, was gleich viel flotter aussah.

Obwohl sie alleine war und auch nicht die Absicht hatte, bei dieser Hitze das Haus zu verlassen, kämmte sie sich sorgfältig, tuschte ihre Wimpern und legte Lipgloss auf. Sie schlüpfte in die hochhackigen, offenen Sommerschuhe, die sie jetzt immer zu Hause trug, um ihren Elefantengang loszuwerden. Die Pantoffeln hatte sie alle in den Müll geworfen, selbst die aus schwarzem Lackleder, die Gerd ihr zuletzt geschenkt hatte.

Das Mittagsläuten vom Dom erinnerte sie daran, dass sie das Steak, das heute ihre Hauptmahlzeit sein sollte, zum Auftauen aus dem Kühlschrank nehmen musste. Sie war zurzeit in der Erhaltungsphase, wie Reisch das nannte, durfte also mehr essen als Knäckebrot, Quark und abgewogenes Gemüse. Natürlich wog sie trotzdem ab, sie wollte ja nicht zunehmen, aber endlich Fleisch und Fisch, das genoss sie. In einer Woche, zur nächsten Nadelung, war wieder Schluss damit.

Die runde Plastikdose hatte sie nicht mehr beachtet, seit sie bei Olafs erstem Besuch Spiegeleier für ihn zubereitet und das Ding in die hinterste Kühlschrankecke verbannt hatte. Nun aber blieb ihr Blick daran hängen, ein sehr nachdenklicher Blick. Sabine Pock hätte ihn als Einzige zu deuten gewusst, aber Sabine Pock lebte nicht mehr, was Annika in diesem Moment zutiefst bedauerte. Mit ihr hätte sie sich beraten können. Annika nahm die Dose in die Hand und strich mit dem Daumen über die kühle, glatte Fläche.

Das fasste sich gut an, fand sie, beinahe beruhigend. Dennoch war es an der Zeit, sie loszuwerden. Oder doch nicht? Unentschlossen sah sie sich um, entdeckte ihre geöffnete Handtasche auf der Eckbank und entschied sich für eine Zwischenlösung. Sie schob die Dose in das Seitenfach mit dem Reißverschluss, hinter den Taschenspiegel und eine alte, mehrfach gefaltete Kritik

mit einem Foto von Siegfried Nemec. Es versetzte ihr einen kleinen Stich, einen winzig kleinen, völlig unbedeutend.
Wer war sie, dass sie das immer noch mit sich herumschleppte? Sie nahm den Wisch, warf ihn in den Mülleimer und zog den Reißverschluss zu.
Mit Schwung knallte sie das hart gefrorene Steak auf einen Teller. Keine Sentimentalitäten, ermahnte sie sich, du hast ein Ziel, nur das zählt.
Einen Joghurt löffelnd, ging sie hinüber in ihr Arbeitszimmer und ließ sich in den weißen Korbsessel fallen. Die Fliedersträuße waren inzwischen ersetzt durch Rosen und Gladiolen. Die gelbe Jalousie, die sie hatte anbringen lassen, war halb heruntergelassen. Sabines Computer stand, wieder in der Tasche verstaut, abholbereit unter dem Glastisch.
Annika schob den Korbsessel näher heran und griff nach einer Zeitungsnotiz, die sie ausgeschnitten hatte. Es waren nur wenige Zeilen, erschienen unter der Rubrik »Leute«. Sie besagten, dass der Unternehmer und Mäzen Konsul Kurt E. Simon das traditionelle Julitreffen für Führungskräfte aus Wirtschaft, Politik und Kultur in diesem Jahr aus gesundheitlichen Gründen abgesagt habe.
Annika erinnerte sich, dass Gerd regelrecht geschwärmt hatte von diesem Fest, aber mit dem Namen Simon hatte sie das nie verbunden.
Es war auch nicht das Julitreffen, was sie an dieser Notiz interessant fand, sondern der Begriff Mäzen im Zusammenhang mit dem Namen Simon. Der alte Simon

war ein Mäzen. Das gefährdete Burghoftheater brauchte einen.
Annika legte die Notiz beiseite und kniff die Augen zusammen. Es war eine vage Idee, aber es lohnte sich, in Ruhe darüber nachzudenken.

31

Die Stadt war nach vier Wochen anhaltender Hitze ein brodelnder Kessel. Wer irgend konnte, suchte Schatten und mied schnelle Bewegungen. Die Restaurants und Kneipen hatten riesige Schirme aufgestellt, unter denen sich die Gäste bis in den späten Abend hinein an kalten Getränken erfrischten. Auf der Fressgass, der Flaniermeile zwischen Alter Oper und Hauptwache, hingen Scharen von Kindern an und in den Springbrunnen, während ihre Mütter, in kurzen Shorts und bauchfreien Oberteilen, Wasserflaschen und kalten Tee bereithielten.

Die Stimmung war träge und friedlich. Die Sommerferien standen bevor, und viele hatten beschlossen, sie in diesem Jahr im eigenen Land zu verbringen. Nun blickten sie in einen strahlend blauen Himmel und sahen sich in ihrer Entscheidung bestätigt.

Für Karola Simon und ihre Familie waren dagegen dunkle Wolken aufgezogen. Nach seinem Alkoholabsturz hatte Sven versucht, sein geregeltes Leben wieder aufzunehmen, hatte gearbeitet, gegessen, getrunken, geschlafen und versucht, bei alldem nicht an Karola zu denken und den Ärger, den sie ihm machte. Sie war, wie er später erfuhr, nach ihrem Streit zunächst in ein Hotel gezogen und dann an den Tegernsee zurückgekehrt, wo sie, auch das erfuhr er später, den Simon-Clan um sich versammelte, um alle Einzelheiten ihrer Scheidung zu besprechen. Die Familie hatte sich nicht die Mühe gemacht, ihn anzuhören. Stattdessen wurde ihm drei Wochen später die Scheidungsklage zugestellt mitsamt der Aufforderung, das Haus spätestens zum dreißigsten August zu räumen. Ziemlich unverschämt, wie er fand, denn die Familie musste zu diesem Zeitpunkt schon gewusst haben, dass die Polizei Karola im Visier hatte. Bestimmt sogar, sonst hätte der Alte nicht sein geheiligtes Julitreffen abgesagt.

Sven wusste nicht, was die Kripo von Karola wollte. Sie solle befragt werden, hatte der Beamte gesagt, der eines Tages vor der Tür stand. Sven hatte ihn an die Eltern seiner Frau verwiesen. Danach war ihm ein Gefühl der Unruhe geblieben. Karolas Lebenselixier war die gesellschaftliche Anerkennung, waren die Einladungen und Partys bei den richtigen Leuten. Ihre gesellschaftliche Stellung war für sie eine heilige Kuh, unentbehrlich, unantastbar. Wer immer daran rührte, sie würde ihn mit kaltem Hass verfolgen. Sabine hatte daran gerührt, das war es, was Sven beunruhigte.

Er versuchte, seine dunklen Ahnungen auszublenden und sich auf das dringliche Problem seiner beruflichen Existenz zu konzentrieren. Intern war es ein offenes Geheimnis, dass der Dezernent wegen seiner korrupten Mauscheleien nicht mehr haltbar war. Sein Rücktritt würde auch Sven das Amt kosten. Eine Hausmacht hatte er nicht, für Seilschaften hatte die Zeit nicht gereicht. Die Pläne, die er für eine politische Karriere hatte, konnte er vorerst vergessen. Der Rückzug in das Unternehmen des alten Simon war nicht möglich, der Clan hatte ihn verstoßen. Blieb die Wirtschaft. Es wurde Zeit, alte Kontakte aufzufrischen und die Nachricht auszustreuen, dass er sich neuen Herausforderungen stellen wollte. Sven zweifelte nicht daran, dass ein Mann wie er die richtigen Voraussetzungen mitbrächte.

Einen Skandal konnte er in dieser sensiblen Phase natürlich nicht brauchen. Wenn Karola wirklich etwas zu tun hatte mit dem Mord an Sabine, dann würde die Boulevardpresse genüsslich alles auskramen, alles.

Wenn er abends in seinem Haus saß und in den Garten hinausstarrte, empfand er die Stille als bedrohlich, wie eine Luftblase, die ihn einhüllte, um bald mit einem ohrenbetäubenden Knall zu zerplatzen.

Der Knall ereignete sich am fünften Juli, einem Freitag. Auf Seite eins der »Bild« prangte ein Foto von Karola Simon, dreispaltig und in Farbe, darüber die Dachzeile *Bei Auftrag: Mord*. Ein paar fett gedruckte Zeilen informierten den Leser darüber, dass Karola Simon verhaftet worden sei unter dem Verdacht, die Drahtzieherin bei dem Mord an Sabine Pock zu sein. Wer weiterlesen wollte, wurde auf Seite vierzehn verwiesen, wo jeder Winkel des Privatlebens der bekannten Unternehmerfamilie Simon ausgeleuchtet wurde. Weitere Fotos zeigten den Konsul, »tief erschüttert«, Sven und Karola »in glücklichen Tagen«, die Villen in Wiesbaden und am Tegernsee sowie »die Seele des Burghoftheaters: Mordopfer Sabine Pock«.

Dem Artikel dazu konnte die Öffentlichkeit alles entnehmen, was Sven Simon vor ihr geheim zu halten bemüht gewesen war. Darüber hinaus enthielt er Einzelheiten, die auch Sven Simon neu waren. Karola Simon hatte sich demnach – möglicherweise durch die Kokainsucht in ihrer Wahrnehmung gestört, wie »Bild« von einem Psychologen anmerken ließ – von Sabine Pock bedroht gefühlt. Um sie einzuschüchtern, habe sie einen Mann angeheuert, den sie aus der Frankfurter Drogenszene kannte. Für fünftausend Euro sollte er bei Sabine Pock einbrechen, sie erschrecken und alle Unterlagen samt Computer stehlen und vernichten. Von einem Mordauftrag sei nie die Rede gewesen.

»Von wegen«, kommentierte das die Assistentin des Heilpraktikers Kurt Reisch, die den Artikel soeben ihrer Kollegin und einer Hand voll weiterer Zuhörerinnen vorgelesen hatte, die sich um den Tresen drängten. »Die lügen doch alle«, ergänzte sie, wobei nicht klar war, ob sie die Simons, die Politiker, die »Bild« oder alle zusammen meinte. Sie faltete das Blatt zusammen und schob es zur Seite.
Ein Blick in die Runde zeigte ihr, dass die Reisezeit bereits begonnen hatte. Höchstens zwanzig Frauen waren gekommen, um sich wiegen und die Nadeln entfernen zu lassen, sonst waren es sechzig oder mehr. Sie hoffte, dass am Abend, wenn der Chef der nächsten Truppe die Nadeln stach, auch weniger los sein würde als sonst. Bei dieser Hitze zwischen schwitzenden Leibern eingepfercht zu sein, das war kein Vergnügen.

»Frau Clement bitte«, rief sie mit einem Blick auf den Stapel gelber Kärtchen, der vor ihr lag. Annika hatte seitlich am Tresen gelehnt und folgte der Frau nun zur Waage.

Lass ruhig die Tür auf, dachte sie, das stört mich nicht mehr.

»Ich lasse mal die Tür auf, ist so stickig hier, na, dann steigen Sie mal rauf.« Der Aufforderung folgte ein erster, dann ein zweiter ungläubiger Blick auf die Waage.

»Einundsiebzig Komma vier Kilo. Alle Achtung.« In der Stimme der Assistentin lag tatsächlich echte Bewunderung. »Das sind siebenundzwanzigeinhalb Kilo seit März. Kommen heute die Nadeln raus?«

»So ist es«, antwortete Annika »und in drei Wochen wieder rein. Wenn alles gut läuft, ist das dann die letzte Runde.«

»Sie sehen ganz verändert aus, richtig toll.« Auch das klang ehrlich, und Annika konnte sich ein zufriedenes Lächeln nicht verkneifen. Die Frau hatte inzwischen eine Pinzette und einen Alkoholtupfer genommen und holte mit routinierter Geschicklichkeit die drei kurzen Nädelchen aus Annikas Ohrmuschel.

»Wir müssen noch einen Termin machen für in drei Wochen, gell?!«

Gemeinsam gingen sie zum Tresen zurück, wo noch immer die »Bild« lag.

»Geht mir sehr nahe, diese Sache«, sagte Annika und deutete auf die Zeitung. »Wissen Sie, ich habe die Frau Pock gut gekannt, vom Freundeskreis des Burghoftheaters her.«

»Die muss doch der Schlag getroffen haben, als sie gemerkt hat, dass der Vater ihres Sohnes Geld wie Heu hat. Sie rackert sich ab, damit sie das Kind anständig groß kriegt, und die bringen sie dafür auch noch um. Wenn Sie mich fragen, dann müsste die Sippe jetzt ordentlich was springen lassen für den Jungen und fürs Theater, wo die arme Frau doch so dran gehangen hat. Wäre doch das Mindeste, oder? Frau Merges bitte.« Das galt bereits der nächsten Anwärterin, die zum Wiegen bereitstand.

Annika sah den beiden Frauen hinterher, schulterte ihre Tasche und bahnte sich zwischen den Wartenden den Weg nach draußen. Als sie auf den Damaschkeanger hinaustrat, umfing sie die Hitze, als habe ihr jemand eine feuchte Plastiktüte über den Kopf gestülpt. Genauso hatte es sich angefühlt, als sie bei ihrem letzten Ibizaurlaub mit Gerd aus dem Flugzeug gestiegen war, im August natürlich und ganz gegen ihren Willen.

Sie ging das kurze Stück bis zur Heerstraße. Von hier aus war sie damals, nach ihrem ersten Besuch bei Kurt Reisch, nach rechts zum Nord-West-Krankenhaus abgebogen, um Christiane Petersen bei ihrem letzten Abendessen behilflich zu sein. Vier Monate war das erst her.

Annika überquerte die Heerstraße und blieb vor dem Eiscafé stehen, dessen Verlockungen bei dreiunddreißig Grad im Schatten größer waren als ihre Selbstdisziplin. Zwei Kugeln und eine große Cola wären eine bescheidene Belohnung für alles, was sie bisher erreicht hatte. Wer, wenn nicht sie selbst, belohnte sie denn sonst? Sie trat ein und wählte einen Tisch gleich neben der Tür. In dem dunklen Raum waren nur noch zwei weitere Tische besetzt von zwei alten Damen, die bedächtig und hochkonzentriert Eis mit Sahne aus hohen Glasbechern löffelten.

Der italienische Kellner war damit beschäftigt, durch ein heruntergelassenes Fenster Eis in Tüten zu verkaufen. Annika rief ihm ihre Bestellung zu und lehnte sich zufrieden zurück. Wenn sie sich zum Abendessen Tomaten und Käse aufschnitt und das Brot dazu wegließ, dann hatte sie diese kleine Sünde wieder ausgeglichen. Das musste natürlich eine Ausnahme bleiben, aber war es nicht schön, sich auch mal eine Ausnahme leisten zu können? Es war schön, genauso wie das Lächeln, das ihr der Kellner schenkte, als er die Cola vor sie hinstellte. Zweifellos war die attraktive Frau in ihr ein beträchtliches Stück vorangekommen. Nicht einmal der Assistentin von Kurt Reisch war das entgangen, obwohl es den Anschein hatte, dass sie ihr fresssüchtiges Publikum im Großen und Ganzen kalt ließ. Annika schüttelte unwillkürlich den Kopf. Während der Arbeit Zeitung zu lesen, das war an sich eine Frechheit. Allerdings schien das Thema die Frau sehr aufzuregen, sie war sogar so weit gegangen, in Bausch und Bogen alle Beteiligten zu Lügnern und Mördern zu erklären. Eine grobe Vereinfachung, wie Annika fand, aber nicht uninteressant, besonders die Schlussfolgerung. Wenigstens soll die Sippe jetzt was springen lassen, so ungefähr war der Wortlaut gewesen. Annika ließ einen Happen Vanilleeis auf der Zunge zergehen. Wenn, überlegte sie weiter, der Bericht bei der Assistentin von Kurt Reisch eine solche Reaktion auslöste, dann schaffte er das auch bei Hunderten oder Tausenden anderer Leser. Bei Tausenden, entschied sie. Wenn das aber so war, dann durfte sie keine Zeit verlieren.

»Darf ich bei Ihnen mal telefonieren? Ein Ortsgespräch.«

»Si, Signora, ische bringe.« Der Italiener zauberte unter der Theke ein tragbares Telefon hervor und reichte es ihr.

»Danke, ich zahle dann gleich alles.« Annika legte sechs Euro auf den Tisch, nickte ihm zu und wählte die Nummer des Burghoftheaters.

Das Eisen war heiß, es konnte geschmiedet werden.

32

Obwohl die Fenster weit offen standen, roch es in Hesslers Büro nach kaltem Rauch, vermischt mit dem Qualm, den der Hausherr unermüdlich neu produzierte. Auch jetzt saß er rauchend hinter seinem Schreibtisch.
Als Annika hereinkam, sah er sie über den Rand seiner Lesebrille hinweg an und strich sich das zerzauste Haar glatt. Der Hitze wegen trug er weder Jackett noch Weste, immerhin aber die obligate schwarze Hose mit weißem, offenem Hemd. Die Ärmel hatte er hochgekrempelt bis über die Ellenbogen. Er scheint die Sonne zu meiden wie der Teufel das Weihwasser, dachte Annika, die Haut an seinen Armen erinnerte sie an drei Tage alten Grießbrei. Im Vergleich zu ihm fühlte sie sich, gebräunt durch ihre Radausflüge, wie in Kakao getaucht. Es war ein gutes Gefühl. Selbstbewusst blieb sie mitten im Zimmer stehen. Hesslers Blick wanderte an ihr rauf und runter. Sie trug ein hellbraunes Sommerkostüm, dazu ein weißes Top und halbhohe Sandaletten, deren Preis im umgekehrten Verhältnis zur Materialmenge gestanden hatte. Annika hätte in diesem Moment zu gerne seine Gedanken gelesen, besonders gerne hätte sie gewusst, ob darin das Wort »Schreckschraube« auftauchte.
»Setzen Sie sich, setzen Sie sich.« Intendant Hess-

ler deutete auf den Stuhl auf der anderen Seite seines Schreibtisches. »Wir haben etwas zu besprechen.«
Annika sah ihn verblüfft an. »Natürlich haben wir das, sonst hätte ich Sie ja nicht vorhin angerufen.« Sie schlug die Beine übereinander und betrachtete das Ergebnis mit Genugtuung. Noch vor vier Monaten waren die Unterschenkel auf halber Strecke auf dem Knie gestrandet, gebremst vom Umfang der allzu prallen Oberschenkel. Sie lächelte und konzentrierte sich wieder auf Hessler. »Es gibt etwas, das wir unbedingt heute in Angriff nehmen müssen. Möglicherweise können wir uns damit auf Jahre hinaus finanziell absichern.«
»Frau Clement, erst einmal müssen wir uns um die Finanzen für dieses Jahr kümmern. Da gibt es nämlich ein Problem. Wenn ich an Silvester den Stuhl für Ihren Favoriten Nemec räumen soll, dann will ich vorher meine halbe Million zurück.« Helmut Hessler drückte seine Zigarette aus, legte die gefalteten Hände auf den Schreibtisch und beugte sich zu Annika vor.
»Eine halbe Million? Welche halbe Million?« Annika machte erst gar nicht den Versuch, ihre Fassungslosigkeit zu verbergen.
»Wie Sie wissen«, antwortete Hessler, »sind wir als Privattheater eine GmbH. Ich bin Hauptanteilseigner. Als ich vor acht Jahren hier anfing, hat mich Ihr verstorbener Gatte, Frau Clement«, er zündete eine Zigarette an und nahm einen tiefen Zug, »hat mich also Ihr verstorbener Gatte in seiner damaligen Funktion als Kulturdezernent gebeten, eine Zwischenfinanzierung zu machen, mit der Zusage, sie so bald wie möglich zu entschulden. Das ist

nie geschehen. Ich hatte damals auf dieses Versprechen seitens der Stadt gebaut und einen Kredit aufgenommen, auf dem ich nun noch immer sitze. Sie werden verstehen, dass ich das Geld zurückfordern muss, wenn ich abtrete. Das Problem ist nur, dass mein potenzieller Nachfolger nicht in der Lage ist, den Kredit zu übernehmen.«

»Sie wollen damit sagen, Herr Nemec ist weder flüssig noch kreditwürdig.« Annika stand auf, ging zum Fenster, sah hinaus, setzte sich wieder. So ganz ungelegen kam ihr diese Entwicklung nicht, alles kam nun darauf an, Hessler umzuprogrammieren.

»Das Problem ist mir zwar neu«, begann sie vorsichtig, »aber das, was ich mit Ihnen besprechen will, könnte schon ein Teil der Lösung sein. Da Sie aber Nemec angesprochen haben, ist vorab noch etwas anderes zu klären. Ist Ihnen bekannt, ob er Schulden hat, hohe womöglich?«

Hessler stieß Luft aus. »Schon möglich, sehr wahrscheinlich sogar. Der Mann kann einfach nicht mit Geld umgehen.«

»Das habe ich inzwischen auch läuten hören.« Annika beugte sich nun ihrerseits vertraulich zu Hessler hinüber. »Meine Entscheidung war ein Fehler. Vergessen Sie alles, was ich bei Christiane Petersen beobachtet habe, wir wollen nie wieder darüber reden. Sie sind ein schwieriger Mensch, aber ein erfahrener Intendant. Das Haus hat unter Ihrer Führung jedes Jahr höhere Einnahmen erwirtschaftet, und der Spielplan ist mehr als vorzeigbar. Kurz: Bleiben Sie uns erhalten!«

»Meine Liebe, wie stellen Sie sich das vor.« Helmut Hesslers Stimme schwoll an, seine Arme flogen zur Seite. »Ich habe interessante Angebote, soll ich die etwa ablehnen, weil Sie es sich anders überlegt haben? Abgesehen davon wissen wir zwar, dass wir im kommenden Jahr weitermachen können, aber was ist mit dem Jahr darauf?«
»Ich sagte ja eingangs, dass ich Neuigkeiten habe. Die mit Ihnen zu besprechen macht allerdings nur Sinn, wenn Sie zusagen, dass Sie bleiben. Wenn das für Sie nicht infrage kommt, erübrigt sich der Rest.«
Annika glaubte nicht daran, dass Hessler wirklich lukrative Angebote hatte. Alle Bühnen sparten, viele kämpften wie das Burghoftheater um ihre Existenz. Auch die Fernsehsender produzierten erheblich weniger, seit der Werbemarkt eingebrochen war. Wo also sollten diese vermeintlichen, attraktiven Angebote herkommen? Hier hatte er eine Aufgabe, ein zumindest für ein weiteres Jahr sicheres Einkommen. Sie sah ihm an, dass er mit sich rang.
»Und Nemec?«, fragte er endlich. »Wie wollen wir ihm das erklären?«
»Das machen wir später, nach der Sommerpause. Unterschrieben ist ohnehin noch nichts. Ich schlage vor, dass wir ihm zunächst überhaupt nichts von der neuen Entwicklung sagen. Das sollte vorläufig unter uns bleiben. Bleiben Sie?«
Hessler grinste sie an. »Noch bestehen alle Verträge unverändert weiter. Aber woher weiß ich, dass Sie mich nicht schon nächste Woche mit der nächsten Variante

überraschen? Wenn ich so sehe, wie Sie mit ihrem Liebling Nemec verfahren.«

Annika fuhr auf. »Nicht wieder dieser Tonfall, Herr Hessler! Herr Nemec ist nicht mein Liebling, ebenso wenig wie Sie. Es geht nur um das Haus, ausschließlich. Und jetzt lassen Sie uns seine finanzielle Zukunft sichern.«

Sie wurde unterbrochen, weil Kathrin Meise hereinkam. »Entschuldigung, ich muss mal stören. Hier sind noch mal jede Menge Rückrufwünsche. Ich habe versprochen, dass Sie sich heute noch melden.« Sie legte ein paar Zettel auf den Schreibtisch.

»Den ganzen Tag schon geht das Telefon wegen dem, was über Sabine in der Zeitung steht«, erklärte sie Annika, »und Gott und die Welt will wissen, was wir dazu sagen. Vielleicht sollten wir eine Stellungnahme aufsetzen.«

»Ja, ja.« Ihr Chef wirkte genervt. »Wir haben ja sonst nichts zu tun. Ich komme zu Ihnen rüber, wenn ich hier fertig bin.«

Kathrin Meise war im Begriff, den Rückzug anzutreten, aber Annika hakte nach. »Schriftliche Stellungnahme ist nicht schlecht, Sie könnten dann gleich eine brandneue Information unters Volk streuen.«

»Du lieber Himmel, was denn nun schon wieder«, rief Helmut Hessler aus. Annika ließ sich nicht irritieren. »Wenn es Ihnen recht ist, Frau Meise, dann formuliere ich das schon mal vor, als Rohentwurf sozusagen.«

Hessler strich sich durch die Haare, während sein unruhiger Blick zum Fenster wanderte, als suche er die geeignete Stelle zum Absprung.

»Wie jetzt?«, stotterte Kathrin Meise.

Hesslers leidender Blick wanderte zu ihr hinüber. Er nickte gottergeben. »Notieren Sie es halt mal, dann sehen wir weiter.« Er reichte ihr Papier und Bleistift.

Annika überließ Frau Meise ihren Stuhl und stellte sich ans Fenster.

»Das, was Sie jetzt hören, wird Sie sicher umhauen. Lassen Sie es mich aber bitte erst zu Ende diktieren, ehe wir zu den Einzelheiten kommen«, sagte sie, »ich fasse mich so kurz wie möglich. Also …« Sie nickte Kathrin Meise zu und begann mit dem Diktat: »Konsul Kurt E. Simon hat heute durch einen Sprecher der Unternehmerfamilie Simon Folgendes erklären lassen: *Die Umstände, die zu dem tragischen Tod der Sabine Pock geführt haben, sind weitgehend aufgeklärt. Meine Familie und ich sind entsetzt und beschämt über die Tat, die einem Mitglied unserer Familie zur Last gelegt wird. Wir haben daher den Wunsch, ein Vermächtnis der Verstorbenen zu erfüllen, die bis zuletzt um den Erhalt des Burghoftheaters gekämpft hat. So soll ab dem kommenden Jahr eine Stiftung dem Theater jährlich eine halbe Million Euro zukommen lassen. Die Stifter vertrauen darauf, mit dem Magistrat eine einvernehmliche Lösung für eine geringfügige Zuzahlung durch die Stadt Frankfurt zu erzielen und so das Burghoftheater dauerhaft zu sichern. Die Familie hofft, damit im Sinne der Verstorbenen zu handeln und ihr Andenken zu wahren.*

Wir wollen diesen Schritt nicht verstanden wissen als Versuch, Schuld abzutragen. Er ist lediglich ein Ausdruck unserer grenzenlosen Verzweiflung.«

»Stiftung? Halbe Million? Vermächtnis?«, unterbrach Hessler aufgebracht, »wovon reden Sie da überhaupt?«
Annika hob beschwichtigend die Hand. »Von einer großen Chance für unser Theater, Herr Hessler. Natürlich ist mir klar, dass das alles etwas überraschend für Sie kommt, aber man muss die Chancen nehmen, wie sie sich ergeben. Ich habe mir deshalb erlaubt, der Erklärung hier ein erstes, vorläufiges Statement in Ihrem Namen anzufügen. Wenn ich das eben noch vorlesen dürfte?« Ohne Hesslers Antwort suchte sie im Text die entsprechende Stelle heraus und fuhr fort: »Das Burghoftheater hat diese Erklärung mit Dankbarkeit und Achtung zur Kenntnis genommen. Eine weiter reichende Stellungnahme wäre verfrüht, zumal auch von der Stadt noch keine Reaktion vorliegt. Gezeichnet Helmut Hessler, Intendant, et cetera.«

Annika verschränkte die Arme und wechselte das Standbein. »Das war's«, schloss sie lakonisch.
Kathrin Meise starrte ungläubig auf ihre Notizen, Hessler rieb sich die Augen.
»Woher haben Sie das?«, stöhnte er.
»Wie es da steht. Von einem Sprecher der Familie. Ich kenne ihn persönlich, er vertraut mir.« Annika hatte es früher immer verabscheut, zu lügen, inzwischen aber unterschied sie zwischen guten und schlechten Lügen. Diese hier war eine gute. Und da sie gerade dabei war, konnte es nicht schaden, sie noch ein wenig auszuschmücken.
»Ich habe nur eine Mittlerfunktion, das ist alles. Wenn

Rückfragen kommen, verweisen Sie am besten an die Simons oder das Unternehmen oder an den Magistrat. Sollen die doch Stellung beziehen.«

»Haben Sie denn was Schriftliches? Was ist, wenn die leugnen. Wenn die behaupten, wir hätten uns das nur aus den Fingern gesogen? Am Ende verklagen die uns dann noch.« Helmut Hessler war aufgesprungen und tigerte um den Tisch herum.

»Verklagen? Leugnen?« Annika tippte sich an die Stirn. »Eine halbe Million sind Peanuts für die. Dafür riskieren die doch keinen neuen Skandal. Niemals. Aber im Ernstfall können Sie immer auf mich verweisen.«

Hessler baute sich so dicht vor ihr auf, dass sich fast ihre Nasenspitzen berührten. »Frau Clement«, sagte er gedehnt, »ist die Sache sauber?«

Psychologisch völlig klar und sauber, dachte Annika, und moralisch eigentlich auch. »Vertrauen Sie mir«, antwortete sie, was ja immerhin keine Lüge, sondern nur eine Aufforderung war, »verschicken Sie das Ding, wohin immer Sie sonst auch Ihre Erklärungen hinschicken.«

»Sie haben sich verändert«, sagte Kathrin Meise wenig später zu Annika, als diese noch einmal den Text im Computer gegenlas. Sie befanden sich in Sabines ehemaligem Büro, das jetzt Kathrin Meise nutzte. »Nicht nur äußerlich, auch sonst, insgesamt meine ich.«

»Tatsächlich.« Annika fuhr mit dem Finger über die Fensterbank, wo noch die Ränder zu erkennen waren, die Sabines Kakteentöpfe hinterlassen hatten. »Ich werde Ihnen bei Gelegenheit mal einen schönen Blumentopf für Ihr neues Büro mitbringen. Das sieht so kahl hier aus.«

»Da haben Sie Recht.« Hesslers Assistentin stöhnte viel sagend. »Ich komme ja zu nichts. Seit Sabine nicht mehr da ist, bin ich Mädchen für alles. Sehen Sie mal hier, sogar Fahrkarten für die Sommerengagements unserer Herren Schauspieler darf ich besorgen.«

»Das geht wirklich zu weit«, stimmte Annika zu. »Für wen sind die denn?«

»Die hier sind für Siegfried Nemec. Der reist Anfang August nach Hamburg, dann weiter nach Bad Segeberg, das ist auch da oben.«

Annika warf einen Blick auf die Karten und hoffte, dass er unauffällig genug war. Aber Kathrin Meise hatte sich ohnehin schon wieder ihrem Computer zugewandt.

Annika verabschiedete sich, blieb aber, nachdem sie das Theater verlassen hatte, an der nächsten Ecke stehen, um ihr Notizbuch hervorzukramen. Fünfter August, notierte sie, elf Uhr dreißig ab Frankfurt Hauptbahnhof nach Hamburg.

33

Für die folgenden zwei Wochen bis zum Beginn der Theaterferien hatte Annika sich einen strikten Tagesplan verordnet. Konkret hieß das um acht Uhr aufstehen, ausgiebig duschen, frühstücken – zwei Toasts mit zuckerfreier Marmelade und zwei Tassen Kaffee –, anschließend kurzer Blick in den Teletext der ARD, danach das Nötigste an Hausarbeit und spätestens um halb elf das Fahrrad besteigen. Zwar stand das Thermometer noch immer bei dreiunddreißig Grad, aber ihr Körper hatte angefangen, sich daran zu gewöhnen. Sie musste nur darauf achten, genug zu trinken und öfter Pausen im Schatten einzulegen, dann machte das Radfahren auch bei Hitze Spaß. Vier Stunden war sie mindestens unterwegs. Wenn sie auf dem Rückweg noch Einkäufe zu erledigen hatte, dann konnten es auch leicht fünf Stunden werden.

Um die Mittagszeit suchte sie sich meist eine Metzgerei, die heiße Rindswurst verkaufte – eine Delikatesse, die es so köstlich nur in Hessen gab.

Nachmittags ab vier kam der schwerere Teil des Tages. Dann setzte sie sich, umgezogen und erfrischt nach einem halbstündigen Mittagsschlaf, vor ihren Computer und versuchte, die Stille zu überhören. Nachdem es ihr eine ganze Weile gelungen war, das Alleinsein zu genießen, weil es sie unabhängig machte und frei in ihren Entscheidungen, fühlte sie sich in den letzten Tagen wie in einem Schlauchboot auf hoher See. Möglich, dass die Ruhe sie verstörte, die allmählich in der Stadt einkehrte, weil ihre Bewohner in Urlaub fuhren. Möglich auch, dass die Aussicht sie nervös machte, im Augenblick nicht mehr viel tun zu können für das Burghoftheater und ihren Traum.

Obwohl das nicht ganz stimmte. Ein Nebenschauplatz zumindest war noch zu bearbeiten. Dank des Internets, das sie im Gegensatz zu Gerd für eine sehr nützliche Erfindung hielt, hatte sie begonnen, sich mit allen größeren Bühnen in Deutschland in Verbindung zu setzen, soweit das möglich war. Sie mailte immer dieselbe Frage: »Wie ich höre, beabsichtigt der großartige Schauspieler Siegfried Nemec, das Burghoftheater in Frankfurt am Main zu verlassen. Besteht die Aussicht, ihn demnächst vielleicht in einer Ihrer Inszenierungen sehen zu können?«

Fünfzehn Mails hatte sie schon abgesetzt, acht Adressen standen noch auf ihrer Liste. Elf Antworten waren zurückgekommen, die meisten erwartungsgemäß mit einem knappen Nein. Drei gaben zu, einen Schauspieler dieses Namens leider nicht zu kennen.

Annika wählte sich ins Internet ein, um nachzusehen, ob weitere Antworten eingetroffen waren. Waren sie nicht, dafür aber eine Mitteilung von Hessler:

»Wieso gehen Sie eigentlich nicht an Ihr verdammtes Telefon? Hier laufen die Drähte heiß, morgen habe ich

eine Besprechung mit Leimann im Römer, zusammen mit einem Vertreter der Unternehmensgruppe Simon, wahrscheinlich bringt er gleich den Henker mit. Alle sind ratlos, wie mir scheint, aber Sie sind nicht zu erreichen. Rufen Sie mich dringend an.«

»Keine Panik, das regelt sich, mein Guter«, grinste Annika, die keineswegs vorhatte, sich erreichen zu lassen. Sollte er jetzt ruhig mal schwitzen, dieser Hessler, zum Schluss hätten sie ihr Geld, da war sie sich ganz sicher. Für die Frankfurter stand das, dank der veröffentlichten Erklärung, sowieso schon fest. Wer wollte das jetzt noch verhindern? Die Familie Simon, die einen angeschlagenen Ruf zu retten hatte? Die Stadt, die sich in dubiose Machenschaften verstrickt und sämtliches Vertrauen verspielt hatte?
»Die brauchen doch alle den öffentlichen Applaus«, erklärte sie Gerd, als sie unter dem Kopfkissen im Schlafzimmer das Telefon hervorwühlte, »die einen wollen wiedergewählt werden, und die anderen haben panische Angst, ihre gesellschaftliche Stellung zu verlieren. Und alle wollen sie sich gegenseitig weiter Orden verleihen und Pöstchen zuschachern. Na, wem erzähle ich das.«
Sie lief in die Küche, platzierte das Telefon im Küchenschrank und kehrte ins Schlafzimmer zurück. Obwohl es erst halb neun war, hatte sie sich entschlossen, ins Bett zu gehen und dort noch eine Weile zu lesen. Sie zog ihren Rock aus und hielt Gerd das kleine Schild an der Innenseite des Bundes vor die Nase. »Da, Größe vierundvierzig, und er sitzt ganz locker. Alle loben mich.

Hättest du auch mal tun können. Mich loben, meine ich. Habe ich dir übrigens schon erzählt, dass ich am fünften August für ein paar Tage nach Hamburg fahre, mit dem ICE um elf Uhr dreißig? Ich habe im Elysée zwei Zimmer reserviert. Erinnerst du dich noch ans Elysée? Wir haben da mal zusammen gewohnt, ist schon Jahre her.«
Sie hängte den Rock auf einen Bügel, zog ein weites Baumwollnachthemd über, verstaute die restliche getragene Wäsche im Wäschekorb und legte sich demonstrativ in die Mitte des Bettes.
»Guck, Gerd, alles meins. Du willst sicher wissen, warum ich zwei Zimmer gebucht habe. Sag ich dir aber nicht. Vorerst nicht. Es handelt sich um eine Sache, die noch erledigt werden muss. Gute Nacht.«
Sie rollte sich hinüber zu dem Nachttisch, auf dem das aufgeschlagene Buch lag, in dem sie gerade las. Eine Biographie über eine britische Schriftstellerin, die es zu drei Ehemännern, einem Dutzend Liebhabern und mehreren Kindern und Hunden gebracht hatte. Dennoch war sie einsam alt geworden und einsam gestorben. Den Umweg hätte sie sich also sparen können, dachte Annika und schob sich einigermaßen getröstet ihre zwei Kopfkissen in den Nacken.

Am nächsten Morgen rief sie dann doch bei Helmut Hessler an, um ihm anzubieten, ihn zu dem Treffen im Römer zu begleiten. Sie versicherte ihm, die Offerte für die Stiftung von einem Mitglied der Familie Simon erhalten zu haben, und selbstverständlich sei sie bereit, dazu Rede und Antwort zu stehen, wem auch immer.

»*Wem auch immer*, geben Sie das wörtlich so weiter, Herr Hessler!«
»Soll ich dabei mit den Augen rollen? Dürfte mir nicht schwer fallen«, antwortete Hessler, der zu ihrer Freude hellwach wirkte, anders als bei ihrer letzten Begegnung, wo sie Anzeichen von Müdigkeit und Überdruss entdeckt hatte.
»Ist er wieder da, der alte Kampfgeist?«, fragte sie lachend.
»Mit Ihnen im Rücken bleibt mir wohl nichts anderes übrig. Aber in den Römer gehe ich alleine, Zähne zeigen kann ich schließlich auch.«
»Sie doch nicht. Ich wünsche Ihnen Glück.«
Das wünsche ich ihm wirklich, dachte sie, als sie auflegte. Ihr Verhältnis zueinander war offener, lockerer geworden. Er war keineswegs so unangenehm, wie sie immer gedacht hatte. Vielleicht dachte er mittlerweile von ihr genauso. Dass sie gezwungen war, ihn anzuschwindeln, würde er hoffentlich nie erfahren. Sie würde bei ihrer Behauptung bleiben, und wenn es hart auf hart käme, den Namen des Familienmitgliedes nennen: Sven Simon. Sollte er doch leugnen. Wer würde ihm denn glauben, noch dazu gegen das Wort der grundsoliden Witwe des ehemaligen Kulturdezernenten Gerd Clement?
Aber so weit kommt es erst gar nicht, entschied Annika, die werden sich vernünftig zusammenraufen.
Schon elf, sie war spät dran heute. Sie streifte ihre Fahrradhandschuhe über und griff sich den Brief, der unter dem Fahrradschlüssel bereitlag. Den musste sie schnells-

tens abschicken, damit er rechtzeitig zu Olafs Geburtstag ankam. Sie hatte einen Gutschein für Computerzubehör in den Umschlag gesteckt. Der Junge würde bestimmt einen Luftsprung machen, er war völlig vernarrt in seinen Computer.
Sabine hätte ihre Freude daran, dachte Annika, während sie ihr Rad auf den Bürgersteig schob. Schade, dass sie nie erfahren hat, wie gerne Olaf sie mochte und wie liebevoll er ihren Computer und ihre Kakteen hütet. Na, vielleicht sieht sie es ja von oben.
Annika blickte hoch in den blauen, wolkenlosen Himmel, dann saß sie endlich auf und fuhr davon.

34

Siegfried Nemec hastete durch die Bahnhofshalle. Sein verschossener grüner Seesack schlug ihm dabei so heftig gegen die Beine, dass er ins Straucheln geriet, er schob einen Mann zur Seite und rannte fast in einen Eiswagen. Als er den ICE nach Hamburg erreichte, hob der Schaffner bereits die Kelle. Nemec warf den Sack in den nächstbesten Wagen, stieg ein und blieb neben der Toilettentür stehen, um Luft zu holen und sich das nass geschwitzte Gesicht abzuwischen. Er stellte fest, dass er sich zwischen einem Großraumwagen der ersten Klasse und dem Speisewagen befand.

Ein schönes, kaltes Bier wäre jetzt nicht schlecht, oder lieber doch ein Frühstück zuvor?

Er überlegte, wann er das letzte Mal etwas gegessen hatte. Gestern Abend jedenfalls nicht. Nach der Vorstellung war er erhitzt und durstig über drei oder vier Biere hergefallen, danach hatte er an Essen nicht einmal mehr gedacht, und als er heute Morgen viel zu spät aufwachte, hatte er es gerade noch geschafft, seine Sachen zu packen und zum Bahnhof zu hetzen.

Im Speisewagen waren fast alle Tische frei. Siegfried Nemec schleifte seinen Seesack hinter sich her durch den schmalen Gang und wählte einen Zweiertisch gleich hinter dem Büfett.

Hätte er durch die Glastür in den Großraumwagen der ersten Klasse hineingesehen, dann wäre ihm möglicherweise aufgefallen, dass er beobachtet wurde. Annika saß nur drei Reihen von der Tür entfernt. Sie hatte gesehen, wie er in den Zug sprang, und konnte ihn, da auch die Verbindungstür zum Speisewagen aus Glas war, noch immer sehen. Ein Logenplatz, günstiger als sie zu hoffen gewagt hatte. Es gab keinen Grund, noch länger zu warten. Sie nahm ihre Tasche, stand auf, prüfte ihr Spiegelbild in der getönten Fensterscheibe und ging in den Speisewagen.

Nemec sah auf, als er das Zischen der automatischen Tür hörte, aber in seinen Augen las Annika kein Anzeichen des Erkennens. Es ist genau, wie das Regiejüngelchen damals gesagt hat, dachte sie, ich liege in seiner Werteskala irgendwo zwischen Besenstiel und Feuerlöscher. Eine unangemessen arrogante Einstellung für jemanden, der mit verklebten Haaren und durchgeschwitzten Klamotten auf dem Weg zu einem drittklassigen Engagement ist. Sie blieb genau vor ihm stehen.

»Na, so was, Herr Nemec«, sagte sie in einem Tonfall, der zwar Erstaunen verriet, aber geschäftsmäßig blieb. Sie wollte auf keinen Fall das Bild eines gackernden Muttchens abgeben, das sich vor Begeisterung kaum zu halten wusste. »Wie nett, Sie hier zu treffen. Reisen Sie auch nach Hamburg?« Ohne zu fragen, setzte sie sich ihm gegenüber auf den freien Sitz. »Beruflich?«, fügte sie hinzu.

»Ich spiele in ›Ein Käfig voller Narren‹«, nuschelte Nemec durch ein Stück Croissant hindurch.

Annika bestellte ein Käsebrot und ein Wasser, ohne ihn dabei aus den Augen zu lassen. Er wusste offensichtlich nicht, ob er sie kennen musste oder wegjagen konnte.
»Haben denn die Theater in Hamburg noch keine Sommerpause?«, fragte sie unbekümmert. Natürlich hatten sie, aber er sollte es sagen, er sollte ihr erzählen müssen, dass er in einem Gemeinschaftssaal in Hamburg-Barmbek drei Abende hintereinander in einer Klamotte mitwirkte, die so abgegriffen war wie sein Hemdkragen. Und dass er danach in Bad Segeberg unter Indianergeheul irgendeinen Omar gab.
Er fing gerade an, etwas von Tourneetheater zu stottern, als ihn der Schaffner erlöste. Oder auch nicht, wie sich beinahe sofort herausstellte.
Während Annika Fahrkarte und Bahncard vorzeigte, suchte Siegfried Nemec mit fahrigen Händen nach seinem Ticket.
»Ich muss es verloren haben, oder ich habe es zu Hause vergessen.« Aus den Strähnen über seiner Stirn fielen die ersten Tropfen.
Der Schaffner zückte seinen Taschencomputer. »Dann müssen Sie nachlösen, ist aber zehn Euro teurer.«
Jetzt schaltete sich Annika ein.
»Ich kann doch«, sagte sie, »auf meine Bahncard first jemanden zum halben Preis mitnehmen.«
Der Schaffner nickte. »Bis zu vier Personen sogar.«
»Dann machen wir das.« Annika gab ihm ihre Kreditkarte und den Fahrschein. Sie wandte sich an Nemec. »Sie erlauben mir doch, Ihnen auf diese Weise aus der Verlegenheit zu helfen? Der halbe Fahrpreis für die

erste Klasse ist sogar niedriger als der volle Preis für die zweite Klasse. Ist schon praktisch, so eine Bahncard, nicht?«

Der Schaffner hatte inzwischen diverse Zettel aus seinem Handautomaten gezogen und legte ihr nun den Beleg zur Unterschrift vor. »Bitte sehr, Frau Clement.«

Verdammt, seit wann waren die so formvollendet?

Nemec lehnte sich zurück und strich die Haare aus der Stirn. Na endlich, der Groschen war gefallen.

»Danke für die Rettungsaktion. Ich gebe Ihnen das Geld spätestens in Frankfurt zurück.« Er richtete sich auf und legte die Arme auf den Tisch, sodass Annika unwillkürlich zurückwich. »Sie haben so etwas Vitales, Zupackendes«, fuhr er fort, »das gefällt mir.«

Noch, hätte Annika ihm antworten können, warte ab. Aber natürlich sagte sie nichts dergleichen.

Nachdem sie gezahlt hatten, jeder für sich, lotste Annika Siegfried Nemec samt seinem hinterherschleifenden Seesack zu ihrem Platz und bot ihm den Nachbarsitz an, auf dem er umgehend einschlief. Erst eine Stunde vor Hamburg wachte er wieder auf. Höchste Zeit für Annika, Stufe zwei zu zünden.

»Sie haben einen gesunden Schlaf.«

»An sich nicht. Dieses gleichmäßige Surren hat mich eingelullt. Ich sollte vielleicht in einen Zug umziehen.«

Er zog die Beine an und streckte sich, wobei sein linker Arm knapp hinter Annikas Nacken vorbeischrammte. Sie beugte sich vor, bis er seine Turnübungen beendet hatte. Hautkontakt war für Stufe zwei nicht vorgesehen.

»Wo werden Sie in Hamburg wohnen, Herr Nemec?«
»Keine Ahnung, ich habe irgendwo einen Zettel mit der Adresse. Die Tourneeleitung hat das für uns reserviert, ich nehme an in der Nähe.«
»In der Nähe von wo?«
»Wo wir spielen, natürlich. Barmbek, glaube ich.«
»Kein berückender Stadtteil und bestimmt keine berückende Unterkunft. Hamburg ist eine wunderschöne Stadt mit wunderschönen Hotels, und Sie wohnen in Barmbek.« Annika schüttelte den Kopf. »Nehmen Sie mir die Bemerkung nicht übel, aber ein Künstler wie Sie sollte Besseres verlangen können.«
Nemec war ganz ihrer Meinung. »Sollte man meinen. Aber die Zeiten haben sich geändert, alle sparen. Ob sie müssen oder nicht, das gehört doch inzwischen zum guten Ton. Aber Sie haben ja Recht, ich hätte angemessenere Konditionen fordern müssen, leider bin ich da manchmal etwas nachlässig.«
»Ein Künstler wie Sie.« Annika wirkte noch immer untröstlich und versank für drei Minuten in Schweigen. Für länger war keine Zeit, nur noch eine halbe Stunde bis Hamburg.
Sie brach das Schweigen, indem sie sich kerzengerade aufrichtete, als habe sie gerade ein Blitz der Erkenntnis getroffen.
»Herr Nemec.«
Das war gut, das klang sachlich, offiziell und respektvoll. »Ich mache Ihnen jetzt einen Vorschlag, den Sie hoffentlich nicht missverstehen. Sie haben mir mit Ihrer Kunst viele unvergessene Stunden geschenkt, die ich

nicht missen möchte, nun gebe ich etwas zurück, wenn Sie einverstanden sind. Ich wohne im Elysée. Das ist ein schickes Hotel in bester Lage, nur ein paar Schritte von der Alster entfernt.«

»Sie wollen mir doch nicht etwa Ihr Zimmer anbieten?«, warf Nemec entsetzt dazwischen.

»Doch nicht *mein* Zimmer, wie kommen Sie denn darauf.« Annika musste ihre Empörung nicht einmal spielen, sie war empört. So heftig hätte er nun nicht erschrecken müssen.

Das fand er wohl selbst. »Tut mir leid, ich dachte nur, Sie wollten meinetwegen auf ihr Zimmer verzichten oder was auch immer. Egal.«

Annika war wütend, aber nicht wütend genug, um darüber Stufe zwei zu vergessen. Dennoch war ihr Ton jetzt distanzierter.

»Ich verzichte ungern für andere«, sagte sie ruhig, »aber ich gebe gerne ab, wenn es sich machen lässt. In diesem Fall hätte ich ein zweites Zimmer abzugeben. Ich hatte es für eine Freundin gebucht, die mitkommen wollte, aber kurzfristig abgesagt hat. Das wollte ich Ihnen anbieten, weiter nichts. Leider haben Sie mich nun doch missverstanden.«

»Ich bitte um Entschuldigung, Frau Clement, wirklich, verzeihen Sie mir.« Er machte Anstalten, in tätiger Reue ihre Hand zu ergreifen, traute sich dann aber doch nicht. Noch zehn Minuten bis Hamburg.

Annika fand es an der Zeit, einzulenken. Sie lächelte ihn an.

»Ich vermute, Ihre Reaktion beruht darauf, dass Sie

öfter Angebote von reifen Frauen bekommen, die sich Ihnen zu Füßen legen wollen. Ich an Ihrer Stelle würde da auch weglaufen. Von mir droht Ihnen keine Gefahr. Ich bin viel zu sehr mit mir selbst beschäftigt, abgesehen davon habe ich in den drei Tagen Hamburg jeden Abend etwas anderes vor. Ich habe gar keine Zeit für Sie, Herr Nemec. Wir sind gleich da. An welchem Bahnhof steigen Sie aus?«

»Wie? Hauptbahnhof, denke ich. Hält der Zug denn an mehreren?«

»An dreien. Hauptbahnhof, Dammtor und Altona. Dammtor liegt an der Binnenalster, da steige ich aus. Von dort sind es nur ein paar Schritte bis zu meinem Hotel.«

»Dann fahre ich auch bis Dammtor. Ich nehme beschämt Ihr Angebot an, wenn es denn noch gilt.«

Als der Zug im Hamburger Hauptbahnhof einfuhr, gratulierte sich Annika zufrieden zum ersten Etappensieg. Eine halbe Stunde später betrat sie mit einem erschöpften Siegfried Nemec das Foyer des Elysée. Er ließ sich mit seinem klobigen Seesack in den nächststehenden Sessel fallen. Annika wunderte sich, wie man so unpraktisch reisen konnte, es gab doch Trollys, die sich mühelos ziehen ließen. Wahrscheinlich zu spießig für einen wie Nemec. Sollte er sich doch die Schulter verrenken, es war ja nicht ihre.

Das Foyer wirkte, obwohl es die Ausmaße eines Ballsaales hatte, wie ein großes Wohnzimmer, in dem gerade eine Party stattfand. Das lag unter anderem an dem Café rechts neben dem Eingang. Es lag etwas erhöht auf

einer Empore, die über drei Treppenstufen zu erreichen war. Nachmittags war es gewöhnlich bis auf den letzten Platz besetzt, nicht nur von Gästen des Hotels, sondern auch von Hamburgern. Die Rothenbaumchaussee war beste Adresse, »man« konnte sich hier verabreden auf einen Kaffee und zu einer Auswahl erlesenen Gebäcks, das auf einem Kuchenwagen angeboten wurde.
Rings um die Empore, also zu Füßen der Kaffeegäste, waren Sitzgruppen mit bequemen Sesseln angeordnet. Von hier aus konnte man das Kommen und Gehen beobachten, Gäste, die durch den Eingang eilten und geradewegs auf die Rezeption gegenüber zustürzten, oder andere, die durch das Foyer schlenderten, links vorbei an dem Café, wo eine Art Flaniermeile zu kleinen Geschäften und dem Bistro führte, in dem die Hausgäste morgens ihr Frühstück einnahmen.
Jenseits dieser Meile gab es noch ein Restaurant in der Halle mit Außentischen wie in einem Gartenlokal und dahinter die Bar.
Annika erinnerte sich, dass Gerd ihr damals erzählt hatte, abends könne man an dieser Bar einzelne Frauen beobachten, die nicht nur wegen der Drinks kämen. »Setz dich da lieber nicht alleine hin«, hatte er gesagt.
Quatsch, dachte Annika, klar setze ich mich an die Bar, da gibt es was zu sehen, und mir wird bestimmt niemand unterstellen, dass ich Anschluss suche.
Jetzt aber musste sie sich erst einmal an der Rezeption anmelden. Sie sorgte dafür, dass sie zwei Zimmer auf unterschiedlichen Etagen bekam, und lief zurück zu Siegfried Nemec.

»Zimmer fünfhundertsieben«, sagte sie, als sie ihm die Keycard überreichte, »ich habe die Dreihundertneun. Ihr Zimmer ist gebucht und bezahlt bis zum neunten. Also dann, viel Erfolg. Ich muss mich sputen.«

»Können wir uns denn nicht wenigstens auf einen Kaffee treffen zwischendrin?«, rief er ihr hinterher.

Sie war schon fast bei den Fahrstühlen angekommen, drehte sich aber noch einmal um. »Morgen oder übermorgen, jeweils zwischen zwei und vier. Schicken Sie mir eine Message, wenn Ihnen einer der Termine passt.«

Sie winkte ihm zu, bevor der Fahrstuhl sie nach oben trug.

35

Am nächsten Morgen rollte der Etagenkellner pünktlich um neun den Frühstückswagen in Annikas Zimmer. Sie hatte bereits geduscht und setzte sich nun, mit nassen Haaren und eingehüllt in den weißen Frotteemantel, den sie auf einem Bügel im Badezimmer vorgefunden hatte, gut gelaunt auf die Bettkante, um ihr reichhaltiges Frühstück zu verzehren. Kein Diätstress in den nächsten drei Tagen, hatte sie sich vorgenommen und sogar die Nadelung, die hoffentlich letzte, um zwei Wochen verschoben. Eine gute Gelegenheit, einmal auszuprobieren, wie sie ohne diese Krücke auskam.

Der Plan für den Tag stand schon weitgehend fest. Für elf Uhr hatte sie beim Portier ein Mietrad bestellt, damit würde sie zu einer Erkundungstour rund um die Alster aufbrechen. Sie rechnete dafür etwa drei Stunden ein. Danach konnte sie behaglich ausruhen in ihrem Zimmer und anschließend einen Kaffee in der Halle trinken, bevor sie sich mit dem Taxi zur Michaeliskirche am Hafen bringen ließ, in der um achtzehn Uhr ein Orgelkonzert gegeben wurde. Abends wollte sie im Hotel eine Scholle essen, schließlich war sie in Hamburg, und wieder an der Bar ihren Schlummertrunk nehmen.

Das hatte sie am Abend zuvor auch schon gemacht, gegen Gerds Rat, dafür zu ihrem eigenen Vergnügen. Die diskrete Musik im Hintergrund, die vielen unterschiedlichen Menschen, die kamen und gingen, vielleicht auch die Wirkung der zwei Martinis auf Eis, hatten sie in eine Wolke der Zufriedenheit gehüllt. An Gesichter erinnerte sie sich kaum, aber an Männer in Anzügen, manche noch mit dem Aktenkoffer neben sich, die alleine oder mit anderen, die genauso aussahen, lässig an der Bar lehnten, rauchten und die Schlipse lockerten. Auch einzelne Frauen waren da, keine jünger als dreißig. Bis auf eine hatten sie alle die gleiche geschäftsmäßige Ausstrahlung wie die Männer. Businessfrauen auf der Durchreise.

Die eine Ausnahme war nach Annikas Einschätzung näher an den vierzig als an dreißig. Sie war eine Spur zu bemüht zurechtgemacht. Die Frisur, das Make-up, der Schmuck, all das zusammen war eine einzige flehentliche Bitte: Sieh mich an, nimm mich zur Kenntnis, sprich mit mir! Sie saß auf einem Barhocker, nippte hin und wieder an ihrem Glas, nahm wie zufällig Augenkontakt auf und lächelte dann ein Lächeln, das sie selbst möglicherweise in die Kategorie »reizend« einstufte, das aber in Wahrheit einstudiert wirkte. Gegen elf hatte sie ihre kleine, viereckige Lacktasche genommen, die Halle durchquert und das Hotel verlassen.

Schade, dachte Annika, als sie am nächsten Morgen den Abend rekapitulierte, und schob den Frühstückswagen zur Seite. Hättest du noch eine Stunde gewartet, dann hättest du vielleicht den großartigen Siegfried Nemec getroffen und Chancen gehabt, seine Pranke auf deinem Knie landen zu sehen. Allerdings war sie sich nicht

sicher, ob es wirklich das war, was man dieser Frau gönnen sollte.
Annika wusste nicht, ob Nemec tatsächlich später noch in der Bar aufgekreuzt war. Es war auch nicht wichtig.
Sie breitete den Stadtplan auf ihrem Bett aus und studierte die Route, die sie fahren wollte: zunächst die Moorweidenstraße hinunter bis zur Außenalster, das war nur ein kurzes Stück, dann das gesamte Alsterufer entlang bis zur Krugkoppelbrücke, die, wie es aussah, eher ein Brückchen war. Wenn sie die überquerte, konnte sie linker Hand in den Leinpfad einbiegen und kilometerweit dem Alsterlauf folgen. Na gut, sie würde es ihrer Kondition überlassen, wie weit sie kam.

Das Panorama von Wasser, üppigen Gärten und unzähligen Brücken verführte Annika dazu, weiter zu fahren, als ihre Kondition es erlaubte. Erst gegen halb vier am Nachmittag kehrte sie mit letzter Kraft ins Hotel zurück, eine Dusche, ihr Bett und weiter nichts im Sinn.
»Sportlich sind Sie auch.«
Nemecs unverkennbare Stimme drang von irgendwo rechts an ihr Ohr. Sie sah ihn in demselben Sessel sitzen wie gestern. Er erhob sich, nachdem sie keine Anstalten machte, zu ihm zu gehen. Annika zog die Fahrradhandschuhe aus, klemmte sie unter den Riemen ihrer Bauchtasche und sah an sich hinunter. Die blaue Dreiviertelhose sah relativ unbeschadet aus, jedenfalls von vorne, ihre Füße steckten in Turnschuhen, was bei ihren braunen Beinen tatsächlich sportlich aussah. Aber das

weiße T-Shirt, das war nahezu komplett durchnässt und klebte dazu noch an ihrem Busen fest.

»Es gibt da«, sagte Nemec, nun dicht an ihrem Ohr, »dieses klassische Foto von Anita Ekberg im Trevibrunnen …« Er grinste sie an.

Annika musterte ihn frostig. »Trinken Sie einen Schluck Wasser, Herr Nemec, das hilft gegen überhitzte Phantasien.« Sie gab den Versuch auf, ihr T-Shirt in Form zu zupfen. So wie es war, war es eben.

»Was machen Sie eigentlich hier?«

»Auf Sie warten. Seit zwei Uhr. Ich dachte, wir seien zum Kaffeetrinken verabredet. Haben Sie meine Nachricht nicht bekommen?«

»Nein, tut mir leid. Können wir das auf morgen verschieben? Ich habe heute noch einiges vor und bin außerdem vollkommen erledigt. Morgen um zwei. Hier. Ginge das?«

Nemec nickte. »Um fünf muss ich allerdings weg.«

»Abgemacht. Wie ist das Zimmer?«

Nemec faltete andächtig die Hände. »Ein Traum. Meine Kollegen sind in Barmbek in einer Pension zusammengepfercht, in der es nach Mottenpulver riecht. Es ist unglaublich. Sie sind ein Engel, dass Sie mir das erspart haben.«

»Der Engel fliegt jetzt in die Dusche. Bis morgen dann.«

Vom Fahrstuhl aus sah sie, wie Nemec wieder seinen Stammplatz ansteuerte.

36

Annika wählte das weiße Leinenkleid, ihr Lieblingsstück in diesem Sommer, dazu schwarze Sandaletten, fertig.

Es war kurz nach zwei. Nemec kam ihr entgegen, auch ganz in Weiß, wie sie amüsiert registrierte. Soweit es ihm möglich war, schien er sich sogar gekämmt und seine Stirnfransen auf ein erträgliches Maß zurückgestutzt zu haben.

»Macht es Ihnen etwas aus, ein paar Schritte zu laufen?«, fragte Annika, ohne sich mit weitschweifigem Begrüßungszeremoniell aufzuhalten. »Ich würde gerne im Cliff an der Alster Kaffee trinken, da sitzt man direkt am Wasser und kann die Boote und Schwäne beobachten.«

Am Vormittag, als sie durch die Innenstadt gestreift war, hatte sie noch mit dem Gedanken gespielt, Nemec an den Jungfernstieg oder in die Alsterarkaden am Rathausmarkt zu locken, aber sie hatte keine Lust mehr auf einen ausgiebigen Spaziergang, deshalb beließ sie es dabei.

Es machte ihm nichts aus.

Nemec sprach nicht viel während des zehnminütigen Fußmarsches. Annika hatte das Gefühl, dass ihn etwas beschäftigte. Das Gefühl bestätigte sich, nachdem sie an einem sonnenbeschirmten Tisch direkt am Wasser Platz genommen und ihre Bestellung aufgegeben hatten.

»Geradezu idyllisch hier«, sagte er, »so müsste man es immer haben, aber die Realität lässt das nicht zu.«

»Probleme?«, fragte Annika.

Er sah sie bekümmert an. »Das Burghoftheater. Wissen Sie, da geschehen Dinge, die ich nicht verstehe. Zum Beispiel die Sache mit dieser Stiftung. Da heißt es erst, dass dieser Simon, aus schlechtem Gewissen oder weil er sich reinwaschen will, das Theater jedes Jahr mit einer halben Million sponsern wird. Dann höre ich, dass der Alte im Rathaus auf Hessler losgegangen ist und uns als verlogenen Intrigantenstadel bezeichnet hat. Hessler hat das selbst erzählt. Er hatte gute Karten, sagt er, weil er dem so genannten Konsul Namen nennen konnte. Wir haben diese Offerte erhalten und werden dazu jederzeit und wem auch immer bereitwillig Rede und Antwort stehen, hat Hessler angeblich gesagt, bevor er das Gespräch für beendet erklärt hat. Aber glauben Sie bloß nicht, Frau Clement, dass er mir gegenüber diese dubiosen Namen genannt hat.«

»Ist das denn so wichtig?« Annika wartete, bis die Kellnerin den Thunfischsalat für sie und den Pflaumenkuchen mit Sahne für Nemec serviert hatte. »Es ist doch wohl so, dass es auf Vermittlung von Leimann zu einem neuen Treffen gekommen ist. Seither stecken sie die Köpfe zusammen. Ich denke, wir kriegen die halbe Million.«

Nemec gab immer noch nicht auf. »Es ist dennoch ein Unding, dass ich als zukünftiger Intendant nicht er-

fahre, was da gespielt wurde, wobei ...« Er schob seinen Kuchen auf dem Teller hin und her.
Da war noch was, und Annika hatte eine starke Ahnung davon, was es sein könnte. Sie wartete gespannt, wie er die Kurve nehmen würde.
»Wobei?«, fragte sie.
»Wobei ich mir nicht einmal mehr sicher bin, ob ich diesen Intendantenjob überhaupt haben will.«
»Nicht?« Annika gab sich so entsetzt, wie es von ihr erwartet wurde. »Ich verstehe«, fuhr sie dann gedehnt fort. »Sie wollen sich nicht auf Frankfurt festlegen lassen. Als Schauspieler könnten Sie nicht das verwirklichen, was Ihren Möglichkeiten entspricht. Bestimmt haben Sie schon jetzt reizvolle Angebote ausschlagen müssen.« Besonders bei denen, die dich nicht einmal kennen, fügte sie in Gedanken hinzu.
»Leider ja. Berlin, München, Stuttgart, ich könnte überall spielen. Aber ich bin ein Romantiker, liebe Frau Clement, und hänge an unserem Theater. Wenn ich eine Lösung wüsste, würde ich mit Freuden bleiben.«
Nun komm schon, dachte Annika, lass es raus, beim nächsten Stichwort bitte, ich habe nicht ewig Zeit.
»Eine Lösung wofür?«, fragte sie harmlos, »was ist denn das Problem?«
»Ein Kredit über fünfhunderttausend Euro, den Hessler für das Haus aufgenommen hat und den er ausgezahlt haben will, wenn er geht.«
»Na, dann übernehmen Sie ihn doch, den Kredit.«
Er wischte sich einen Sahnefleck vom Kinn und räusperte sich. »Derzeit ist das, wie soll ich sagen ... Da

sind Verpflichtungen, die, also es ist so, nein, kurz und bündig: Nein, es geht nicht.«

Annika musste ihn jetzt an den Haken nehmen, um Stufe drei vorzubereiten, auch wenn die erst genau an Silvester gezündet würde.

»Könnten wir denn zuverlässig mit Ihnen rechnen, wenn das Problem mit dem Kredit geregelt wäre?«

»O ja, aber natürlich. Sehen Sie eine Möglichkeit?«

Annika gab sich geheimnisvoll. »Geben Sie mir Zeit, ich muss darüber nachdenken«, raunte sie und sah um sich, als fürchte sie, belauscht zu werden. »Ich denke, mir wird etwas einfallen. Allerdings bitte ich Sie dringend, mit niemandem, auch nicht mit Herrn Hessler, über das Thema zu sprechen. Kein Wort, verstehen Sie? Darüber hinaus müssen Sie wissen, dass ich eine schnelle Lösung nicht sehe. Vor Ende des Jahres wird da nichts mehr gehen. Wir haben immerhin schon August. Halten wir den einunddreißigsten Dezember als Stichtag fest. Und klugerweise lassen wir Herrn Hessler so lange in dem Glauben, dass er nicht abgelöst wird, bis alles in trockenen Tüchern ist.«

Sie holte Luft und versuchte, aus Nemecs Gesichtsausdruck herauszulesen, ob er ihr diesen finanzpolitischen Blödsinn abkaufte. Hoffentlich stimmte Hesslers Behauptung, dass Nemec von Geld keine Ahnung hatte.

»Aber das ist alles hypothetisch«, fügte sie hinzu, um ihn nicht in allzu großer Sicherheit zu wiegen. »Lassen Sie mich darüber nachdenken.«

Nemec kaute lustlos auf einem Stück Pflaumenkuchen herum, er hatte sich wohl mehr erhofft.

Annika war zufrieden. Er glaubte, was er glauben sollte – dass diese nicht mehr ganz junge, alleinstehende, ihn verehrende Schreckschraube nicht nur sehr vermögend, sondern auch freigebig war, allerdings auch überredet werden wollte, wenn es um mehr ging als ein Zimmer im Luxushotel.

Nemec unternahm einen kläglichen Versuch, das Nachdenken zu beschleunigen. »Vielleicht«, sinnierte er, »sollte ich doch lieber Stuttgart den Zuschlag geben.«

Ausgerechnet Stuttgart. Annika verschlug es die Sprache. Ausgerechnet eine der drei Bühnen, die ihr mitgeteilt hatten, ein Schauspieler dieses Namens sei ihnen nicht bekannt und mithin auch keine Zusammenarbeit geplant.

»Lieber Herr Nemec«, sagte sie gepresst, »bleiben Sie uns bitte erhalten.«

Gleich darauf drängte sie zum Aufbruch und verabschiedete sich mit allen Anzeichen der Erschütterung. Das konnte er deuten, wie er wollte.

Am nächsten Morgen reiste Nemec nach Bad Segeberg weiter, sie selbst fuhr nach Frankfurt zurück in der sicheren Erwartung, bald wieder von ihm zu hören.

37

Anfang September waren alle wieder da, wo sie hingehörten. Die Kinder in der Schule, die Lehrer auf Fortbildungsveranstaltungen, die Autos im Stau, die Politiker auf dem Weg von und nach Berlin und der Frankfurter Kulturdezernent im Krankenstand. Aus dem allerdings tauchte er überraschend am Montag, dem neunten September auf, um sich im Licht der Öffentlichkeit als Retter des Frankfurter Burghoftheaters aufzuspielen.
»Unsere Burg«, sagte er in intellektueller Anspielung auf die berühmte Wiener Bühne, »die mittlerweile zu uns gehört wie Apfelwein und Handkäs mit Musik, unser Burghoftheater konnte nach langen, zähen und mitunter schmerzhaften Debatten nunmehr durch eine einvernehmliche Lösung gerettet werden.«
Er machte eine Pause, um den einsetzenden Applaus entgegenzunehmen, der aber ausblieb, denn der Dezernent stand im Studio des Hessischen Rundfunks, und Studiopersonal pflegt nicht zu klatschen. Die Pause fiel später dem Schnitt zum Opfer, bevor die Ansprache dem Volk in die Wohnzimmer überspielt wurde.
Der Kulturdezernent sprach dann, unterbrochen von einer weiteren Pause – der Mensch ist eben ein Gewohnheitstier –, von der großzügigen Geste der vom Schicksal hart getroffenen Familie Simon, erläuterte ihre Stiftung

und den Beschluss der Stadt, die fünfhunderttausend durch einen jährlichen Zuschuss von dreihunderttausend Euro zu ergänzen. Zum Schluss verwies er noch einmal darauf, wie sehr es gerade ihm am Herzen läge, die kulturelle Vielfalt in unserem geliebten Frankfurt zu erhalten. Er dankte allen, die ihn dabei unterstützten.

Der Zeitpunkt für diese Erklärung war, das musste man ihm lassen, perfekt gewählt. Denn in der Woche zuvor hatte der Prozess gegen Karola Simon und den von ihr beauftragten Mörder der Sabine Pock stattgefunden. Er endete am Freitag mit dem Urteilsspruch. Wie immer hatten die Verteidiger auf eingeschränkte Zurechnungsfähigkeit plädiert und versucht, den Mord als ein Ergebnis der Provokation durch das Opfer darzustellen. Das Gericht hatte sich dem nur bedingt angeschlossen, die Drogensucht der beiden Angeklagten aber strafmildernd gewertet. Der drogenabhängige Täter wurde nicht des Mordes, sondern des Totschlags für schuldig befunden, und kam in Anbetracht seines jugendlichen Alters, er war erst zwanzig, mit zwei Jahren und sieben Monaten Gefängnis davon.

Karola Simon konnte nicht einwandfrei nachgewiesen werden, dass sie den Auftrag erteilt hatte, Sabine Pock zu töten. Sie blieb bis zum Schluss bei ihrer Darstellung, der Täter habe das Opfer nur erschrecken sollen. Da sie dabei billigend in Kauf genommen hatte, dem Opfer Schaden an Leib und Leben zuzufügen, wurde sie zu einer Gefängnisstrafe von achtzehn Monaten verurteilt mit der zusätzlichen Auflage, sich einer Therapie zu unterziehen.

Die Familie Simon nahm keine Stellung zu dem Urteil, sie blieb überhaupt unsichtbar für die Öffentlichkeit, selbst an dem Montag darauf, als die Rettung des Burghoftheaters verkündet wurde.
Schon eine Woche später bewies der Kulturdezernent erneut sein Gespür für den richtigen Zeitpunkt. Er bat aus gesundheitlichen Gründen um seine Versetzung in den vorzeitigen Ruhestand, wurde mit Häppchen und nochmaligem Dank für seinen unermüdlichen Einsatz ehrenvoll verabschiedet und konnte sich gut gepolstert in seine Genfer Zweitwohnung zurückziehen.
Sein Nachfolger wurde Dr. Joachim Leimann, der den persönlichen Referenten Sven Simon insofern nicht entlassen musste, als der bereits am dreizehnten Mai sein Amt aufgegeben hatte und seither nicht mehr gesehen wurde. Das Haus in Wiesbaden hatte er im August verlassen, nachdem zuvor in aller Frühe ein Möbelwagen mit Anhänger vorgefahren war. Nur wenige Eingeweihte wussten, dass das gesamte Inventar des Hauses einschließlich des persönlichen Besitzes der abwesenden Hausfrau in Containern in Berlin zwischengelagert wurde, wo es auf seine Weiterreise nach Moskau wartete. In der russischen Metropole erwarteten den vorübergehend in Deutschland gescheiterten Sven Simon neue Aufgaben in der Niederlassung einer deutschen Firma, die einem früheren Weggefährten gehörte. Er erwartete sehnlichst die Scheidung von Karola, um seine neue Freundin heiraten zu können. Sie stammte aus einer einflussreichen bayerischen Industriellenfamilie, hatte aber in letzter Zeit wegen ihrer Neigung, in alkoholi-

siertem Zustand Discos zu zerkleinern, mehr Aufsehen erregt, als die Familie ertragen konnte. Alle waren deshalb froh, sie für zwei Jahre in Moskau »parken« zu können. Sven Simon hatte versprochen, sie erstens zu heiraten und zweitens für einen diskreten Alkoholentzug zu sorgen. Im Gegenzug traf die Familie dank ihrer ausgezeichneten Verbindungen Vorkehrungen für einen komfortablen Start in München, wenn die zwei Jahre in Moskau verstrichen waren. Bis dahin würden sich alle Wogen geglättet haben, der Mensch ist vergesslich.

Von seinem vermeintlichen Sohn hatte Sven Simon nie etwas gehört, was ihn umso mehr zweifeln ließ, ob er wirklich sein leiblicher Sohn war. Er nahm sich vor, ihn aus seinen Gedanken zu streichen, was ihm auch ziemlich bald gelang.

38

Helmut Hessler fühlte sich gut gerüstet für die bevorstehende Spielzeit. Sie eröffneten mit »Der eingebildete Kranke«, ein Stück, das eine Auslastung von achtzig Prozent garantierte. Siegfried Nemec war für die Hauptrolle besetzt. Eine Idealbesetzung, wie Hessler fand. Schon den ersten Auftritt in Zipfelmütze und Nachthemd würde seine Fangemeinde zum Brüllen komisch finden, aber Nemec war eben auch routiniert und gut genug, um die Rolle nicht zum Klamauk verkommen zu lassen.

Sie arbeiteten zusammen, seit Hessler Intendant am Burghoftheater war, und auch wenn Hessler ihn nicht besonders mochte, achtete er doch seinen Wert für das Haus. Er hoffte deshalb aufrichtig, Nemec möge nicht das Handtuch werfen, wenn er merkte, dass er nicht Intendant werden würde.

Als er kürzlich mit Annika Clement darüber sprach, lachte sie seine Bedenken weg.

»Keine Sorge, der bleibt Ihnen bis ans Ende seiner Tage erhalten«, hatte sie gesagt, und das mit einer Herablassung, die ihn erstaunte. Rätselhaft, wieso diese Frau, die Nemec vorher auf geradezu lächerliche Weise verehrt hatte, nun derart auf Distanz gegangen war.

Im Gegensatz dazu verstand er selbst sich mit ihr von

Mal zu Mal besser. Sie hatten gelernt, gegenseitig ihre Talente und Fähigkeiten zu respektieren und zu nutzen. Dabei hatte er jahrelang nicht einmal bemerkt, dass sie überhaupt welche hatte. Kulissenmops! Das war sie nun wahrhaftig nicht mehr.

»Kathrin«, brüllte er, wie er früher »Sabine« gebrüllt hatte. So wie ihre Vorgängerin hatte auch Kathrin Meise sich an die Neigung ihres Chefs zu theatralischen Ausbrüchen gewöhnt und gelernt, sich davon nicht beeindrucken zu lassen. Sie steckte den Kopf zur Tür herein.

»Was denn?«

»Haben Sie endlich Frau Clement erreicht?«

»Ja, aber sie war auf dem Sprung, hatte null Zeit. Sie ist sehr beschäftigt momentan, hat sie gesagt. Sie ruft zurück, sobald sie Luft hat.«

»Was treibt das Weib?«, fragte Helmut Hessler mehr zu sich als zu Kathrin Meise.

Den halben September über versuchte er schon, sie zu fassen zu kriegen. Weil mit nunmehr achthunderttausend Euro jährlichem Zuschuss statt der Million, die sie bisher erhalten hatten, nach Adam Riese zweihunderttausend weniger in der Kasse waren, musste er sich etwas einfallen lassen. Sie brauchten zusätzliche Einnahmequellen, wobei er nicht einmal davor zurückschrecken würde, Becher, Hemden, Halstücher oder sonst was mit dem Emblem der Burg bedrucken zu lassen und sie im Foyer zum Verkauf anzubieten. Er sah schon Nemec, Westermeier und die anderen mit einem Edding in der Hand nach den Vorstellungen bereitstehen und Becher signieren.

Natürlich ließen sich solche Ideen nicht umsetzen ohne die Unterstützung des Freundeskreises. Deshalb eben wollte er sich mit Annika Clement beraten. Für ihn repräsentierte sie den Freundeskreis, nicht dieser staubtrockene Steuerberater Groß. Er zweifelte nicht, dass ihr einiges einfallen würde zu diesem Thema. Wenn sie denn endlich erreichbar wäre.

Der Intendant konnte nicht ahnen, dass Annika einen neuen Wirkungskreis für sich entdeckt hatte. Die Idee dazu war ihr in Hamburg gekommen, als sie alleine mit dem Rad in der ihr fremden Stadt unterwegs war und sich gewünscht hatte, jemand möge ihr vorausfahren und sie auf alles Sehenswerte hinweisen.
Schon auf der Zugfahrt zurück nach Frankfurt hatte sie eine Anzeige entworfen für die kostenlosen Stadtteilblättchen, die überall verteilt wurden. Sie bot darin geführte Radtouren an für jeweils maximal fünfzehn Personen. Zwei Kategorien standen zur Auswahl: die zweistündige innerstädtische Tour und die sechsstündige erweiterte Tour, die in der Stadt begann und hinausführte ins Umland. Besonders sorgfältig hatte sie über die Bezahlung nachgedacht. Sie durfte nicht zu billig sein, aber auch nicht zu teuer. Schließlich entschloss sie sich, es erst einmal mit 15 Euro pro Person für die große Tour und neun Euro für die kleine zu versuchen.
Die Resonanz war, vielleicht bedingt durch das warme, trockene Wetter, für den Anfang einigermaßen zufrieden stellend. Für die kleine Tour hatten sich acht Interessenten gemeldet, für die große sogar elf. Da ihre

Annonce weiterhin erschien, tröpfelten nach und nach weitere Anmeldungen ein.
Bis Ende September waren sieben Touren zu Stande gekommen, vier kleine und drei große, von denen allerdings keine voll ausgebucht gewesen war. Sie hatte achthundertvierzig Euro eingenommen, ein Gewerbe angemeldet, obwohl sie weder mit steigenden noch mit regelmäßigen Einnahmen rechnete, und Flugblätter drucken lassen, die sie in Hotels und Pensionen verteilte, um auswärtige Besucher zu erreichen.
Am letzten Tag im September, einem Montag, hatte sich Annika entgegen allen Geschäftsinteressen zur Erholung frei gegeben, der Computer blieb ausgeschaltet, das Telefon gehörte dem Anrufbeantworter. In der Hand ein Glas Wein, lag sie ausgestreckt auf der Couch im Wohnzimmer und genoss es, faul zu sein. Sie hatte anstrengende, aber auch anregende Wochen hinter sich. Anregend vor allem deshalb, weil sie bei jeder Tour die unterschiedlichsten Menschen traf, laute und leise, kluge und dumme, unsympathische und sympathische. Zu manchen fand sie keinen Kontakt, mit anderen dagegen ergab sich schnell ein Gespräch, dann kam es schon vor, dass sie hinterher mit zwei, drei Leuten noch auf einen Schoppen zusammensaß. Sie hatte Spaß daran, sehr viel Spaß.
Dennoch achtete sie darauf, dass ihr genug Zeit blieb für das Burghoftheater. Helmut Hessler, dem der Freundeskreis schon immer zu betulich war, erwartete aktivere Unterstützung. Er hatte dazu heute Morgen am Telefon einige interessante Vorschläge gemacht.

Noch interessanter war, dass er sie gedrängt hatte, bei der Vorstandswahl im kommenden Jahr gegen Groß zu kandidieren. Noch vor ein paar Monaten hätte Hessler lieber ein Schülertheater in Sibirien übernommen als ihr einen solchen Vorschlag zu machen.

Dunkel und mächtig setzten die Glocken des Doms zum Mittagsläuten an. Annika räkelte sich.

»Wir werden sehen«, hatte sie Hessler geantwortet, »noch konzentriere ich mich auf die restlichen drei Monate dieses Jahres.«

Drei Monate! So nahe war sie ihrem Ziel, dass sie es sich nie verzeihen würde, es durch eine Unaufmerksamkeit zu gefährden.

Sie beobachtete sie alle ganz genau, die neue Riege im Kulturdezernat, Hessler, Nemec, den Freundeskreis und den Konsul bei seinen wohl dosierten Versuchen, seine Rolle als Platzhirsch in der Gesellschaft wieder einzunehmen.

Ihre Vision von ihrem Auftritt bei der Silvesterpremiere hatte sie erneut ein wenig korrigiert. Weder Nemec als zukünftiger Intendant saß neben ihr in Reihe zwei noch der Mäzen Simon, der dergleichen nach den jüngsten Vorkommnissen empört von sich weisen würde. Sie bezweifelte, dass er überhaupt kam. Nein, jemand anderes würde neben ihr sitzen, jemand, der sich mit ihr freuen konnte. Zwar ahnte sie schon, wer dafür infrage käme, aber noch wollte sie sich nicht festlegen. Sie wusste nur eines sicher: Der Platz neben ihr würde nicht leer bleiben.

Das blaue Kleid, tailliert und mit hochgestelltem Kragen, konnte im Rock enger anliegen, sie hatte es nicht mehr nötig, zu kaschieren. Sie wog jetzt siebenundsechzig Kilo und hatte sich endgültig von Kurt Reisch und seinen Nadeln verabschiedet. Selbstverständlich durfte sie diesen Erfolg nicht gefährden, im Kühlschrank stand weiterhin nur das Erlaubte.

Sie reckte sich erneut, stellte das Weinglas zur Seite und stand auf, um das Kabeljaufilet zu braten, das für heute als Mittagessen gedacht war.

Der Anrufbeantworter blinkte drei Mal, wahrscheinlich Anmeldungen für den Oktober. Nemec hatte sicher nicht angerufen, er vermutete sie im Allgäu, wohin sie auch sonst um diese Jahreszeit immer gefahren war, diesmal aber nicht. Vielleicht würde sie nie wieder hinfahren.

Nemec gegenüber war ihr das Allgäu als brauchbare Ausrede eingefallen, um ihn hinhalten zu können. Wie nicht anders erwartet, hatte er sich gleich nach der Rückkehr von seinen Gastspielen bei ihr gemeldet. Er brannte vor Neugier, wie es nun weitergehen sollte mit dem Kredit, und wollte sie unbedingt treffen.

»Mein Vermögensberater sondiert«, hatte sie ihn beruhigt, »lassen wir ihn in Ruhe seinen Job machen. Nach meinem Urlaub sprechen wir weiter. Ich melde mich Mitte Oktober.«

Das verschaffte ihr Luft, darüber nachzudenken, wie sie das Märchen weiterspinnen konnte, ohne seinen Argwohn zu erregen. Ihr würde schon etwas einfallen. Ein netter, kleiner Vortrag, gespickt mit ein paar Fachausdrücken, die sie aus jedem Lexikon heraussuchen konn-

te und die er noch weniger verstand als sie, dürfte ausreichen, um ihn weiter an ihre Bereitschaft und seine Chance glauben zu lassen.
Sie wendete das Filet und freute sich auf ein ungestörtes Mittagessen.

39

In der zweiten Hälfte des Oktober hatte der Regen Deutschland fest im Griff. Das während des langen, trockenen Sommers ausgebleichte Gras war wieder grün, die meisten Sträucher und Bäume hatten sich erholt. In den Parks, auf Spielplätzen und in den Gartenlokalen war Ruhe eingekehrt. Die Wirte hatten ihre Bänke und Tische erst hochgestellt, dann nach und nach in Keller oder Schuppen bugsiert.

Das mediterrane Lebensgefühl war wehmütige Erinnerung.

Annika war noch vier Mal mit Fahrradgruppen losgefahren, aber die Nachfragen ließen nach, sodass es sich nicht mehr lohnte, eine Erkältung oder Schlimmeres zu riskieren. Auf dem gleichen Weg, auf dem sie sich eingeführt hatte, verabschiedete sie sich nun in die Winterpause, nicht ohne den Hinweis, dass sie ab ersten März neue Buchungen entgegennehme. Auf ihrer Couch lag die Lektüre, die sie bis dahin durcharbeiten wollte: Frankfurter Geschichte, Frankfurter Bauwerke, Frankfurter Berühmtheiten, Anekdoten aus Hessen.

Am sechzehnten Oktober erklärte sie ihren virtuellen Allgäuurlaub für beendet und rief Nemec an. Sie hatte lange überlegt, wo sie sich mit ihm treffen sollte, hatte den Italiener ebenso verworfen wie die Kneipen am Römer, dabei immer wieder an den Schneckenhof gedacht, den Gedanken aber ärgerlich verscheucht und sich aus Trotz für die Bar im noblen Frankfurter Hof entschieden. Als aber Nemec darauf hinwies, dass gerade Buchmesse sei und die gesamte Kulturbranche sich traditionell in ebendieser Bar zusammenrotte, um sich gegenseitig ihr Leid zu klagen, als er obendrein von sich aus den Schneckenhof vorschlug, stimmte sie zu, wenn auch mit einem unguten Gefühl.

Ihr Gefühl hatte sie nicht getrogen, auch wenn am Anfang alles nach Plan lief. Nach den Abendnachrichten bestellte sie ein Taxi, kurz nach halb neun betrat sie den Schneckenhof. An den Tischen mit den karierten Decken servierte der Kellner deftige Speisen, die der Wirt Heinz Ditzel ihm auf den Tresen stellte, um sich danach umgehend wieder dem Bierzapfen zu widmen. Vor den Nebenraum war eine Falttür gezogen, ein sicheres Indiz dafür, dass er leer war.

Nemec saß auf der Seitenbank an der Theke, was in Annika augenblicklich Erinnerungen wachrief. Hier genau hatte vor fünf Jahren jener unselige Abend begonnen, der unter dem Magnolienstrauch sein unrühmliches Ende nahm.

Sie bestellte einen Sauergespritzten und verzog sich mit Nemec an einen Tisch am Fenster, was auch den Vorteil hatte, dass ihr Gespräch hier höchstens von dem verstaubten Gestrüpp auf der Fensterbank belauscht werden konnte, nicht aber von dem Wirt. Der schlurfte an ihren Tisch mit einem weiteren Bier für Nemec und stellte das geriffelte Glas mit dem gespritzten Apfelwein vor ihr ab. Es gefiel ihr, dass er sie nicht erkannte. Nachdem er sich getrollt hatte, begann Annika mit verschwörerisch gesenkter Stimme mit dem Vortrag, den sie sich für Nemec ausgedacht hatte. Sie sprach zunächst allgemein über die Heimtücke der deutschen Finanzämter, die jedem hinterherschnüffelten, der ein paar Euro mehr auf der hohen Kante hatte, um dann im Speziellen auf ihre eigenen Probleme mit dieser lästigen Behörde zu kommen.

»Liechtenstein, Sie verstehen«, flüsterte Sie und beugte sich vor. »Transaktionen von dort kann man nur mit der Plastiktüte machen, da geht nichts mit Überweisungen. Gleich nach Weihnachten fahre ich hin und hole dreihunderttausend ab.«

»Dreihunderttausend«, wiederholte Nemec und orderte noch ein Bier. »Ich brauche aber doch fünfhunderttausend.«

Annika legte den Finger auf den Mund. »Bleiben Sie ganz ruhig, ich erkläre es Ihnen.« Sie sah ihm zu, wie er das Bier in drei Zügen hinunterschüttete und schon wieder nach dem nächsten verlangte. Sie musste sich beeilen, das in seinen Kopf zu pflanzen, was hinein sollte, bevor er zu betrunken war. So eindringlich wie möglich erklärte sie ihm, dass er die Dreihunderttausend von ihr als Kredit in bar erhalten werde, »spätestens an Silvester«, dass sich der Kredit über die restlichen Zweihunderttausend aber hinauszögern könnte bis in das kommende Jahr. »Deshalb weiterhin kein Wort zu Hessler, kein Wort, verstehen Sie.« Nemec nickte in sein

leeres Glas, diesmal brachte der Wirt den Nachschub unaufgefordert.
»Verstehen Sie?«, wiederholte Annika.
»Kredit?«, sagte Nemec. »Wieso Kredit?«
Aha, er hatte doch aufgepasst. Annika lächelte ihn besänftigend an. »So viel Geld auf einmal habe auch ich nicht zu verschenken, da müsste ich schon besondere Gründe haben.« Sie sah ihm fest in die Augen und vertiefte ihr Lächeln. »Aber keine Sorge, mit dem Zurückzahlen eilt es nicht, so wie ich das im Augenblick sehe. Also, wollen wir das nun so machen oder nicht?«
Nemec nahm einen Schluck. »Silvester, spätestens?«, fragte er.
Annika nickte. Zur Silvesterpremiere würde er bekommen, was ihm gebührte, darauf konnte er sich verlassen.
»Heinz, noch mal das Gleiche!«, rief Nemec dem Wirt zu. Er bestand darauf, mit Annika anzustoßen. Bald darauf tat der Alkohol seine Wirkung, Nemec verlor im Minutentakt mehr und mehr die Contenance.
»Du hast schöne Augen«, nuschelte er, »und schöne Haare. Überhaupt bist du eine klasse Frau.«
Annika wusste, es konnte nicht mehr lange dauern, bis er anfangen würde, sie zu betatschen. Und tatsächlich, als sie aufstand, griff er ihr unter den Rock. »Sie sollten frische Luft schnappen«, fauchte sie, wandte sich ab und ging zur Theke, um zu zahlen.
Nemec war irgendwie hochgekommen von seinem Stuhl und hinausgegangen. Er erwartete sie draußen, neben dem Zugang zu dem Garten, der ihr in allzu gu-

ter Erinnerung war. Als er sie sah, wankte er auf sie zu, ließ sich gegen sie fallen und umfasste ihren Busen. Das war zu viel. Annika hob das rechte Bein an und rammte ihm ihr Knie dahin, wo es mit Sicherheit wehtat. Nemec stöhnte auf, krümmte sich und sank aufs Pflaster.

Annika ließ ihn liegen und lief zurück in das Lokal. »Herrn Nemec geht es nicht gut«, sagte sie zu Ditzel und deutete zur Tür, »jemand sollte sich um ihn kümmern.«

Ditzel eilte nach draußen, gefolgt von seinem Kellner und zwei neugierigen Stammgästen. Sie knieten sich zu dem am Boden liegenden Nemec, redeten auf ihn ein, beratschlagten sich und achteten nicht auf Annika, die mit schnellen Schritten zur Kreuzung lief, dort abbog und das nächste freie Taxi anhielt. Erst im Wagen beruhigte sich ihr Herzschlag.

»Es war Notwehr«, erklärte sie Gerd später, als sie das Bett aufschüttelte, »du weißt, dass ich Gewalt verabscheue.« Das zumindest konnte er nicht bestreiten. Oft genug hatte er miterlebt, wie sie den Fernseher ausschaltete, weil sie diese unsäglichen Filme nicht ertragen konnte, in denen geschossen, geprügelt und zugestochen wurde. Sehr plump, so etwas.

Ihre Aufregung war inzwischen der Sorge gewichen, wie Nemec auf den Vorfall reagieren würde. Möglicherweise würde er ihre gerade erblühten geschäftlichen Beziehungen abbrechen, was schade wäre, nachdem sie sich schon so viel Mühe seinetwegen gemacht hatte. Immerhin bestand die Hoffnung, dass er, sturzbetrunken wie er war, Erinnerungslücken hatte. Dieses Mal kämen

sie ihr gelegen. »Du wirst sehen«, sagte sie zu Gerd, »morgen wacht er auf und wundert sich, dass er zwei Melonen zwischen den Beinen hat.«
Das Bild gefiel ihr. Sie knipste die Nachttischlampe aus, kletterte ins Bett, klopfte ihr Kissen zurecht und versuchte, sich Nemec vorzustellen, wie er breitbeinig zu den Proben kam und sich auf einen Autoreifen setzte, was für seine Rolle als eingebildeter Kranker nicht einmal unpassend war.

Drei Tage ließ Siegfried Nemec sie im Ungewissen. Am vierten Tag lieferte er ihr eine Variante, auf die sie von alleine nie gekommen wäre: Er schickte ihr einen Dankesbrief. Er dankte ihr für den Abend, dankte für ihre Großzügigkeit, dankte, dass Sie Hilfe geholt habe nach seinem unglücklichen Sturz. Auch ziemlich viel Hoffen kam in dem Brief vor, er hoffte, bald von ihr zu hören, hoffte auf Genaueres wegen der Übergabe (sie wisse schon), hoffte, dass alles klappen möge. Zum Schluss fügte er an, es gehe ihm wieder leidlich, er habe einige Prellungen davongetragen bei dem Sturz, es sei vielleicht ein Gläschen zu viel gewesen an diesem Abend, er hoffe auf ihr Verständnis, nochmals danke, mit freundlichsten Grüßen.
»Bitte, habe ich doch gerne gemacht«, sagte Annika zu sich selbst. Wenn der gute Nemec sich für diese Lesart entschieden hatte, dann sollte er seinen Willen haben. Dass es nicht ihre schönen Augen waren, die ihn zu diesem Brief gedrängt hatten, störte sie nicht, viel wichtiger war, dass sie nun ihr kleines Experiment durchziehen konnte.

Um seinen schönen Hoffnungen Nahrung zu geben, schrieb sie ihm eine Woche später einige Zeilen zurück, in denen sie ihm versicherte, alles liefe bestens, und wegen der Übergabe (er wisse schon) werde sie ihn im Dezember genauestens informieren. Bis dahin seien dann hoffentlich alle Prellungen verheilt. Beste Grüße.
Sie hoffte, ihn damit für eine Weile zufrieden gestellt zu haben.

40

Seit Anfang Dezember wuchs Annikas Unruhe. Sie schlief schlecht, tigerte in der Wohnung umher, konnte sich nur schwer konzentrieren.
Nach dem Druck, der fast das gesamte Jahr über auf ihr gelastet hatte, stellte sich nun eine nervöse Erschöpfung ein zusammen mit der Angst, irgendetwas oder irgendwer könnte ihren hart erkämpften Triumph noch kurz vor dem Ziel gefährden.
Dabei hatte sie alles termingerecht erledigt, was noch zu erledigen war, hatte die Weihnachtsgans bestellt, sich um Olafs Geschenk gekümmert, die Übergabe mit Nemec besprochen und sie entsprechend vorbereitet, und sie hatte, das Schwierigste von allem, für ihr blaues Kleid gesorgt.
Aber selbst das machte sie nervös, denn noch hing es nicht im Schrank.
Nachdem sie im November zwei Wochen damit zugebracht hatte, nahezu jedes Modegeschäft in nahezu jedem Stadtteil nach ihrem Traumkleid abzusuchen, hatte sie sich eingestehen müssen, dass sie so nicht weiterkam. Sie hatte sich umgehört und von einem exklusiven kleinen Laden in der Goethestraße erfahren, im dem ausschließlich Kleider nach Maß angefertigt wurden.
Dort, zwischen Stoffballen, Spiegeln, Maßbändern,

Kreideständern und Tausenden von Stecknadeln, hatte sie zu ihrem Schrecken erfahren, dass ihr Kleid vor Ende des Jahres nicht mehr fertig werden würde. Nur ihrem verzweifelten Bitten und der Bereitschaft, die anfallenden Überstunden zu bezahlen, war es zu danken, dass sie es nun doch am dreiundzwanzigsten Dezember abholen konnte.
Sie hatte Olaf gebeten, sie zu begleiten, um bei der allerletzten Anprobe sein Urteil abzugeben. Er war zwar nicht die letzte Instanz in Sachen guter Geschmack, aber er war ehrlich. Er würde ihr unverblümt sagen, ob es zu kurz, zu lang, zu eng oder zu weit war. Was sie wirklich hoffte, war, dass er es großartig fände.
Sie waren für sechzehn Uhr vor dem Geschäft in der Goethestraße verabredet. Sie war pünktlich, aber Olaf war nicht da. Zehn Minuten wartete sie, dann ging sie alleine hinein, enttäuscht und ein bisschen traurig. Die Schneiderin wies sie in die Kabine und brachte ihr das Kleid, ausgebreitet über ihre beiden Arme, mit einer so feierlichen Geste, als sei es ein Krönungsmantel. Annika übernahm es mit der gleichen Geste, die auch Achtung enthielt vor der Leistung der Schneiderin, die wochenlang daran gearbeitet hatte.
»Ein herrliches Königsblau«, sagte die Frau und strich sanft über den matt schimmernden Stoff. Sie half Annika dabei, das Kleid überzustreifen, knöpfte ihr die Manschetten an den eng anliegenden Ärmeln zu und stellte den Kragen hoch, ehe sie ihrer Kundin endlich erlaubte, die Kabine zu verlassen, um sich in einem der langen Spiegel zu betrachten.

Olaf klappte den Mund auf. Er saß in dem zierlichen Besuchersesselchen gegenüber der Umkleidekabine. Annika hätte ihn am liebsten umarmt.
»Mann. Cool«, sagte er und reckte den Daumen nach oben, was in der Übersetzung mindestens so viel bedeutete wie großartig.
Annika drehte sich vor dem Spiegel, stellte sich auf die Zehenspitzen, nahm die Arme nach oben, ging in die Hocke, drehte sich wieder, prüfte den Rock, der dicht unterhalb der Knie endete. Nichts beulte, nichts kniff, sie waren eins, ihr Körper und dieses Kleid.
»Perfekt«, hauchte die Schneiderin, »Sie haben halt auch die Figur dafür.«
»Echt wahr«, kam es aus dem Sessel.
Annika knuffte den Jungen liebevoll in die Seite. »Olaf, wenn du nicht schon erfunden wärst, dich müsste man erfinden.«
»Häh?«, sagte Olaf und kratzte sich den Kopf.
Annika ging zurück in die Kabine, um sich umzuziehen. »Kannst schon losziehen, wenn du willst«, rief sie ihm durch den Vorhang zu, »aber komm morgen pünktlich. Um sechs ist Bescherung.«

Um sechs war Bescherung, die herzlichste, die Annika je erlebt hatte.
Olaf trug dasselbe wie zur Gedenkfeier für Sabine Pock, schwarze Jeans, schwarzes T-Shirt, schwarze Turnschuhe. Annika hatte ihn seither nie wieder in dieser Aufmachung gesehen, er schien sie für besondere Gelegenheiten zu reservieren.

Als sie ihm die Tür öffnete, klemmten zwischen seinen Armen und seinem Kinn diverse übereinander gestapelte Pakete. Er lief damit geradewegs ins Wohnzimmer, wo sie eine Fichte geschmückt hatte und wo schon die Sektgläser für ihre kleine Party bereitstanden, ging mit steifem Rücken in die Hocke und legte seine Fracht vorsichtig unter den Weihnachtsbaum. Die Glocken des Doms erklangen.

Annika zündete die Kerzen an, schaltete die Deckenbeleuchtung aus und nahm den Champagner aus dem Eiskübel.

»Komm, wir gehen mit unseren Gläsern zum Fenster, da können wir dem Dom zusehen, wie er Weihnachten verkündet.«

Erst jetzt bemerkte sie, dass Olaf etwas in der Hand hielt, einen Bilderrahmen mit einem Foto von Sabine Pock, an dem er sich krampfhaft festhielt.

»Du möchtest sie dabeihaben heute Abend, nicht? Das ist eine sehr gute Idee von dir.« Sie nahm das Foto und stellte es mitten auf den Tisch. »Frohe Weihnachten, Olaf.«

Mit ihren Gläsern in der Hand traten sie gemeinsam ans Fenster, sahen hinaus in die Dunkelheit und hörten den Glocken zu, bis sie verstummten.

»Ich muss nach der Gans sehen, danach gibt's die Geschenke.«

»Ich zuerst«, antwortete Olaf.

Als sie aus der Küche zurückkam, hielt er ihr eine Orchidee entgegen, deren Stiel in einem mit Wasser gefüllten Röhrchen steckte. »Ich hab gedacht, für dein neues Kleid, dass du dir die Orchidee dranstecken könntest.«

»Du wirst sie mir dranstecken, Olaf«, lachte Annika, »ich habe mir nämlich auch was gedacht.« Sie hielt ihm einen Umschlag hin. »Das da ist eine Premierenkarte für die Silvestervorstellung, Reihe zwei, Platz sieben. Du würdest mir eine große Freude machen, wenn du mich begleitest. Du bist nämlich jünger und siehst besser aus als alle, die mir sonst eingefallen sind.« Und bist als Einziger würdig, diesen großen Augenblick mit mir zu teilen, ergänzte sie in Gedanken.

Erst jetzt fiel ihr ein, dass Olaf zu Silvester andere Pläne haben könnte. »Das geht höchstens bis elf«, fügte sie deshalb eilig hinzu, »da kommst du immer noch rechtzeitig zum Abfeiern mit deinen Freunden. Sicher steigt irgendwo eine Party, oder?«

»Klaro. Aber erst geh ich mit dir da hin. Ehrensache. Ich hab noch was für dich.« Er zog einen Karton hervor, und als sie ihn öffnete, strömte ihr der Duft von einem ganzen Arm voll roter Rosen entgegen.

»Olaf!«, rief sie entgeistert, »das sind mindestens fünfzig. So viele Vasen habe ich ja gar nicht.«

»Sechzig«, entgegnete er«, und mit den Vasen, das geht klar.« Er zog ein weiteres Paket hervor, sein letztes, und Annika entnahm ihm eine weiße, bauchige Bodenvase.

»Was bist du für ein lieber Kerl«, sagte sie und nahm ihn in den Arm. An Weihnachten durfte sie das.

Als sie wenig später das Essen auftrug, Gans mit Klößen und Rotkraut, wovon sie allerdings nur ein Stück Gans essen würde, hatte Olaf bereits die neue Vase mit den Rosen gefüllt.

»Setz dich«, sagte Annika und grinste breit. »Als Vorspeise bekommst du nämlich jetzt dein eigentliches Weihnachtsgeschenk.« Sie zog etwas Sperriges hinter der Tür hervor und lupfte die Decke, die sie zur Tarnung darübergeworfen hatte. »Ich hoffe, es ist der Richtige.«

»Ein Mac, ich werd verrückt, ein Mac.« Olaf schlug die Hände vors Gesicht, und als sie zu ihm ging, sah sie, dass ihm Tränen über die Wangen liefen.

Der Junge weinte Freudentränen.

41

Er war da. Der Tag, auf den sie hingeträumt hatte, den zu erreichen ihr kein Hindernis zu hoch und keine Last zu schwer gewesen war, in dessen Sog sie ihr Leben zerpflückt und neu zusammengesetzt hatte.

Er begann wie jeder Tag. Es wurde hell wie immer, die Straßen belebten sich wie immer, jedes Haus, jeder Baum, alles stand da, wo es auch vorher gestanden hatte.

Sonderbar, dachte Annika, in deinem Inneren rumort es, brodelt es, zerreißt es dich fast, aber das, was dich umgibt, bleibt unbeteiligt.

Was hattest du denn erwartet, tadelte sie sich. Dass die Stühle tanzen, die Wände beben, Choräle erschallen? Du bist zu romantisch, komm zu dir!

Annika sah auf die Uhr. Bald sechs, sie konnte allmählich damit beginnen, sich zurechtzumachen. Um sich abzulenken, hatte sie einige Neujahrskarten geschrieben, die sie nun aufeinander stapelte. Sie waren die Antwort auf die Weihnachtsgrüße, die sie selbst erhalten hatte. Noch immer überrascht, betrachtete sie die Karten, die in buntem Durcheinander auf dem Glastisch in ihrem Arbeitszimmer lagen. Seit Gerds Tod hatte es Grüße zum Jahreswechsel nur noch von ihrer Bank gegeben. In diesem Jahr aber waren sieben Karten angekommen,

drei davon, was sie besonders freute, von Teilnehmern ihrer Radtouren. Und eine von der Schneiderin.
Annika zog eine Schublade auf, der sie einen braunen, prall gefüllten Umschlag entnahm. Sie prüfte noch einmal den Inhalt, verschloss ihn danach mit einem Streifen Klebeband und schrieb den Namen des Empfängers darauf: Siegfried Nemec, Burghoftheater. Zusammen mit der Orchidee, die Olaf ihr anstecken sollte, legte sie den Umschlag im Flur neben ihrer Handtasche bereit.
Für einen Augenblick blieb sie zögernd stehen. Wäre es nicht doch passender, eines von diesen kleinen Abendtäschchen zu nehmen? Nein, beschloss sie, zu manieriert, außerdem hatte sie mehr zu verstauen als einen Schlüssel und ein Taschentuch. Sie sah noch einmal auf die Uhr. Der Count-down konnte beginnen.

Fünfzehn Minuten vor Beginn der Aufführung überquerte Annika Clement mit einem wieder ganz in Schwarz gekleideten Olaf an ihrer Seite den Vorhof zum Theater, in dessen Mitte eine geschmückte Tanne festlich glitzerte. An drei von bunten Glühbirnen erleuchteten Ständen boten Mitglieder des Freundeskreises Champagner, Bier und Punsch an, aber nur noch vereinzelte Premierengäste machten davon Gebrauch, rieben ihre kalten Hände und zogen die Schals fester.
Die meisten waren schon hineingegangen, und die, die jetzt erst ankamen, viele davon mit kleinen Geschenken oder Blumensträußen in den Händen, eilten zielstrebig auf den Eingang zu.

Im Foyer herrschte geschäftiges Gedränge. Die Glücklichen, die ihre Mäntel schon abgegeben hatten, sahen sich nach Bekannten um, schwatzten, lachten. An der Garderobe standen vor allem Männer an, die eigenen Mäntel und die ihrer Frauen über den Armen. Olaf stellte sich dazu, während Annika losging, um ein Programmheft zu kaufen. Sie drückte es dem Jungen in die Hand, nachdem er die Mäntel erfolgreich losgeworden war.

»Mord über Buffalo«, sagte sie, »eine Komödie, die im Theatermilieu spielt. Ich hoffe, es gefällt dir. Weglaufen kannst du nämlich nicht, weil sie ohne Pause durchspielen.«

Sie selbst mochte Komödien nicht besonders, an diesem besonderen Abend aber störte sie nicht einmal das. Sie zweifelte nicht daran, dass Siegfried Nemec seinen Part hervorragend spielen würde, die Rolle war ihm wie auf den Leib geschrieben. Er spielte die Hauptrolle, einen alternden Schauspieler namens George Hayes, der einmal einer der Großen war und nun durch die Provinz tingelt. Als er schon alle Hoffnungen verloren hat, besinnt sich ein Produzent auf ihn und erwägt, ihn für eine Hauptrolle zu engagieren. Vorher aber will er ihn auf der Bühne sehen. Das aber weiß Hayes nicht. Er betrinkt sich ausgerechnet vor der Vorstellung, die der Produzent besucht.

»Siegfried Nemec«, las Olaf aus dem Programm vor, »das ist doch der auf deinem Päckchen da?«

»Ist er.« Annika nickte. »Ein Geschenk, das ist bei Premieren so üblich.« Sie erwähnte nicht, dass derselbe

Nemec in den kommenden zwei Stunden dem Moment entgegenfiebern würde, in dem er es erhalten sollte. Nach der Vorstellung, in der Garderobe.

»Nimm mal.« Sie hielt Olaf die Orchidee hin, die sie die ganze Zeit zusammen mit dem Umschlag in der Hand gehalten hatte. »Die steckst du mir gleich an, wenn wir im Saal sind.« Sie rückte den Kragen zurecht, strich über den tadellos sitzenden Rock, vergewisserte sich, dass sie mit den Absätzen ihrer Pumps keine Blätter aufgespießt hatte, und fühlte sich gewappnet.

Sie betraten das Parkett mit dem letzten Klingelzeichen. Aufrecht und ohne Eile lief Annika an den Reihen entlang, grüßte mit einem Kopfnicken alle, die sie kannte, und auch alle, die ihr nur irgendwie bekannt vorkamen. Hin und wieder sah sie über die Schulter nach hinten, um das Erstaunen zu genießen, das in manchem Gesicht stand. Vor Reihe zwei blieb sie stehen und ließ sich von Olaf die Orchidee anstecken. Dramaturgisch gefiel ihr das sehr, denn im selben Moment wurde das Licht schwächer, glitt über in ein mattes Rosa, was dem Farbton der Orchidee entsprach, und erlosch, als sie sich hinsetzten.

Annika entdeckte am äußersten Rand der ersten Reihe Helmut Hessler, neben ihm Kathrin Meise mit einer Mappe auf dem Schoß. Sein Manuskript, vermutete Annika. Sie wusste, dass Hessler beabsichtigte, nach dem Schlussapplaus auf der Bühne im Kreise seiner Schauspieler einige Grußadressen zu verlesen und ein paar Worte zur Situation des Theaters zu sagen. Sie hoffte inständig, er würde nicht allen die Silvesterstimmung verderben, indem er über Sparmaßnahmen und Merchandising dozierte, sein derzeitiges Lieblingsthema.

Das tat er nicht. Als die Aufführung beendet war – ein dürftiges Stück nach Annikas Auffassung, aber kurzweilig genug, um Olaf bei der Stange zu halten, was sie wiederum damit versöhnte –, wartete Helmut Hessler vier Vorhänge ab, sprang auf die Bühne, als die Lichter im Saal allmählich wieder angingen, und sorgte so dafür, dass der Applaus noch einmal anschwoll. Mit dem Charme, zu dem er fähig war, wenn die Sterne günstig standen, hielt er anschließend eine zwischen Ernst und Witz wechselnde, kurzweilige Rede, begrüßte einige Ehrengäste, und als er abtrat, hatten alle begriffen, dass nur er das Schiff durch die Klippen der zukünftigen Widrigkeiten steuern konnte.

Nemec offenbar auch. Er stand mit versteinertem Gesicht neben Hessler und hielt sich an den Blumensträußen fest, die ihm ein paar seiner Anhängerinnen auf die Bühne geworfen hatten. Immer wieder ging sein Blick in den Zuschauerraum.

Annika hielt das Päckchen vor ihren Bauch und ging hinter einer Säule in Deckung. Schon bevor die Beleuchtung wieder angegangen war, hatte sie ihren Platz verlassen und sich von Olaf verabschiedet, damit er endlich zu seiner Clique kam. Von ihrer Position aus konnte sie sowohl Nemec als auch Kathrin Meise im Auge behalten, die ihr keinesfalls entwischen durfte. Zum Glück rührte die Meise sich erst von der Stelle, als Hessler geendet hatte und der letzte Vorhang gefallen war.

Annika stellte sich Hesslers Assistentin in den Weg, als sie den Saal verlassen wollte.
»Frau Meise, ich habe eine riesengroße Bitte an Sie. Sie gehen doch bestimmt gleich hinter die Bühne. Ich habe hier ein Päckchen für Siegfried Nemec. Er wartet darauf. Könnten Sie ihm das bitte in seine Garderobe bringen? Es ist sehr wichtig.«
Kathrin Meise blieb nichts anderes übrig. Sie nahm das Päckchen entgegen und versicherte, es weder zu vergessen noch zu verlieren.
Es blieben nur noch dreißig Minuten bis Mitternacht. Annika schlenderte durch das Foyer, aber sie bog nicht nach rechts ab in den Saal, in dem die Premierenfeier stattfand, sondern lief weiter Richtung Ausgang, stellte sich geduldig an der Garderobe an, um ihren Mantel abzuholen und wollte ihn gerade überstreifen, als Wilfried Groß ihn ihr abnahm, um ihr hineinzuhelfen.
»Sie wollen uns schon verlassen?«, fragte er. »Wie schade. Bleiben Sie denn nicht zur Feier?«
»Ich habe noch etwas zu erledigen, aber ich komme zurück.«
»Ausgezeichnet, ich halte Ihnen einen Platz frei, Frau … Frau …«
»Clement«, ergänzte sie lächelnd. Der gute, alte Groß.
Sie lief über den Vorplatz und hielt auf der Straße nach einem Taxi Ausschau.

Auf der Rückseite des Hauses, wo der Bühneneingang war, nahm unterdessen Siegfried Nemec erwartungsvoll den prallen Umschlag entgegen. Er ging damit in die

Maske, wartete, bis er alleine war, bevor er ihn öffnete, griff hinein und zog einen weiteren, etwas kleineren Umschlag heraus, der ebenfalls mit Klebeband verschlossen war. Es war etwas darauf geschrieben, dessen Sinn Nemec nicht verstand. »Schreckschrauben wie Intendanten«, las er. Was sollte der Unsinn?

Nun schon ahnungsvoll, riss er das Päckchen auf, und während Geldscheine auf seinen Schminktisch rieselten, entdeckte er auf der Vorderseite eine weitere handgeschriebene Zeile: »Wir sind alle Komödianten.«

Ungläubig wendete er den Brief vor und zurück, vor und zurück, bis er die Botschaft begriff. »Wir sind alle Komödianten – Schreckschrauben wie Intendanten.«

Wütend fegte er den Berg Geldscheine, der vor ihm lag, zur Seite. Das waren garantiert exakt dreihunderttausend Euro, dachte er bitter. Das hatte sie sich nicht nehmen lassen, ihm die Summe akkurat abzuzählen, dreihunderttausend Euro Spielgeld.

Er spürte, wie der Zorn über die Blamage und seine eigene Arglosigkeit seine Hände zittern ließ und seinen Kopf fast zum Explodieren brachte. Sie hatte ihn vorgeführt, von Anfang an hatte sie alles geplant, sie war ein Biest, eine Hexe, ein Miststück.

»Schreckschraube!«, brüllte er, inzwischen heillos aufgebracht und verwundet, und schleuderte eine Flasche gegen das Fenster. Klirrend durchbrach sie das Glas und zerbarst auf der Straße, wobei sie ein vorüberfahrendes Taxi nur knapp verfehlte.

»Das war knapp«, kommentierte der Fahrer gelassen, »die sind scheint's schon besoffen da im Theater.«
»Oder schlecht gelaunt«, entgegnete Annika, die das zumindest in einem speziellen Fall durchaus für möglich hielt. Durch die Rückscheibe sah sie die erleuchteten Fenster über dem Bühneneingang.
Die ersten Raketen schossen schon hoch, bevor sie das Mainufer erreichten. Annika ließ sich am Eisernen Steg absetzen. Hier, auf dieser Brücke, hatte sie an der Hand des Vaters das erste Silvesterfeuerwerk ihres Lebens beobachtet, später war sie mit Schulfreunden hierher gekommen, noch viel später mit Gerd.
Gleich Mitternacht. Es gab kein Halten mehr, es zischte und knallte rundum, der Himmel verfärbte sich blau, gelb, rot, es regnete Sterne und Blüten, Kirchenglocken verkündeten das neue Jahr, Menschen in dicken Wintermänteln schwenkten Flaschen, prosteten sich zu, umarmten sich.
Annika zahlte und lief auf die Brücke, ließ sich treiben in der Menge und lehnte sich schließlich taumelnd gegen das Geländer. Unter ihr schwappte das Wasser dunkel und träge gegen die Pfeiler. Mit der Rechten griff sie in ihre Tasche, zog die Plastikdose heraus, wiegte sie auf ihrer Handfläche, streckte ruhig, beinahe andächtig, den Arm über das Geländer hinaus.
»Das werden Sie mir büßen, Sie und die verdammte Schmierenbude!«
Die Stimme war dicht an ihrem Ohr, eine Stimme, deren Klang sie nicht mehr schweben ließ.
Annikas Augen verengten sich, die Finger ihrer Hand

schlossen sich schützend um die Dose. Langsam, ganz langsam zog sie ihren Arm zurück und drehte sich um. Nemec war ihr so nahe gekommen, dass sie seine Alkoholausdünstung riechen konnte. Offenbar hatte er sich nur kurz auf der Premierenfeier aufgehalten, dabei aber gründlich seinen Durst gestillt. Er sah sie feindselig an.

»Ich mach euch fertig, Sie, den Hessler, alle«, knurrte er böse.

Annika schob beide Hände in die Manteltaschen. Er war angetrunken, Sie wollte keine Konfrontation, nicht hier, nicht an diesem Abend.

»Gehen Sie nach Hause, beruhigen Sie sich, morgen werden Sie klarer sehen.«

»Ich beruhige mich nicht, ehe ich habe, was mir zusteht.«

»Wie bitte? Was wollen Sie?«, fragte Annika ungläubig, während sie gleichzeitig überlegte, wie sie ihm entkommen konnte. Noch immer feierten, schwatzten, tranken Hunderte Menschen auf der Brücke. Annika lief vom Geländer weg mitten hinein zwischen eine ausgelassene Gruppe.

»Ich will haben, was mir zusteht«, brüllte Nemec ihr hinterher.

»Ein leichtsinniger Wunsch, Herr Nemec. Besonders wenn man bedenkt, dass er sich erfüllen könnte«, rief Annika zurück, bevor sie in der Menge untertauchte. Sie öffnete ihre noch immer geschlossene Faust, die Dose glitt sanft in das seidene Futteral der Manteltasche.

Ein neues Ermittlerduo betritt die Bühne!

Andreas Franz

Tod eines Lehrers

Kriminalroman

Als Oberstudienrat Schirner ermordet und grausam verstümmelt aufgefunden wird, reagiert seine Umgebung zunächst fassungslos: Der Lehrer war überall beliebt und führte eine glückliche Ehe. Hauptkommissar Peter Brandt beginnt, gründlicher in Schirners beruflichem Umfeld zu recherchieren, und entdeckt, dass an dem Gymnasium Dinge vorgingen, die offenbar nicht an die Öffentlichkeit dringen sollten. An seiner Seite: die coole Offenbacher Jung-Staatsanwältin Elvira Klein.

Ein neues Ermittlerduo stellt sich vor – ihre gegensätzlichen Charaktere sorgen für Zündstoff; Spannung garantiert die bewährte Hand des Erfolgsautors Andreas Franz!

Arsen und Spitzenhäubchen lässt grüßen

Morag Joss

Des Hauses Hüterin

Kriminalroman

Jean ist 64, Beruf: Housesitterin. Und sie sieht überhaupt nicht ein, dass sie bald in Rente gehen und nicht mehr auf die schönen Anwesen reicher Leute aufpassen soll. Besonders das herrschaftliche Walden Manor, das sie gerade hütet und liebt, als wäre es ihr eigenes, zieht sie einem bescheidenen Ruhestand entschieden vor. Doch ein neues Leben kommt nicht von ungefähr. Lästige Störenfriede müssen aus dem Weg geräumt werden …

»Morag Joss schreibt mit feiner Ironie und vor allem mit viel Empathie für die Menschen, die da allmählich in ihr Verderben schlittern … Angenehm prickelnde Gänsehautlektüre für den Liegestuhl.«
Bayerischer Rundfunk

Knaur Taschenbuch Verlag

Sebastian Fitzek

Die Therapie

Psychothriller

Keine Zeugen, keine Spuren, keine Leiche. Josy, die 12-jährige Tochter des bekannten Psychiaters Viktor Larenz, verschwindet unter mysteriösen Umständen. Ihr Schicksal bleibt ungeklärt.
Vier Jahre später: Der trauernde Viktor hat sich in ein abgelegenes Ferienhaus zurückgezogen. Doch eine schöne Unbekannte spürt ihn dort auf. Sie wird von Wahnvorstellungen gequält. Darin erscheint ihr immer wieder ein kleines Mädchen, das ebenso spurlos verschwindet wie einst Josy. Viktor beginnt mit der Therapie, die mehr und mehr zum dramatischen Verhör wird ...

Knaur Taschenbuch Verlag